해시태그 문학선

#생태_소설

해시태그 문학선

#생태_소설

제1판 제1쇄 2021년 12월 15일
제1판 제2쇄 2023년 2월 13일

엮 은 이 이혜원 우찬제
펴 낸 이 이광호
주 간 이근혜
편 집 홍근철 박지현
펴 낸 곳 ㈜문학과지성사
등록번호 제1993-000098호
주 소 04034 서울 마포구 잔다리로7길 18(서교동 377-20)
전 화 02) 338-7224
팩 스 02) 323-4180(편집) 02) 338-7221(영업)
전자우편 moonji@moonji.com
홈페이지 www.moonji.com

ISBN 978-89-320-3938-1 03810

#생태 소설

해시태그 문학선

이혜원 · 우찬제 엮음

문학과지성사

기획의 말

해시태그 문학선

해시태그(#)는 소셜 네트워크상의 검색을 편리하게 해주는 기호로 시작되었지만 이제 문화적 상징이 되었다. 같은 관심사를 묶어주는 꼬리표로서의 #는 유력한 주제어를 띄워 올려 네티즌들을 광장으로 끌어내는 문화 현상으로 진화했다.

해시태그 문학선은 우리 시대의 가장 강력한 주제어와 연관된 문학작품들을 선별해 독자들과 공유하고자 한다. 문학작품이라는 '기호hash'를 '묶는다tag'라는 어원 그대로, 하나의 주제어와 연관된 작품들을 선별하고 묶어 소개하고자 한다. 이 주제어들은 우리 사회의 첨예한 문제의식들의 결정체이며, 큐레이션은 그 첨예함을 둘러싼 섬세한 문학적 경험을 제공할 것이다. 수록 작품들의 목록은 문학의 언어가 얼마나 내밀하게 동시대의 뜨거운 문제와 마주하고 있는가를 한눈에 보여주는 무대가 된다.

이 집중된 '#문학'의 무대에 독자 여러분을 초대한다. 개별 작품들은 하나의 주제어에 포섭되지 않지만, 주제어와 문학작품과의 연관을 사유하고 상상하는 작업은 한국문학의 스펙트럼을 보다 깊게 이해하게 만든다. '포스트잇'과 '생각의 타래'는 '#문학'을 둘러싼 심층적인 질문들을 독자 여러분과 함께 나누려는 장치이다.

2021년 11월 2일 영국 글래스고에서 열린 유엔기후변화협약 당사국총회COP26에 배우 리어나도 디캐프리오가 참석해 관심을 끌었다. 메탄가스 억제의 중요성을 다룬 패널 토론 등에 참여한 그는 세계가 지켜보고 있다며 환경 위기를 엄중히 환기했다. 그의 메시지를 접하며, 자연스럽게 영화 「타이타닉」을 떠올렸다. 1912년 4월 14일 밤에 있었던 침몰 사고를 바탕으로 제임스 카메론 감독이 연출한 이 영화에서, 디캐프리오는 자유로운 영혼을 지닌 화가 '잭'을 연기하며 막강한 재력가의 약혼녀였던 '로즈'(케이트 윈즐릿 분)와 인상적인 로맨스를 형상화했다. 빙산과 충돌해 침몰하는 비극적 아수라와 대조되는 그들의 황홀한 로맨스가 시종 묘한 환각을 불러일으키는 영화였다.

C. 더글러스 러미스는 『경제성장이 안되면 우리는 풍요롭지 못할 것인가』에서 이 타이타닉의 기억을 되살리며, 이제는 엔진을 멈추어야 할 때라고 말한다.* 타이타닉호는 당시 여러 조건 때문에 빙산의 존재를 정확히 알지 못했지만, 현재 지구라는 행성은 머잖아 매우 비극적인 빙산과 충돌할 위기를 안고 있다는 것이다. 그만이 아니다. 세계 도처의 환경 운동가들이 내일이면 늦다고 말한다. 1992년 6월 12일 브라질 리우데자네이루에서 열린 지구정상회의에서 피델 카스트로는 생태 환경의 급격한 악화로 중요한 생물 종 하나가 지구에서 사라질 위험에 처

* C. 더글러스 러미스, 『경제성장이 안되면 우리는 풍요롭지 못할 것인가』, 최성현·김종철 옮김, 녹색평론사, 2011.

해 있으며, 그것은 바로 '인간'이라고 했다. 멈추기에 너무 늦은 시점에 이르러서야 이 문제를 인지했으니, 내일이면 더욱 늦다고 말이다.

그렇다. 내일이면 너무 늦다. 오늘 당장 적색을 녹색으로, 녹색을 더 녹색으로 바꾸기 위한 실질적인 모색과 실천이 요긴하다. 코로나19 재난을 겪으면서 이미 우리는 절감하지 않았던가. 당장 실천하지 않으면 인간이라는 생물 종이 진짜 멸종할 수도 있다는 위기를 말이다. 산업화 이후 우리 시인들과 작가들은 누구보다 먼저 그 위기를 예감하고 아파하며 호소하고 환기하는 상상력을 펼쳐왔다. 기후 정의, 환경 정의를 향한 문학 상상력의 프리즘을 여기 해시태그 문학선_생태에 모았다. 지구 환경 파괴를, 인간의 멸종을 어떻게 하면 늦기 전에 막을 수 있을까? 이런 질문 속에서 공멸이 아닌 공생의 가능성을 간절하게 모색하는 문학 상상력의 지평으로 위험에 처한 당신들을 초대한다. 그 위험을 결코 외면하지 않겠다는 결연한 의지를 지닌 당신, 오늘 당장 뭐라도 해야겠다고 다짐하는 당신, 미래 세대에게 더 이상 빚지지 않겠다고 결심하는 당신, 빙산을 향해 질주하는 타이타닉호의 엔진을 멈추고 안전한 쪽으로 돌리겠다는 당신에게 간절한 '지구의 목소리'를 전한다.

차례

김원일

도요새에 관한 명상

1

모든 강은 바다로 이어졌다. 강의 하구에는 흙과 모래가 쌓인 삼각주가 있었다. 연장 54킬로미터의 동진강은 동해 남단 바다와 닿았다. 강 하구는 물살이 완만했고 민물과 짠물이 섞였다. 수심 얕은 수초 사이가 산란에 적당하기에 물고기가 모였다. 새우 무리와 조개 무리, 민등뼈동물도 모여들었다. 철새와 나그네새도 삼각주에서 주린 배를 채우며 날개를 손질하곤 떠났다.

나는 강 하구의 얕은 언덕에 앉아 있었다. 삼각주와 바다가 잘 내려다보였다. 날이 밝아오고 있었다. 강 하구에서 갈매기들이 날아올랐다. 갈매기들이 날개깃을 쳐대자 그 수다로 조용하던 개펄이 소란해졌다. 갈매기들은 주황빛 공간을 한 바퀴 선회하다 바다로 곤두박질했다. 수면에 이르자 날개를 꺾어 개펄을 따라 멀리로 날아갔다. 새벽의 공간에 자유스러운 비상이 힘찼다. 그 날갯짓이 부러웠다. 주위의 뭇시선으로부터 나도 저렇게 해방될 수 있다면. 그 해방을 어른들은 방종이라고 말하며 타락했다고 손가락질했다. 그러나 손가락질은 저들이 받아야 마땅했다. 우리 세대의 타락은 그들로부터 배웠다. 그들이 새로운 타락 방법을 만들어내면 우리는 그 방법을 재빨리 답습했다. 나는 형을 생각했다. 봄부터 철새와 나그네새에 미친 형이었다. 형은 새처럼 자유인이 되고 싶어 했고, 내가 보건대 그 원대로 한 마리의 나그네새가 되었다. 그러나 형이 과연 새가 될 수 있을까. 새는커녕 진정한 자유인이 될 수 있을까. 한마디로 형은 미쳐버렸다. 나는 형의 얼굴을 지웠다. 찬 공기를 들이마시며 심호흡을 했다. 내 눈길이 남쪽 개펄을 따라 멀어지는 갈매기를 좇았다. 이쪽으로 돌아오려니 했는데 웅포리 쪽으로 사라졌다. 바닷가가 고즈넉이 가라앉았다. 나는 세운 무릎에 얼굴을 박고 한동안 침묵을 익혔다. 한기로 등이 시렸다. 새도 아닌, 그렇다면 나는 무엇인가. 형을 비웃을 수 있어도 나는 나 자신을 알지 못했다. 나는 형처럼 수재가 아니었다. 지방대학 입시에 매달려 주위의 눈치만 힐끔대다 주눅이 든 한 마리 새앙쥐였다.

새 떼의 날개깃 치는 소리가 다시 들렸다. 나는 머리를 들었다. 이번에는 한 무리의 작은 새 떼였다. 족제비가 말한 새는 동진강에는 찾아오지 않는다 했으니 도요새가 아닐 것이다. 자세히 보니 기억이 났다. 형의 책꽂이에 꽂힌 『조류도감』 중에 접힌 부분이 있었다. 흰목물떼새였다. 강 하구의 갈대숲 사이를 누비다 날아올랐다. 흰목물떼새의 등은 연갈색이고 배쪽은 흰색이었다. 목에는 흰 테를 둘렀다. 몸통은 참새를 닮았다. 뻘밭이나 물가를 걷기에 알맞게 다리가 길었다. 몸집은 병아리만 했다. 날개깃 치는 소리가 갈매기만큼 시끄럽지 않았다. 흰목물떼새는 몸짓이 재빨라 금세 내 시야를 가로질러 바다로 줄달음질 치더니 새벽노을로 차고 올랐다. 흰목물떼새는 텃새가 아니라 철새 아니면 나그네새라는 것쯤은 나도 알았다. 남으로 내려갈 나그네새인지 동진강 삼각주에서 월동을 할 철새인지는 알 수 없었다. 절기로 보아 이제 가을이었다. 아열대 지방에서 월동을 하러 내려오고 있겠지. 나는 아무렇게나 생각했다. 모래사장에 내려앉아 개펄을 거닐던 흰목물떼새 중에 한 마리가 먼저 날았다. 이를 신호로 무리가 뒤따라 날아올랐다. 창공을 질러 북쪽 해안으로 멀어졌다. 바다와 개펄은 다시 정물화가 되었다. 갈대숲은 푸른 엽록소가 탈진하여 누렇게 바래졌다. 날이 밝아오자 삼각주의 모래사장도 희끔하게 드러났다. 동진강 물이 맑지 못해 모래가 회백색이었다. 그 뒤쪽 거대한 암청색 등판을 드러낸 망망한 새벽 바다는 파도가 없었다. 많은 잔주름이 미명의 빛 속에 잘게 쪼개졌다. 주위를 둘러보아도 사람은 보이지 않았다. 독극물을 넣은 콩을 뿌려놓고 족제비가 가버린 지도 한참 지났다. 나는 엉덩이를 털고 일어섰다. 바닷바람이 차가웠다. 오한이 가슴을 훑었고 어깨가 떨렸다. 나는 날이 새기 전에 족제비와 함께 삼각주 개펄로 나왔다. 일을 마치자 족제비가 먼저 가버렸다. 나는 혼자 30분쯤 언덕에 앉아 있었고, 그동안 한 일은 수음밖에 없었다.

해가 솟아올랐다. 언제 보아도 둥근 낯짝은 부끄럼 없이 당당했다. 발기하던 내 생식기처럼 힘찼다. 왜소한 나로서는 해를 보기가 창피했다. 나는 어두워야 활동하는 야행성 동물이었다. 암내나 밝히는 새앙쥐였다. 나는 또 윤희를 생각했다. 고고 미팅에서 오늘 처음 만난 짝이었다. 고고홀은 통금 해제와 더불어 끝났다. 악사도 퇴장한 뒤라 홀은 비어 있었다. 객석의 불도 꺼졌고 비상구 쪽 백열등만 켜져 있었다. 여관으로 가자고 잡아챌까 봐 윤희는 줄행랑을 친 뒤였다. 종호는 운이 좋았다. 맞춘 짝과 점잖게 꺼졌다. 둘은 가까운 여관에 들었겠지. 그때, 넝놀이 족제비가 말했다. 그 역시 나처럼 맨돌부대(재수생)였다. 녀석은 재수생의 고민 덩어리 골통가방을 들고 있었다.

"내시가 아닌데도 난 계집앨 보냈지. 지금부터 돈벌이를 해야 하거든." 녀석이 말했다.

"남의 집 담장 넘을 작정인가?"

"병식아, 날 따라갈래?"

"어딜?"

"동진강 하구, 삼각주."

"신새벽부터 거긴 왜?"

"새 좀 잡게."

"새는 눈이 멀었나, 네게 잡히게?"

"음독을 시키는 게지. 오후에 수거하면 돼."

"죽은 새 구워 먹어?"

"그걸 팔지. 오늘 내 용돈도 그렇게 마련했어."

"죽은 새 사다 뭘 해. 포장집 술안주?"

"내장 먹었다간 식중독으로 급행 타게. 박제사剝製士에게 중개무역을 하지."

"아무 새나 다 박제하나?"

"갈매기 따윈 쓸모없고, 나그네새나 철새만. 한철 장사야. 지금 삼각주는 그 새로 성시를 이룰 때거든."

"자연보호에 위배되잖아?"

"그럼 용돈을 어떻게 만져."

"한 마리에 얼마 받아?"

"청둥오리나 고니가 제값을 받지."

"수입이 쏠쏠한 모양이군?"

"잘함 독서실 비용까지. 오늘 일당은 너랑 분배할 수도 있어. 너 도요새 아니?"

"그런 새 이름도 있나?"

"박제사 아저씨가 그 새를 좀 구해 오래."

"어떻게 생겼게? 공작처럼 멋있냐?"

"나도 사진으로만 봤는데, 물떼새와 비슷하더군. 여기가 공업지구로 지정되기 전에는 동진강 삼각주가 도래지로 유명했대. 강물이 오염되자 자취를 감췄어."

"도요새라?" 고고홀의 어두운 비상계단을 내려가며 내가 중얼거렸다.

"도요새 중 동진강 중부리도요가 값이 나간대. 희귀하니깐 가수요가 붙은 게지."

"오늘 널 따라 견습이나 해보기로 하지."

나는 족제비를 따라나섰다. 우리는 가방을 든 채 석교 쪽으로 빠지는 길을 잡았다. 새벽 공기가 냉랭했다. 먼 데서 기계 돌아가는 소리가 들렸다. 바다 쪽으로 바람이 부는 새벽녘이라 매연을 맡을 수 없었다. 우리는 어둠 속으로 열심히 걸었다. 삼각주 개펄에 도착하자 족제비는 가방에서 도톰한 편지 봉투를 꺼냈다. 서른 개 정도의 물에 불린 콩이 들어 있었다. 족제비가 주위를 둘러보았다. 내지 쪽에서 기계 소리가 들렸고, 새벽바람이 바다 쪽으로 빠졌다. 족제비는 사방 500미터 정도의 면적에 불린 콩을 흩뿌렸다. 나는 그를 따라다녔다. 일이 끝났다.

"어른들 뜨기 전에 토끼자구." 족제비가 말했다.

"시체 수거는?"

"해 질 녘에 우리 집에 와. 등산용 가방에다 넣어 시내로 반입해야 하니깐."

"넌 살인자야." 내가 말했다.

"살인자가 아닌, 살조자인 셈이지."

"너 먼저 가. 나온 김에 난 남았다 갈래."

"죄책감이 드니?"

"죄책감? 웃기고 자빠졌네."

"인간은 무엇이든 죽일 수 있어. 인간은 파괴자야."

"제법인데?"

"인간은 자연을 정복했어. 정복이란 살인이지."

"그만해둬. 이빨에 땀나겠다."

"우리가 새를 잡는 건 소나 닭을 죽이는 것과 다를 바 없어. 위법 따지자면 길바닥에 가래침 뱉어도 안 돼. 오늘날 준법정신 지켰단 영양실조 걸려."

"그만해두라니깐. 난 남았다 일출이나 볼까 하구." 나는 윤희를 생각했다.

족제비는 떠났다. 나는 바다가 보이는 언덕으로 올라가며 윤희의 알몸만 떠올렸다. 시든 풀밭에 앉자 청바지를 내리고 수음부터 즐겼다. 일을 끝내고 돌아갈까 하다, 형이 생각났다. 새에 미치고부터 형은 일출을 보겠다며 부산을 떨었다. 떠오르는 해와 함께 기상하는 새 떼를 조사하기 위해서였다. 그 통에 내 달콤한 새벽잠이 엉망이었다. 나도 일출을 보기로 작정하며, 수음에 대해 생각했다. 왜 하루 한 번은 꼭 수음을 해야 하나? 나는 뾰족한 답을 말할 수 없었다. 주간지를 보면 건강에는 별 지장이 없다고 했다. 내가 섹스의 노예일까? 무한소수같이, 맞는 답을 구할 수 없었다. 타성이고 습관이라면 그만이었다.

나는 가방을 들고 언덕길을 내리 걸었다. 길섶의 풀이 바지 아랫도리에 감겼다. 다리가 후들거렸고 눈꺼풀이 무거웠다. 독서실이 아니라 오늘은 집으로 들어가 엄마를 만나야 했다.

길 양쪽으로 공단이 질서정연하게 늘어서 있었다. 산업도로는 인적이 드물었다. 이따금 시내버스가 빈 거리를 달렸다. 손수레를 끌고 가는 청소부 아저씨가 눈에 띄었다. A 단지 끝까지 갔을 때였다. 내 또래 공원들을 만났다. 야근을 하고 나온 여공들이었다. 걸음걸이가 힘이 없었고 얼굴이 파르족족했다. 여공 둘이 내 뒤를 따라왔다. 낮게 소곤거리는 말에 귀를 기울였다.

"야식용 빵 있잖아?"

"크림이 또 변질됐던?"

"그게 아니구, 조장 말야."

"조장이 뭘 어째서?"

"결근한 순이 걸 조장이 먹어 치웠어."

겨우 빵 한 개를 가지구 주둥일 찧어. 나는 가소로웠다. 그런 쩨쩨한 생각만 하니 공순이 신세를 못 면한다 싶었다.

"어제 병원엘 갔다 왔어."

"하루쯤 조릴 하잖구 야근까지 하다니."

"이번 달엔 고향에 송금도 못 했지 뭐냐."

"작년까진 직속 과장이었는데, 수술비도 안 대줬단 말야?"

"셋째 딸이 장 중첩 수술을 했대. 가불이 많아 또 가불할 수 없다나."

"아무렴, 치사하다, 얘."

"내가 단속 잘못한 탓이지."

"그러다 몸 망쳐."

"만신창인걸. 벌써 두번짼데."

"세 번 이상 긁어내면 애 들기도 힘들대."

"이젠 끝났어."

"단물만 뽑아 먹구 잊어달라는 쪼로군."

"기혼잔 줄 알면서, 내 잘못이지 뭘. 날 검사과로 옮겨주긴 했지만."

"너 외에도 당한 애가 또 있을걸. 말썽 안 피울 애만 골라서."

"이러다간 내가 어떻게 될지 모르겠어."

화제가 그쳤다. 나는 여공들 얘기에 관심이 없었다. 얼굴과 몸매만 대충 훑어보았다. 예쁜 애는 없고 모두 그저 그런 여자였다. 오른쪽 애 젖가슴이 커 보였다. 가짜일 테지. 재가 수술한 애일지 몰라. 그러면 가짜가 아닐걸. 애 엄마가 되려다 도중하차했으니깐.

대문의 초인종을 누르자 젖이 컸던 여공의 젖꼭지가 떠올랐다. 종옥이 문을 따주었다.

"독서실에서 오는 길이니? 밥은 먹었어?" 종옥이 손에 낀 고무장갑의 물기를 털며 물었다. 나흘 만에 보니 반가운 모양이었다.

"놀다 온다, 왜. 어쩔 테냐?" 부엌데기 주제에 뭘 참견하겠다구. 나는 짜증이 났다.

"공연히 신경질이야. 막 쌀 안쳤기에 시장할까 봐 물었는데……"

엄마는 아직 자냐는 내 말에, 종옥이 머리를 끄덕였다.

"밥이고 뭐고 잠부터 자야겠으니 깨우지 마."

"딴 상 벌이려면 네가 차려 먹어."

젖깨나 주물렀다고 매사의 말투가 저랬다.

"종옥아, 엄마 외출하면 3만 원 놓고 가시라고 해. 학관비하고 식대야. 안 챙겨두면 너 죽어." 아래채로 걷다 걸음을 멈추고 말했다.

아래채는 세를 놓으려 지은 방 두 칸이었다. 작년 여름, 블록으로 방 두 칸을 지을 때였다. 집이 거의 완성 단계였는데, 그게 항공 촬영에 걸렸다. 열흘 안에 허물어 원래대로 해놓으라는 계고장이 날아들었다. 아버지가 구청으로, 시 건축과로 들락거렸으나 별무소득이었다. 시 건축과 직원과 철거반원들이 들이닥쳤다. 자진 철거를 안 했기에 어쩔 수 없다고, 시 건축과 직원이 말했다. 우린 법에 따라 조처한다며 철거반원 하나가 웃통을 벗었다. 모두들 들고 온 해머를 휘두르자, 벽이 무너졌다. 집은 쉽게 허물어졌다. 철거반원들은 수돗가 라일락나무 그늘에 앉아 담배를 태웠다. 나중에 귀가하여 허물어진 집을 본 엄마가, 어디 누가 이기나 해보자며, 그 바쁜 중에도 직접 나서겠다고 했다. 다시 미장이를 불러 벽을 쌓으라고 엄마가 아버지에게 명령했다. 아버지는 엄마의 말에 고분고분 따랐다. 집은 종전대로 다시 지어졌다. 이제 엄마가 구청으로,

파출소로, 시 건축과로 출입했다. 철거반원들 발길이 그쳤다. 엄마는 중학교를 졸업하지 못했지만 수완가였다. 나는 대학물 먹은 아버지를 비웃었다. 두 칸 방 중에 하나는 형과 내가 거처했고, 다른 방은 세를 내주었다. 위채 큰방은 부모님이, 마루 건너 골방은 종옥이가 썼다.

나는 미닫이 방문을 열었다. 자던 형이 안경 벗은 게슴츠레 눈을 치켜떴다. 형은 사시斜視의 눈을 다시 힘없이 감았다. 형의 자는 모습이 시체 같았다. 형은 이불을 정강이께에다 말아 붙였는데, 러닝셔츠와 팬티가 눈에 들어왔다. 꾀죄죄한 면 팬티의 사타구니 중심부가 포장을 쳤다. 형은 목이 칼칼한지 된 기침을 캑캑거렸고 입맛을 다셨다. 아직 자는가, 아니면 가수 상태에서 자는 체하는지 알 수 없었다. 나는 책상에 가방을 놓았다. 바지를 벗으며 형의 얼굴을 내려다보았다. 올여름을 넘기며 형의 얼굴이 까맣게 타버렸다. 여윈 얼굴이 오늘따라 겉늙어 보였다. 머리는 한 달쯤 감지 않은 모양이었다. 머리카락이 비듬과 기름때로 엉겨 있었다. 가파른 콧날 양쪽 뺨은 살점이 없었다. 꺼진 눈자위 주위가 검츠레했다. 형이 아직 건재하다는 증거는 새벽의 힘찬 발기였다. 배설할 길 없는 성욕뿐일까. 형의 피폐한 모습이 자살 직전의 몰골이었다. 만약 형이 죽는다면? 그럴 수도 있다고 생각했다. 형은 모든 사람을 실망시켰다. 좋은 대학에 연연하는 우리 또래 후배들에게는 치명적인 실망감을 안겼다. 형의 얼굴을 내려다보자 잠시 혼란에 빠졌다. 대학 합격이 성공의 보증수표인지 실패의 부도수표인지 알 수 없었다. 그 문제를 형이 뒤죽박죽으로 만들어놓았다. 주위 사람들은 형의 앞날에 대해 부정적이었다. 옛 상태로 회복될 가망이 없다고들 말했다. 아까운 청년이 폐인이 됐어. 어쩜 조만간 연기처럼 사라져버릴 거야, 하고 두려워했다. 나도 그런 견해에 동의했다. 형은 한때 내 우상이었다. 그러나 형의 이카로스 날개는 한순간에 퇴화하고 말았다. 형의 텔레파시 회로선은 오직 '절망'이란 단어만 남발하고 있었다. 나는 형의 절망을 배울까 봐 전전긍긍했다. 나는 작년에 부산 K 대학교 공대에 응시해 낙방을 했다. 며칠을 부끄럽게 지냈고, 고민은 며칠뿐이었다. 형은 수재였다. 고등학교 때부터 이름이 동진 바닥에 알려졌다. 형은 서울의 명문 국립대학교 사회계열에 좋은 성적으로 입학했다. 형은 시력이 나빠 2학년 때 방위병 혜택을 받아 1년 만에 군 복무를 끝냈다. 복학해서 6개월 남짓 만에 형은 불장난에 말려들었다. 내 생각으론 형의 객기였다. 아니, 형은 수재였기에 그런 위험을 자초했는지 몰랐다. 재사박덕이란 말이 어울리는 짓거리였다. 형은 하숙방에 등사기를 들여놓고 정부가 금하는 주장이 삽입된 선언문을 찍어냈다. 형의 행위는 긴급조치법 위반이었다. 형은 당연히 입학했듯, 당연히 퇴학당했다. 형은 노란 얼굴로 낙향했다. 이태가 흘렀다. 그동안 형의 변한 점은 하루 한 끼를 줄여 일일 이식을 한다는 점뿐이었다. 형의 안색은 더 창백해지고, 얼굴에서 청춘은 사라졌다. 식욕조차 없는지 하루 두 끼조차 밥의 양을 줄였다.

나는 구석에 뭉쳐진 내 이불을 폈다. 이불을 덮어썼다. 세든 옆방에서 현자 누나의 말소리가 들렸다. 냉수 한 사발 달라는, 코에 감긴 목소리였다. 어젯밤도 숙취 끝에 자정 가까이 귀가한 모양이었다. 눈을 감자 졸음이 퍼부어왔다. 고고홀의 숨 막히던 더위와 뒷골을 쑤시던 사이키 음악. 그리고 어지럽게 섞갈리는 세트라이트. 몸을 비틀던 윤희의 땀 찬 이마와 긴 머리칼. 교성의 열락. 흔들림과 깨어짐의 환희. 그 끈적한 타액 같은 어젯밤의 회상이 환각으로 잠을 흩뜨렸다. 정욕 같은 시간이라는, 고고홀 화장실의 낙서가 떠올랐다. 정욕 같은 지겨운 시간이여, 어서 끝나라. 대학 입시의 끝, 겨울이 갈 때까지.

몇 시쯤 됐을까. 눈을 뜨자 손목시계부터 보았다. 10시 반이 지났다. 머릿속은 아직도 잠을 더 자두라고 유혹했다. 오늘 하루쯤은 오후까지 내처 자버릴까. 아니다. 엄마를 만나야 했다. 이번 주까지 적분 응용문제를 훑어보기로 했던 계획이 떠올랐다. 나는 일어났다. 방 안에 형은 없었다. 형 책상에 무심코 눈이 갔다. 노트가 펼쳐졌고 깨알 같은 글씨로 무엇인가 적어놓았다.

1. 물은 생활, 공업, 농업, 어업 등 모든 현대 문명의 근원이며 자연이다. 근대 이전에 있어서 물은 주로 양에만 치중하고 그

> 화학적·물리적·생화학적 성질과, 이것의 생물학적 영향에 관해서 등한시되어왔다. 이제 지구상에 인구가 급증하고 도시가 비대해지고 많은 공장이 건설되었다. 거기서 흘러나오는 대량의 폐·하수와 유독 물질이 한정된 수계에 집중적으로 방출됨으로써 자연 정화수는 완전히 상실되어가고 있다.
> 2. 개발이나 공해로 자연환경이 파손되면 그곳에 살고 있던 생물은 생존치 못한다. 설령 명맥을 유지한다 하더라도 입지 환경과 관계를 맺고 있는 이상 그 영향은 절대적이다. 특히 조류는 이와 같은 환경의 변화에 그 영향을 정면으로 받는다. 최근 각 지방의 물가에서 물총새의 자취를 볼 수 없게 되었다. 논과 산림에 사용한 농약이나 공장의 폐수로 하천이 오염되어 그곳에 살고 있던 물고기나 조개가 줄어들기 때문이다.

이어 형은 두 행을 비우고, 중부리도요라는 새 이름을 반복해서 낙서해놓았다. 족제비가 떠올랐다. 형도 족제비처럼 중부리도요를 찾고 있었다. 그러나 형이 박제용으로 찾는 것 같지는 않았다. 나는 오랫동안 형과 대화를 나누지 못했다. 내가 줄곧 도서실에서 생활한 탓이었다. 간혹 집에 들러도 형이 없을 적이 많았다. 얼굴을 본들 별 할 말이 없기도 했다. 그러는 동안 형은 새에 관해 생각을 많이 한 모양이었다. 새와 공해. 형의 생각은 이제 공해 문제에 미쳤음이 분명했다. 정부나 시에서도 엄두를 못 내는 도시의 공해 대책을 형이 어떻게 해결하겠다구. 어쨌든 형은 이상적인 만큼 비현실적이었다. 상식의 궤도를 벗어났다. 거기에 비해 족제비는 실속주의자였다.

나는 마루에서 아침과 점심 사이 어중간한 밥을 먹었다. 밥상에 내려앉은 가을볕이 따뜻했다. 수돗가에 현자 누나가 있었다. 나일론 속치마를 하이타이 거품 물로 헹구는 참이었다. 화단의 라일락 잎이 현자 누나 등에 그늘을 내렸다. 얇은 티셔츠 안에 브래지어 끈이 선명했다. 공장에 다니던 작년만도 현자 누나 허리는 날씬했다. 올봄 맥주홀에 나가고부터 곡선이 무너졌다. 아버지는 큰방 문 앞에서 신문을 보고 있었다. 돋보기 너머로 구인 광고란을 살폈다.

"엄만 언제 나갔나요?" 내가 아버지께 물었다.

"곧 온댔어."

"광고란에 중고 신참 쓸 마땅한 일자리라도 있나요?"

"그저 보, 보는 거지." 아버지가 어물쩍 말했다.

"놀고 지내기도 심심하죠? 저하고 바꿔 됐음 좋겠어요."

아버지는 대답 없이 재떨이에 놓인 꽁초를 입술에 끼웠다. 아버지 연세는 올해로 쉰하나였다. 노동은 모르지만 아직 사무 일은 볼 수 있는 나이였다. 다리를 잘름거리고 말은 약간 더듬지만 건강에는 이상이 없었다. 작년 초까지 아버지는 시내 공립중학교 서무과장이었는데, 작년 학기 말에 물러났다. 엄마 탓이었다. 엄마는 아버지를 통해 학교 공금을 빼내 썼던 것이다. 아버지가 처음부터 엄마 농간에 놀아나지는 않았다. 공금을 빼내 개인 용도로 쓸 만큼 아버지가 배짱이 있지 못했다. 아버지는 꽁생원으로, 소심하고 옹졸했다. 겁이 많았다. 아버지는 이를 전쟁 탓으로 돌렸다. 언젠가 아버지는, 고향을 잃고부터 가슴에 큰 구멍이 뚫렸다고 말했다. 통일이 되지 않는 한 메울 수 없는 구멍이라고 자탄했다. 고향을 잃고 살기는 엄마도 마찬가지였다. 그러기에 아버지 이유는 타당하지 않았다. 아버지는 금강산을 낀 강원도 통천군 두백리가 고향이었다. 들은 바로, 그곳에서 배 열 척과 어장을 가진 수산업 재력가 아들로 태어났다. 해방 전 일본에서 전문학교를 다녔고, 해방 후 서울에서 대학에 적을 두었다. 전쟁이 난 해 6월, 결혼을 하려 고향으로 간 게 그만 발이 묶였다. 그해 7월 아버지는 고향서 징집당해 인민군 소위로 참전했다. 지난봄 어느 날, 아버지는 나도 낀 자리에서 형 질문에 대답했다. 아버지는 공산주의가 원래 생리에 맞지 않았다고 했다. 객관적으로 어느 주의가 좋다 나쁘다를 떠나, 그들은 매사에 과격하다는 것이다. 사나운 맹수가 인간의 탈을 쓰고 인간을 집단으로 길들이려 덤비니, 인간을 생각하는 동물로 남겨두지 않는다고 했다. "혁명, 투쟁, 반동, 처단…… 단어만 들어도 끄, 끔찍해. 사람은 다 개성이 다르기에 가, 각자의 꿈과 소망이 다르듯, 나는 그런 개성과 차, 창의력을 존중해. 또 너들이 알다시피 인간이 생산과 노동 이외 마음대로 옮겨 살 자, 자유와 사색도 피, 필요하구……" 아버지의 더듬는 말이었다. 그 말에 형이, 아버지는 전쟁의 희생자로 분단 현실이 당신의 희망을 앗아갔다고 토를 달았다. 그 말에 내가 나섰다. "교과서의 통일이란 말씀은 귓구멍에 못으로 박였어. 그런데 뭐야. 지금 상태에서 저쪽과 무슨 대화가 통해. 선생님도 자유민주주의와 전제공산주의는 무력의 길 외에는 통일이 힘들다고 말했어. 나도 동감이야. 통일을 위해 누가 전쟁을 원해? 5천만이 넘는 인구 중 몇 할이 전쟁과 통일을 바꾸자고 나서겠어? 전쟁은 모든 걸 망쳐. 전쟁을 통해 통일을 도모하는 것보다는 차라리 영구적인 분단이 오늘을 살기에는 편해." 내 말을 형이 반박했다. "너희 세대는 통일의 중요성을 몰라. 그런 사고방식을 갖게 된 건 잘못된 교육 탓이야." 형 말에 아버지가 머리를 주억거리며, 모든 게 오늘의 교육 탓이라고 했다. 이 물량 위주의 자본주의 사회가 젊은 애들을 나쁜 쪽으로 몰아가서 가치판단의 기준을 잃게 했다며, 교육계에 몸담았던 티를 냈다. "통일을 외치는 아버지나 형보다 저희들은 통일에 무관심한 세대죠." 내가 콧방귀를 뀌었다. 인간은 정직이 중요한데 네 생각은 정직하지 못하다고 아버지가 말했다. 아버지 말에 잘못은 없었다. 아버지는 정직을 생활신조로 삼았다. 아버지는 학교에서 빼낸 공금을 보름 안으로 꼭 메우겠다는 엄마의 약속을 긴가민가했다. 엄마는, 파산 끝에 가족이 거리로 쫓겨난다, 청산가리로 집단 자살하자, 보름이면 꼭 그 돈 돌려막을 수 있다, 나 혼자 감옥에 가거든 잘 먹고 잘살라는 극단적인 위협을 서슴지 않았다. 협박과 공갈로 아버지를 설득시켜, 그 결과 500만 원 돈을 우려낼 수 있었다. 어느 날 아버지는 술에 취해 인사불성으로 돌아왔다. "이건 나, 날강도다. 일을 저, 저질렀어. 이젠 나도 책임질 수 없다……" 아버지는 우리 방으로 건너와 형과 나를 잡고 겁에 질려 훌쩍였다. 엄마는 그 돈으로 깨어지려는 계를 겨우 수습했다. 아버지와 약속한 보름이 지났다. 엄마는 그 돈을 갚지 못했다. 아버지는 안절부절, 엄마는 안달을 냈다. 이제는 아버지가 날마다 자살 타령을 읊조렸다. 결국 아버지는 교장에게 사실을 자백했고, 권고사직을 당했다. 아버지의 스물네 해 공직 생활은 불명예로 끝났다. 퇴직금을 얼마간 받았으나 그 돈으로 횡령한 공금을 다 메울 수 없었다. 학교에서 송별회를 마치고 술에 취해 돌아온 날 밤, 아버지는 우리들 앞에서, "암탉이 울면 지, 집안이 망한다더니……" 하는 말만 읊조렸다. 그로부터 아버지는 집 안에 들어앉았다. 달마다 1만 1,000원씩 나오는 3급 상이용사 연금이 아버지의 유일한 벌이였다. 엄마는 역시 수완가였다. 식구를 거리에 나앉게 하지 않았고, 끼니를 거르게 하지도 않았다. 엄마의 능력으로 우리 식구의 생활은 예전 그대로의 수준을 유지했다. 경제권이 엄마에게 옮겨간 것이 달라진 점이라 할 수 있으나, 사실은 전에도 엄마가 경제권을 쥐고 있었다.

대문의 초인종이 울렸다. 내가 밥그릇을 비우고 숭늉으로 입안을 헹굴 때였다. 종옥이 대문께로 나갔다. 엄마가 치맛귀를 싸쥐고 들어오며 나를 힐끔 보았다. 엄마는 가죽 백을 마루에 던지며 주저앉았다.

"망했어. 빚내서 이자 치르면 또 새 이자 빚이 늘어나고…… 도대체 돈이 씨가 말랐나, 이렇게 융통이 안 돼서야. 우리도 끼니 거를 날 올 테지. 종옥이도 내보내야겠다. 아파트에 손댄 게 잘못이었어." 엄마가 한숨 끝에 말했다.

"서울 부동산 경기 침체가 예까지 쳐들어왔나? 프리미엄만 떼이면 될 텐데." 내가 말했다.

아버지가 신문에서 눈을 떼고 엄마를 보았다. 한마디 할 듯 입술을 달싹거렸으나 잔기침만 뱉곤 신문에 다시 눈을 주었다.

"이제 전매가 안 된다잖아. 실수요자가 아님 집을 살 수 없대."

"아파트를 은행에 담보 잡혀 돈을 돌리세요."

"넌 하란 공부 안 하고 머리가 그쪽으로만 트이냐? 요즘 어때? 독서실 배겨낼 만해?"

"그저 그렇죠, 뭐."

"올해 낙방하면 걷어치워. 뭐 꼭 대학을 나와야 돈을 잘 버냐. 너도 네 밑 닦을 줄 알아."

나는 돈이 필요했다. 엄마 푸념에 물러설 수 없었다. 엄마의 저런 넋두리와 짜증에 나도 만성이 된 터였다.

"엄마, 3만 원쯤 줘. 학관비를 내야겠구, 용돈도 없구."

"맨날 무슨 돈타령이니. 넌 엄마 낯짝이 돈으로만 뵈니?"

"사실은 5만 원이 필요한데 깎아서 부른걸요. 밤샘하며 라면만 먹었더니 속도 쓰리구……" 나는 끝말을 죽였다. 늘 구걸하는 게 버릇이 되었다. 정에 약한 엄마를 이용하는 데는 응석부림이 효과가 있었다.

"공부구 뭐구 때려치워. 형 꼴 좀 봐. 네 형만 보면 억장이 무너지니……" 하더니, 엄마는 백을 당겨 5,000원권 석 장을 집어냈다.

"강습소고 독서실이고 집어치워. 집에 들앉아 공부한다구 안 될 게 뭐냐."

돈을 챙긴 나는 얼른 가방을 들고 집을 나섰다. 골목 입구 약방 앞까지 왔을 때였다.

"병식아, 나 좀 봐." 누가 뒤에서 불러 돌아보니 아버지였다. 아버지는 잘름거리며 쫓아왔다. "돈 5,000원만 비, 빌려주겠니? 월말에 돌려줄게."

"내가 쓰기도 모자라요." 사실이 그랬다. 어젯밤 고고홀에 갈 때 족제비가 5,000원을 빌려주었다. 그 돈은 오늘 갚기로 약속했다.

"원호금 타면 돌려주마. 급히 쓸 데가 있어서 그, 그래."

"엄마한테 말하지, 왜 날 보구 이래요? 돈 타낼 때 엄마 잔소리하는 거 들었잖아요?"

나는 몸을 돌렸다. 아버지의 발소리가 더 이상 나를 따라 오지 않았다. 아버지의 발걸음은 기원으로 돌려질 터였다. 거기 나가면 함경도 출신의 삼팔따라지 바둑 친구 강 회장이 있었다. 아버지는 강 회장에게 돈을 빌릴 것이다. 나는 내처 걸었다. 독서실에서 오전을 보내고 오후에는 족제비네 집으로 가서 박제품 수거에 따라붙어야지. 나는 쉽게 결정을 내렸다.

2

9월 중순을 넘기면서 가을도 성큼 한발 다가섰다. 여름 동안 무성했던 뭉게구름이 하늘에서 자취를 감추고 건조한 바람이 대기를 채워 불었다. 강가의 작은 벌레나 물고기, 조류도 살이 오르고, 겨울을 날 생물들은 겨우살이 준비에 착수했다. 식물은 뿌리를 더 견고하게 대지에 박고, 먹이를 쫓는 동물의 싸댐도 분주해졌다.

이런 절기쯤이면 동진강 하구의 삼각주에는 여러 종류의 나그네새와 철새를 볼 수 있었다. 청둥오리, 바다오리, 황오리, 왜가리, 고니, 기러기, 꼬마물떼새, 흰목물떼새, 중부리도요, 민물도요, 원앙, 논병아리 등 수십 종의 철새와 나그네새가 먹이를 쫓아 싸대는 수다스러운 행동거지가 볼 만했다. 각양각색의 목청으로 우짖는 소리와 날개 치는 소리가 강변 갈대밭을 덮었다. 동남만 일대가 공업화의 도전을 받자 새의 종류와 수가 줄어들었다. 근년에 그 현상은 더 현저해져 공해에 강한 새들만 동진강을 찾아들 뿐, 천연기념물로 지정된 새나 보호조는 날아들지 않는 종류까지 생겼다.

내가 대학에 입학하던 해 늦가을이니 다섯 해 전이었다. 문리대생들의 교내 소요가 있자 학교 당국은 일주일 동안 가정학습을 실시했다. 나는 급우와 함께 고향 집으로 내려왔다. 우리는 닷새 동안 바다와 맞닿은 동진강 하구의 삼각주 개펄에 텐트를 치고 야영했다. 그때만 해도 공해나 자연보호에 대한 관심이 크지 않았고, 나그네새나 철새를 관찰한다는 특별한 이유로 야영을 하지는 않았다. 우리는 라디오도 소지하지 않았고 오직 자연을, 자연 그대로의 상태로 보고 즐겼다. 세상 밖 문명이나 지식, 우리 연령대의 열정과 고뇌, 분노도 망각한 채 외곬으로 자연에 함몰된 상태로 닷새를 보냈다. 베르그송의 『창조적 진화』에 빠졌던 때였으나 나는 닷새 동안 책을 읽지 않았다.

"병국아, 잠 깼니? 또 우짖기 시작하는군그래." 미명 무렵, 친구가 말했다.

새 떼가 기상을 시작한 것이다. 천막 밖은 어둠이 걷혀갔고 한랭한 공기가 천막 안으로 밀려들었다. 바닷가에서는 늦잠을 잘 수 없다며 친구가 일어나 앉았다.

"어제처럼 개펄로 달려볼까?" 머리맡의 안경을 찾아 끼며 내가 말했다.

"우리 발걸음에 쫓긴 수백 마리 새 떼의 아우성이 듣고 싶어?"

"재밌잖아? 날려 보내면 금세 우리 뒤로 돌아와 앉을 텐데."

"산탄총을 갈겨대면?" 친구가 물었다.

"총알에 맞은 새는 한 점 순수로 떨어질 테지." 나는 어느 시인의 시구를 인용하며 웃었다.

"총알에 맞지 않은 새는?" 친구가 빤한 질문을 했다.

"멀리 날아가 다시 오지 않을걸."

우리는 큰 소리로 웃곤 파카를 껴입고 텐트 밖으로 나왔다. 바닷바람이 소금 냄새를 풍겼다. 밤새 바다와 하늘을 묶어놓았던 어둠이 퇴각하고 있었다. 수평선이 상하로 쪼개지며 선을 그었고, 그 선을 구획 삼아 붉은 빛살이 살아났다. 바다의 어둠이 빛살을 빨아들인다면 하늘의 어둠은 빛살에 튀어 터지는 참이었다. 우리는 맨발인 채 개펄로 뛰었다. 발바닥에 닿는 습기 찬 모래땅의 감촉이 좋았다. 새벽노을을 배경으로 점점이 뿌려져 나부끼는 새 떼의 힘찬 비상을 볼 수 있었다. 다섯 해 전 그때만 해도 나는 수십 마리, 또는 그 이상으로 떼를 이룬 도요새 무리를 보았다. 메추라기 같은 몸체에 머리 위와 눈썹 부분이 크림색이던 도요새는, 지금 따져보면 중부리도요가 틀림없었다. 우리가 가까이 가도 두려워하는 기색

없이 삼각주 개펄에서 긴 부리로 조개나 게, 새우 따위를 쪼던 모양이 지금도 눈에 선히 떠올랐다.

친구가 서울로 올라가고 이태 뒤였다. 나는 학교로 정배 형을 찾아갔다. 형은 동진시의 유일한 전문대학에서 생물학을 가르치는, 내가 나온 고등학교 6년 선배였다.

"중부리도요는 울음소리로 금세 구별할 수 있지." 그 방면에는 내 스승 격인 정배 형이 말했다. 그는 공해 문제 중 수질 오염에 관심이 많았고, 그 방면의 논문을 준비하고 있었다.

"어떻게 우는데요?" 내가 물었다.

"글쎄, 입소리로 그걸 어떻게 흉내 낼까. 폿폿, 폿폿폿폿 또는 폿폿폿, 폿폿폿폿 하고 예닐곱 번씩 계속 읊어."

"녹음해둔 건 없나요?"

"녹음기가 있긴 해. 그러나 성능이 좋지 않아. 테이프리코더는 갖춰야 하는데, 선생 박봉으론 엄두가 나야지" 하며 정배 형이 웃었다.

"며칠 전에 사흘 동안 삼각주 갈대밭에서 야영했어요. 그런데 그렇게 우는 새는 못 봤는데요."

나는 동진강 하구 삼각주 갈대밭에서 나그네새, 철새 종류를 관찰하며 기록한 노트를 정배 형에게 보였다. 정배 형이 노트를 훑어보았다.

"낙동강 하구가 도요새 도래지이지만 예부터 동진강 하구는 중부리도요 도래지로 알려졌어. 우리나라 동남해안 일대에서는 유일한 중부리도요 서식처인 셈이지. 그래서 서울의 조류 연구가도 중부리도요 습성을 관찰하러 봄가을로 이곳을 찾곤 했었지. 그러나 수년 사이 중부리도요는 나도 못 본걸.” 정배 형이 말했다.

“수질오염으로 먹이가 없어서 도래를 않는다면 동남만 부근의 다른 못이나 개펄로 옮겨간 게 아닐까요?”

“그렇게 생각할 수도 있지. 찾아보면 새로운 도래지를 발견할 수 있을 거야.”

“언제 자전거라도 빌려 타고 해안 일대를 수색해볼까요?”

“좋은 생각이야. 수업이 없는 토요일 오후쯤이 좋겠군.”

“1박 2일로요?”

“취사 일체는 내가 준비하지.”

“쓰던 논문은 어떻게 마무리되어갑니까?”

“논문이랄 게 있나. 겨우 원고지 100장 분량인걸. 대충 끝냈어.”

“수질 오염도가 어때요?”

“동진강 하구 삼각주 지역 해수는 말할 것도 없고 웅포리 개펄 수은 농도가 평균 0.013피피엠이야. 허용 농도가 0.005피피엠이니, 허용 기준치를 많이 초과한 셈이지. 더욱이 공해병인 이타이이타이병病을 일으키는 카드뮴의 함량이 0.016피피엠이야.”

“시장에서 파는 미역이나 다시마는 물론이구 웅포리 회도 못 먹겠군요. 대부분 이곳 동남만 인접 어장에서 수거하거나 잡아오니깐요."

"작은 문제가 아니라니깐."

"제가 서울 Y 신문 주재 기자 한 분을 아는데 자리 마련해 볼까요?"

"이런 발표일수록 신중해야지. 생계가 걸린 사람들의 피해도 무시할 수 없으니깐. 환경오염 피해는 10년이나 20년 후에 나타나지만, 당장 반응이 오는 그런 고발 기사의 역효과도 생각해야 해. 하루 벌이 목판 장수들, 영세 어민 등, 그들 대책도 아울러 강구해야지."

"대의를 위해서는 부득이하잖습니까. 그 보고는 사실에 입각한 거니깐요."

"그렇긴 하지. 조치가 빠를수록 우리들 식탁이 건강해지니깐."

"진실은 알릴 필요가 있어요. 일본의 미나마타 공해병公害病을 보더라도 말입니다."

미나마타병은 일본 구마모토현 미나마타시에 있는 신니치 질소비료 공장이 아세트알데히드를 제조하는 과정에서 부산물로 나온 메틸수은이 함유된 폐수를 미나마타강에 그대로 배출함으로써 야기된 공해병이었다. 메틸수은에 오염된 어패류를 장기간 섭취한 현지 주민이 그 병에 걸리자, 앓는 환자가 1,600여 명, 사망한 환자가 280여 명이나 되었다. 미나마타병은 지각장애, 청각장애, 혀의 경화 등을 일으키며, 임산부의 경우에는 태아가 그 수은을 흡수하면 태아성 미나마타병에 걸려 출생 후부터 일생을 식물인간으로 살아야 하는 무서운 공해병이었다.

나는 『라이프』지 기자 유진 스미스 부부가 미나마타 마을을 취재해서 찍은 사진들 중 한 컷을 본 적이 있다. 유진 스미스 부부는 취재 도중 현지 주민의 완강한 반대에 부딪혀 실명의 위기를 겪기도 했다. 사진은 일본식 욕조 안 광경이었다. 어머니가 태아성 미나마타병에 걸린 17세 딸을 목욕시키는 장면이었다. 전면에 부각된 딸은 몸통을 욕조에 담그고 다리와 상체는 욕조 밖으로 내놓고 있었다. 백치 딸은 눈을 치켜뜬 채 허공을 응시했으나 그 눈은 태어날 때 이미 맹인이었고, 두 다리는 장작개비같이 말라 있었다. 딸의 어깨를 씻겨주는 엄마의 표정은 우는 듯 일그러졌는데, 딸의 얼굴을 쳐다보는 모성의 애절한 눈망울이 인상적이었다. 17년을 식물인간 상태로 숨 쉬는 딸을 지켜보아야 했던 엄마의 정신적 고통은 어떤 보상으로도 해결될 수 없으며, 문명의 부산물인 공해병이 얼마나 가공할 파괴력으로 인류 사회에 침투하는지 증언한 충격적인 사진이었다.

"우선 논문이 정리되는 대로 곧 학계에 보고하겠어." 정배 형이 말했다. 정배 형이 쓰던 논문은 「동남만 생산 식용 해조 중 수은·카드뮴·납 및 구리의 함량 분석」이었다. 형은 그 논문의 자료 수집을 위해 지난 겨울방학을 동남만 개펄에서 보냈다. 형과 내가 이런 대화를 나누기는 올봄, 내가 정배 형을 찾아가 인사를 나눈 지 일주일 뒤였다. 내가 정배 형을 찾은 이유는 나그네새의 습성과 도래에 관해 자문을 얻기 위해서였다. 정배 형은 내 질문에 소상한 설명을 아끼지 않았다. 외로운 작업에 동지 한 명을 얻어 기쁘다고 했다. "자네도 이 신흥공업 도시의 공해 문제에 관심이 크군그래." 정배 형은 내 어깨를 두드려주었다. 그로부터 형과 나는 동지가 되었다. 나는 날마다 정배 형 학교로, 형 집으로 쫓아다녔다. 형 연구실에서, 술집에서, 동진강 하구에서 우리는 많은 대화를 나누었다. 나는 특히 나그네새나 철새의 생태에 수질오염이 미치는 영향을 두고 이야기했다. 그때부터 나는 새에 미쳐버렸다.

학교 대형 게시판의 제적자 명단에 내 이름이 나붙기는 2년 전 가을이었다. 나는 하릴없이 열흘 동안 서울에 머물렀다. 그때부터 나는 하루 세 끼 식사 중 두 끼만 먹기로 결심했다. 일일 이식이 건강에 좋다고 해서 그 말에 따른 게 아니었다. 그렇다고 내 육체를 학대하면서 이룰 수 있는 일은 아무것도 없었다. 고행 끝에 달관의 경지에 도달하려는 인도의 힌두교도들처럼 극기의 초기 단계로 절식을 결심한 것도 아니었다. 다만 긴장의 한 방법으로 선택했을 뿐이었다. 나를 훈련시키기 위해서는 우선 내 생리적 욕구부터 절제하는 게 필요했다. 자기 수련은 가득 찬 상태보다 비어 있는 홀가분한 상태에서 시작해야 했다. 뒤에 안 일이지만 체중을 가볍게 하는 새가 그랬다. 나는 열흘 동안 서울 이곳저곳을 기웃거리며 내가 할 수 있는 일을 찾아보았다. 입이나 살 정도의 일거리는 마련할 수 있었다. 그러나 그 바닥에서 끼니 잇기가 현재 상태보다 나아질 조짐이 없어 보였다. 상한 마음을 위로받을 길 없이 끓는 열정을 꾹꾹 눌러 삭이는 친구들, 웬만큼 익숙해져 세상 형편에 적당히 얹혀버린 친구들 사이에서, 나는 조증을 앓는 마음을 달래느니 낙향이 나을 것 같았다. 고향에서 내가 할 일이 없더라도 그곳은 내 어린 시절의 추억이 담긴 성장지였다. 나는 짐을 챙겨 다시는 서울에 걸음하지 않으리라 결심하고 고속버스에 올랐다. 밤 차창에 비친 내 얼굴을 보았다. 파리하게 시든 병약한 청년이 불안한 눈동자로 나를 마주 보고 있었다. 어느새 나는 소심한 벙어리 청년이 되어버렸다. 비로소 내가 어떤 면에서 말더듬이 아버지를 닮았음을 깨달았다. 구치소에서도 울지 않았던 눈에서 더운 눈물이 뺨을 타고 흘렀다. 광야에서 초인을 기다리던 설렘과 강가에서 말 달리던 선구자를 그리던 내 열정이 노래로 남고, 삶의 열정조차 덧없는 한때로 받아들일 때, 나는 내 낙향을 젊음의 끝으로 해석할 수밖에 없었다.

고향 역에 도착하니 밤 10시, 깜깜한 하늘이 가을비를 뿌렸다. 고향에서 나는 당분간 칩거를 각오했다. 엄마는 거지로 돌아온 이 도령을 맞듯 넋두리를 늘어놓았다. 여자 몸으로 시장 바닥을 싸대며 일수놀이 해서 가정교사도 하지 말라 하고 공무원 봉급만큼이나 비싼 서울 하숙까지 시켰더니 그 결과가 이 꼴이냐며 며칠을 식음조차 놓았다. 내가 결코 암행어사가 될 수 없음을 나도 알았지만 부모를 실망시킴도 죄악임을 깨달았다. 나에 대한 엄마의 기대가 컸던 만큼 내 낙향은 반비례의 배반이었다. 공학박사로 동진시 공업단지를 총괄할 행정 책임자 정도는 될 수 있으리라 기대했던 엄마로서는 그 넋두리가 당연한 결과였다. 며칠의 넋두리가 끝나자 엄마는 그 전에 내게 보였던 사랑을 증오로 갚기 시작했다. 넋두리가 욕설로 변했다. 용돈은 10원 한 장 줄 수 없다, 앉은자리에서 자결해라, 자결을 못 하겠담 문밖출입을 마라, 대역 죄인이니 동네 사람들 보기가 부끄럽다, 엄마 말은 납득할 만한 이유가 있었기에 나는 그 말을 소화해냈다. 낙향 닷새째, 엄마는 표범으로 돌변했다. 내 방의 책들을 마당으로 꺼내어 불살라버린 것이다. 화가 돋친 엄마는 방으로 뛰어들어 내 옷가지와 심지어 구두까지 불길에 던져버렸다. 친구나 이웃에게 자랑하던 초등학교, 중학교, 고등학교 때 상장도 불길 속에 던져졌다. 그때 나는 엄마가 내게 걸었던 기대가 모성보다는 자식에게 기댄 허영심임을 알았다. 그런 엄마를 나는 미워할 수 없었다. 다만 내 마음을 차지했던 엄마의 비중이 조금 낮아졌을 뿐이었다. 그 뒤부터 엄마의 잔소리가 귀 밖으로 흘러갔다. 병식이가 나를 보는 눈도 엄마 못지않았다. 아우는 노골적으로 표정에 경멸을 담았으나 말로 표현하지는 않았다. 그가 생각하는 나름대로의 삶의 길에 내가 배척당했다고, 그의 생각을 수정시킬 필요는 없었다. 그의 사리 분별력도 나름 객관적이었으나 나와는 다른 객관이었다. 개인 의사가 존중되어야 하는 만큼 그의 생각도 자유였다. 그러나 오직 아버지만은 내 편이었다. 아버지는 낙향 첫날, 나를 따뜻이 위로했다. 돌아온 탕아를 맞이한 예수처럼 나를 맞아들였다. 경제권이 없어 송아지를 잡아 잔치를 베풀지 못했지만, 일생 중 한 번은 넘어진다, 그러나 그 한 번에 인생 전부를 포기할 수 없다고 말했다. 내 손을 잡고, 이 세상의 영화나 권력, 재물과 닿지 않더라도 삶에는 여러 길이 있음을 더듬는 말로 이야기했다. 하늘이 어떤 사람에게 큰일을 맡기려 할 때면, 반드시 먼저 그의 마음을 괴롭히고, 그의 살과 뼈를 지치게 만들고, 그의 육체를 주려 마르게 하고, 그의 생활을 궁핍하게 해서, 하는 일마다 그가 꼭 해야 할 일과는 어긋나게 만든다는 맹자의 비유까지 들먹였다. 방 안에서 보내는 감금 상태의 생활에도 한도가 있었다. 내가 방 안에서 갇혀 지내야 할 납득할 만한 이유도 없었다. 열흘 뒤부터 나는 고등학교 친구를 찾거나 시립도서관 출입으로 외출을 시작했다. 나를 보는 이웃의 시선이 의외로 차가운데 또 한 번 곤욕을 치렀다. 모두 나를 경원하고 두려워했다. 그로써 나는 가족과 사회, 어느 곳에도 안주할 수 없음을 깨달았다. 내가 환경을 거부했는지 환경이 나를 도태시켰는지 한

동안 갈피를 못 잡은 채 어리둥절해했다. 나는 홀로인 채 도시의 매연 낀 거리와 폐수로 오염된 개펄을 방황했다. 나는 나를 잃어버렸다. 내 실체만 남고 내 정신은 나로부터 떠났다. 흘러간 시간은 다만 공간이며 흐르는 현재 시간이 진정한 시간이라는 베르그송의 말에 동의한다면, 현재 시간조차 각성치 못하는 상태에서 다가올 시간을 어떻게 믿으랴. 나는 어느덧 삶을 비극의 본질로 받아들이는 데 익숙해졌다. 때때로 자살을 생각해보기에 이르렀다. 그러나 죽음의 선택이 자유스러운 만큼 그 결단은 단순한 사고를 요청하지 않았다. 나는 너무 나약한 심성의 소유자였다. 나는 약육강식의 시대에 아직 내가 맡아야 할 일이 남아 있을 거라며 주위를 살폈다. 그러나 희망적인 낌새는 어디에서도 찾을 수가 없었다. 다만 우리 나이가 중년에 이르렀을 때쯤, 이 시대가 당도할 좌절이나 희망만은 내 눈으로 확인하고 싶었다.

죽음을 유보하면서도 삶답지 못한 생존의 늪에서 허우적거릴 때, 이 도시의 생활환경이 왜 자연을 파손시키느냐 하는 또 다른 문제에 나는 관심을 갖게 되었다. 동진강 하구의 삼각주 개펄에서 새 떼를 만났다. 실의의 낙향으로 술만 죽여내던 깜깜한 생활 안으로 나그네새의 울음이 들려오기 시작했다. 새가 내 머릿속으로 자유자재 날아다녔다. 수백 마리씩 떼를 지어 의식의 공간을 휘저었다. 내가 특별히 관심을 가진 것은 동진강 하구에서 자취를 감춘 도요새였다. 나는 깨어진 내

청춘의 꿈 조각을 맞추겠다고 도요새를 찾아 미친 듯 헤매었다. 도요새 중에서도 중부리도요를 발견하려고 휴일에는 정배형과 함께, 다른 날은 나 혼자 동남만 일대의 습지와 못과 개펄을 싸돌았다. 봄은 짧았고 곧 초여름으로 접어들었다. 그때는 이미 도요목目의 도욧과科에 포함된 그 무리는 우리나라 남단부를 거쳐 휴전선 하늘을 질러 북상한 뒤였다. 다시 도요새 무리가 도래할 시절을 기다렸다. 시베리아, 알래스카, 캐나다의 툰드라에서 편도 1만 킬로미터를 날아 남으로 내려오는 그 작은 새 떼의 긴 여정에 밤마다 환상으로 동참했다. 내 사고의 닫힌 문을 도요새가 날카로운 부리로 쪼며 밀려들어, 떠남의 자유와 고통에 대해 여러 말을 재잘거렸다.

우리는 여름을 한대 추운 지방에서 번식해 가을이면 지구 반을 가로지르는 여행길에 오른다. 우리는 떠나야 할 때를 안다. 얇은 햇살 아래 파르스름하게 살아 있던 이끼류와 작은 떨기나무가 잿빛으로 시들고, 긴 밤이 북빙의 찬바람을 몰아올 때쯤이면 여정의 채비를 차린다. 여름 동안 자란 새끼도 날개를 손질하며 출발의 한때를 기다린다. 우리의 여행은 생존에 필요 불가결한 자유를 찾기 위한 고통의 길고 긴 도정이다. 처음 떠날 때, 우리는 무리를 이루지만, 창공을 가로질러 쉬지 않고 날 때는 혼자 날 뿐이다. 마라톤 선수가 42.195킬로미터를 완주할 때 오직 자신과 싸우듯, 작은 심장으로 숨 가빠하며 혼자 열심히 난다. 그렇다고 방향이나 길을 잃는 법은 없다. 혼자 날지만 결코 혼자가 아니기 때문이고, 내 유전자 속에는 조상새로부터 물려받은 선험적인 길눈이 따로 있다. 우리는 각각 떨어진 개체지만 나는 속도가 일정하고, 행로가 분명하기에 낙오되거나 헤어지지 않는다. 500만 년 전 신생대부터 조상새는 고통의 긴 여행을 터득해왔기 때문이다. 인간이 감히 상상할 수 없는 바다와 하늘이 맞물려 있는 무공 천지에 길을 열어 봄가을로 두 차례 대이동을 한다. 오직 생활환경에 적응하기 위해서라고 치부한다면 인간도 거기에 예외일 수 없다. 오히려 인간은 환경에 적응한다는 핑계로 사악해지고, 탐욕스럽고, 음란하고, 권력욕에 차 있다. 자연의 환경을 파괴하고 끝내 너희들을 파멸의 길로 이끌 물질문명의 노예가 되지 않았는가……

나는 여름 내내 도요새의 이런 재잘거림을 환청으로 들었다. 가을이 왔다. 이제 동진강 하류의 삼각주에서 중부리도요는 찾아볼 수 없었다. 아니, 중부리도요보다 몸집이 큰 마도요, 등이 불그스름한 민물도요도 볼 수 없었다. 동진강은 공장 지대에서 흘러나온 폐수로 수질이 크게 오염되었다. 많은 철새나 나그네새 중에 공해에 비교적 강한 몇 종류의 철새와 나그네새만 도래할 뿐이다. 바다쇠오리·청둥오리 등의 오리 무리와, 흰목물떼새·꼬마물떼새 등 물떼새 무리가 그들이다.

나는 열 개의 미터글라스가 꽂힌 시험관꽂이를 들고 수질 오염도가 높은 동진강 하류 석교천 둑길을 걷고 있었다. 석교천은 이쪽 둑과 건너 둑 사이가 40미터 남짓한 개울이었다. 초등학교 적 소풍을 자주 갔던 진양산이 발원지로, 길이가 5킬로미터 정도였다. 석교 마을은 개울과 동진강이 만나는 기슭에 자리 잡았다. 개울 양쪽은 만여 평의 공한지였고, 개울 상류 멀리로 웅장한 B 공단 공장 건물이 임립해 있었다. 내가 든 열 개의 미터글라스 중 여덟 개는 3분의 2쯤 물이 찼고 두 개만 빈 글라스였다. 석양 무렵이었다. 해안 쪽 하늘에는 새털구름이 점점이 널렸고, 구름 한쪽이 놀빛에 물들어 입체감이 뚜렷했다. 도수 높은 안경알이 놀을 흡수했다. 나는 석교천을 내려다보았다. 개울물은 검은 주단처럼 칙칙했다. 석양 탓만은 아니었다. 이따금 회백색 거품이 냇물 표면에 응어리져 떠내려갔다. 시계를 보았다. 6시 45분이었다. 나는 둑에서 개울가 자갈밭으로 내려갔다. 자갈밭에 쭈그리고 앉아 농구화와 양말을 벗었다. 시험관꽂이에서 집어낸 빈 미터글라스를 들고 검정 바지를 걷어 개울 속으로 들어갔다. 싸한 냉기가 발목에서부터 차올라 검은 개울물이 장딴지를 가렸다. 바지를 한껏 걷고 물 가운데로 들어갔다. 물빛은 더 검어져 숯가루를 뿌려놓은 듯했다. 개울물 가운데 지점까지 오자 물이 정강이 위로 차올랐다. 나는 걸음을 멈추고 미터글라스가 3분의 2쯤 차게 냇물을 떠냈다. 미터글라스를 들여다보았다. 좁은 유리관 속에서 혼탁한 물이 맴돌았다. 물결 소요가 가라앉자 물빛이 회색으로 변했고, 물속에서 검은 수포가 어지러이 움직였다. 검은 유액이 여러 겹의 명주실처럼 긴 띠를 이루어 유리관 벽을 감아 돌았다. 자세히 보니 또 다른 기름 입자가 물속에서 용해되지 않은 채 노랗게 떠돌았다. 그 외에도 유리관 안에는 육안으로 확인할 수 없는 다량의 중금속 불순물이 떠돌고 있을 터였다. 나는 참담한 마음으로 개울물을 내려다보았다. 안경알을 통해 놀빛에 반사된 검은 개울물이 독극물 같았다. 그 독극물이 내 다리의 땀구멍을 통해 전염해오고 있었다. 정배 형 연구실에서 본 사진이 떠올랐다. 육가六價 크롬화로 코의 중앙 연골에 구멍이 뚫린 환자가 치료받고 있는 장면이었다. 초로의 남자 얼굴이 뒤로 젖혔고, 양쪽 콧구멍에 핀셋으로 약솜을 넣는 사진이었다. 그는 일본화학공업이란 직장에서 20년간 근무하다 정년퇴직한 일본인이었다. 육가 크롬이란, 중크롬산소다를 생산하는 과정에서 배출되는 연소의 하나로 폐질환, 신경장애, 관절통, 빈혈, 위궤양, 턱뼈가 썩는 증상, 이가 빠지고 상하는 증세 등 각종 질병을 일으키는 독극물로서, 크롬이 오염된 땅에는 식물이 자라지 못하고, 그 폐수는 사람 다리를 썩게 할 정도라고 정배 형이 말했다.

"1970년 일본 매스컴을 떠들썩하게 만든 사건이지. 일본화학공업 네 개 회사, 크롬 회사 여섯 개 공장에서 폐암 등으로 죽은 사람 수만도 39명, 약 100명이 콧속에 구멍이 뚫리는 비중격천공鼻中隔穿孔 피해를 입는 중증을 보였어."

정배 형은 신문 스크랩북을 펼쳤다.

"우리나라에는 아직까지 육가 크롬화 환자가 있었다는 공식 기록은 없지요?"

"왜, 1973년에 비중격천공의 피해 환자가 나왔지. 그 외에도 모르긴 하지만 다수의 환자가 있었을걸."

"담양 고씨 일가족 전신 마비 사건도 분명 수은중독에서 온 거죠?"

"그렇게 보는 게 일반적 견해지."

정배 형은 1975년 8월의 신문에서 스크랩한 곳을 가리켰다. 일본의 육가 크롬화 사건 기사였다. 도쿄발 특파원의 기사 내용 중 붉은 줄을 쳐 강조한 부분이 있었다. 정년퇴직한 지 5년, 흉부의 심한 고통으로 사경을 헤매는 어느 육가 크롬화 환자 딸의 인터뷰 내용이었다.

> 예전 우리 집은 고마스가와 1가 다리 밑 고마스가와 제2공장 근처에 있었지요. 낡은 사택이었습니다. 바로 옆에 크롬 찌꺼기의 황색 흙이 산처럼 쌓였고, 게다가 회사의 트럭이 유산가스를 매일 실어다 날랐습니다. 여름에는 남풍이 불어 붉은 먼지 때문에 세탁물을 말릴 수가 없을 정도였어요. 그런 악조건 속에서도 아버지는 태풍 때면 비번임에도 불구하고 공장으로 급히 달려갈 만큼 애사심이 강했어요.

"직무에 그토록 충실했던 근로자의 말로가 어떤 결과를 빚게 되었나. 만년엔 결국 불치의 병에 시달리게 된 게지. 공해병이란 증상이 즉시 나타나지 않는 게 특징이야. 10년이 지나면 신체 조직에 천천히 이상이 생기거든. 유전인자를 통해 다음 세대에까지 영향을 미치구." 정배 형이 말했다.

"우리나라도 강 건너 불 보듯 할 얘기가 아닙니다." 내가 말했다.

"일본의 공업화를 답습하는 셈이니 상황이 닮은꼴로 전개된다고 봐야겠지. 벌써 학계의 관심을 넘어서서 심각한 사회문제로 대두됨을 자네도 알지 않는가." 그때 정배 형의 말이 그랬다.

나는 시험관꽂이를 들고 자갈밭으로 되돌아 걸었다. 석교천은 도저히 살아 있는 물이라 부를 수 없다고 생각했다. 석교천 물은 죽어버렸다. 폐유가 결국 동진강으로 흘러들고 있었다. 강폭이 80미터에 가까운 동진강은 몰라도 석교천에는 인체에 치명적인 영향을 줄 만큼 크롬산이나 수은이 다량 섞여 있을 것이다. 석교천 주민이 10년이나 20년 뒤 육가 크롬화의 중병을 앓지 않는다고 누가 감히 장담할 수 있단 말인가. 나는 자갈밭에 앉아 양말을 신었다.

"두고 보라구. 내가 석교천은 물론, 동진강까지 예전의 자연수 상태로 반드시 만들고 말 테니." 누가 들으란 듯 내가 말했다. 이 중얼거림은 스스로도 수백 번을 반복해서 자기최면에 걸린 말이었다. 누가 듣는다면 헛된 집념이라고 비웃으며, 미쳤다고 손가락질할 것이다. 그러나 지구 절반 거리의 무공천지를 한 해에 두 번씩 건너야 하는 작은 도요새의 고통보다 그 일이 결코 어렵게 생각되지 않았다.

우리나라가 1960년대부터 경제성장에 발돋움을 시작해 대망의 중화학공업 시대로 돌입했던 1970년대 벽두, 아홉 해 전이었다. 내가 중학교 3학년 때, 정부는 이 동남만 일대를 대단위 중화학공업단지로 고시했다. 이태 후 가을, 군청 소재지조차 못 되었던 동진읍은 일약 시로 승격되었다. 그 이전까지 읍은 인구 만 명을 웃돌던 동해남부선의 한 작은 역이었다. 석교 마을은 읍내에서도 해안 쪽으로 치우친 변두리였다. 읍내에서 석교 마을까지 나가자면 석교천 둑방길로 3킬로는 걸어야 했다. 내가 중학교에 입학한 그때만도 석교천 물은 속이 환히 들여다보이게 투명했다. 깊은 곳은 허리를 채울 정도였지만 물속에서 눈을 뜨고 내려다보면 물밑의 길동그란 자갈이 맑게 드러났다. 추위도 추위였고 길이 멀어 겨울철은 예외였지만, 학교가 파한 뒤 반 애들과 어울려 조갑지나 불가사리 따위를 주우러 바다로 나가곤 했다. 석교 마을 앞을 지나며 냇가에 늘어앉아 빨래하던 여자들의 재잘거림과 킥킥대던 웃음소리도 들었다. 1960년대, 그때만 해도 이곳 자연 상태는 완벽하게 보호되었다. 누가 나서서 보호해서가 아닌, 자연 그대로의 상태였다. 40여 호의 석교 마을까지 오면 석교천과 동진강이 합쳐지고, 우리는 거기서부터 넓게 트인 바다를 볼 수 있었다. 동진강 하구에서 시작되는 삼각주 갈대밭과 다복솔 울창한 해안 구릉 사이로 보이는 바다는 철에 따라 색깔이 달랐다. 봄이면 녹청색을 띠다, 여름이면 짙푸른 파랑, 가을이면 감청색으로 어두워졌고, 겨울이면 짙은 남색으로 변했다. 바다다! 하고 외치던 친구가 노래를 불렀다. "나의 살던 고향은 꽃 피는 산골……" 다른 친구는 바다 노래를 불렀다. "초록 바다 물결 위에 황혼이 지면……" 노랫소리는 바닷바람이 읍내 쪽으로 몰아갔다. 그 시절, 나는 꿈을 꿀 때도 동진강을 따라 바다로 나갔고, 거룻배를 타고 연안 바다로 떠돌았다. 어떤 날 밤은 고래가 나를 태워 여러 나라로 돌아다니는 꿈도 꾸었다.

나는 석교천 물을 떠 온 미터글라스에 종이를 붙이고 볼펜으로 날짜와 시간을 적었다. 코르크 마개로 주둥이를 닫고 시험관꽂이에 꽂았다. 시험관꽂이를 들고 둑길로 올라섰다. 갈대와 풀이 죄 말라버린 만여 평의 공한지가 양쪽으로 펼쳐져 있었다. 벌레는 물론이고 지렁이류의 환형동물조차 살 수 없는 버려진 땅이었다. 이 땅에도 내년이면 연간 5만 톤의 아연을 생산할 아연 공장 착공식이 있을 예정이란 신문 기사를 읽었다. 내가 중학을 졸업하던 해까지 이 들녘은 일등호답이었다. 가을이면 알곡을 매단 볏대가 가을바람에 일렁였다. 참새 떼의 근접을 막느라 허수아비가 섰고 사방으로 쳐진 비닐

띠가 햇살에 반짝였다. 바다를 끼고 있었지만 석교 마을은 어업보다 농업 종사자가 많은 부촌이었다.

마을 입구 들길에서 나는 산책 나온 임 영감을 만났다.

"이곳도 참 많이 변했죠?" 마을 경로회 부회장인 임 영감에게 물었다.

"공업단지가 들어서고 말이지." 임 영감은 회갑 연세로 석교 마을에서 삼대째 살고 있는 읍 서기 출신이었다. "변하다마다. 10년이면 강산도 변한다지 않는가. 공업단지가 들어선 지도 벌써 8년째네."

"언제부터 농사를 못 짓게 됐나요?"

"공단이 들어서고 이태 동안은 그럭저럭 농사를 지었더랬지. 그런데 이듬해부터 농사를 망치기 시작했어. 못자리에 기름물이 스며들지 않나, 모를 내도 뿌리째 썩어버리니, 결국 폐농했지."

"보상 문제는 어떻게 해결 지었나요?"

"관에 폐수분출금지 가처분신청인가 뭔가도 냈지. 그러나 폐농한 마당에 소장訴狀이 문젠가. 용지보상 대책위원회를 만들어 시청과 공단 측에 항의했더랬지. 공장에서 쏟아내는 기름 찌꺼기 때문에 땅을 망쳤다구 말야. 1년을 넘어 끌다 끝장에는 동남만개발공사에서 땅을 사들이기로 해서, 3년 연차로 보상을 받긴 받았지. 우리만 손해를 봤지 뭔가. 옛날부터 그런 사람들과 싸워 촌무지렁이가 이긴 적이 있던가."

“공단 측은 수수방관한 셈입니까?”

“그때나 지금이나 그 사람들 세도는 대단해. 지도에 등재도 안 된 촌이 자기네들 입주로 크게 발전을 했는데 그까짓 피해가 대수롭냐는 게지. 땅값이 천정부지로 올랐으니 팔자 고치지 않았느냐구 우기더군. 이젠 귀에 익은 소리지만 그때만 해도 생경한 수출입국이니, 중공업 시대니, 지엔피니 하는 소리를 귀에 딱지가 앉도록 들었지. 공단 측은 마을 대책위원과 촌로들을 초청해서 술 사주며 선심을 쓰다, 나중에는 마을 청장년을 자기네 공장에 취직시켜주겠다고 해서 흐지부지 끝났어.”

“어르신 댁도 혜택을 봤나요?”

“우리 집 둘째 놈이 제대하고 와 있던 참이라 피브이시 공장엔가 들어갔어. 제 놈이 배운 기술이 있어야지. 월급 몇 푼 받아 와야 제 밑 닦기 바빠. 딸년은 바람이 들어 서울로 떠났지. 거기서 공장 노동자 짝을 얻어 월세방 살아.” 임 영감이 기침 돋워 가래침을 뱉었다. “여보게 젊은 양반, 이 가래침 봐. 새까맣지 않은가. 서남풍이 불 때면 굴뚝 매연이 이쪽으로 날아와 우리 마을만 해도 해소병처럼 기관지병 걸린 사람이 한둘이 아니라네. 어디 사람 살 동넨가 말일세.”

“그 당시 땅값이 올랐으니 땅 팔아 벼락부자 된 분도 많겠네요?”

“목돈 좀 쥔 사람도 있긴 해. 그러나 돈이란 써본 사람이 제대로 쓰지, 어디 그 돈이 온전할 리 있겠나. 이런저런 꾐에 빠져 이태를 못 넘겨 다 거덜 났어. 백수건달 된 치는 도회지로 나가 막노동이나 하겠다며 식솔 데리고 떠났지. 난리가 따로 있겠나. 그것도 난리야."

"석교도 많이 달라졌어요."

"세상이 확 바뀐 게지. 개벽 이래 말일세."

"어르신은 요즘 어떻게 소일하시나요?"

"젊은이가 창피한 것까지 다 묻는군그래. 그 뭔가, 통닭집에 닭 싸주는 봉지 있지? 그 종이를 날라다 풀칠하고 손잡이 끈도 달아줘. 그래도 아직은 정정한데 손 재놓고 놀 수야 있나."

나는 죽은 땅 공한지 건너 공단 쪽을 보았다. 화학 공장들로 이루어진 B 단지였다. 삼영정유 공장, 동산플라스틱 공장, 진화화학 석교공장, 동진유기화학 제2공장 등이 거기 모여 있었다. 솟은 굴뚝 여기저기서 연기가 피어올랐다. 검은 연기, 노란 연기, 회색 연기가 바닷바람에 날려 시내 쪽으로 꼬리를 늘였다. 집진기集塵機가 제대로 가동이 되는 공장이 없음을 알고 있었다. 고장으로 집진기가 못쓰게 되었거나 노후화되어 성능이 부실하니 있으나 마나 한 매연 대책이었다.

나는 제방길을 따라 동진강 쪽으로 걸었다. 해안 쪽 하늘은 놀이 자주색으로 침침해갔다. 나는 석탑서점을 들러 오후 3시에 바닷가로 나왔다. 다섯 시간 정도 석교천을 오르내리며 시간 차를 두고 미터글라스에 석교천 물을 수거한 참이라 피로와 허기가 엄습했다. 밤을 몰아오는 바닷바람도 차가워졌다. 점퍼 지퍼를 목까지 당겨 올리며 석교 마을에 눈을 주었다. 잿빛 하늘 아래 눌려 있는 석교 마을은 읍 시절의 옛 모습이 아니었다. 당시 40여 호의 초가는 그새 절반으로 줄었고 알록달록한 기와지붕의 새 동네로 변했다. 포장된 앞길에는 시내버스 한 대가 달리고 있었다. 마을 뒤를 가렸던 언덕의 소나무 숲은 매연으로 고사해 민둥산으로 버려져 있었다. 산 뒤로 늘어선 열 동의 5층 아파트가 모서리를 보였다. 재작년과 작년에 걸쳐 신축된 아파트를 석교단지라 불렀다. 지난여름, 엄마가 저 단지 중 18평형 두 채를 빚을 내어 잡았으나, 이어 발표된 부동산 투기억제법에 묶여 매기를 잃어 지금은 전세를 놓고 있었다.

동진강 제방 둑길을 내려가 하구의 삼각주 갈대밭이 멀리로 보이는 지점까지 왔을 때였다. 남자 둘이 이쪽으로 걸어오고 있었다. 거리가 가까워지자 둘의 더펄머리칼이 드러나, 나는 공단 공원으로 짐작했다. 한 녀석은 등산 백을 메었고 복장도 등산복 차림이었다. 거리가 50미터쯤 가까워졌을 때, 등산 백을 메지 않은 녀석의 걸음걸이가 눈에 익었다. 병식이었다.

"형 아냐?" 병식이가 손을 들며 소리쳤다. 나는 아무 말도 안 했다. "동진강 하구가 형의 서식처니 형 만나지 않을까 생각했더랬지. 예감 적중이군." 병식이 웃었다.

"형, 안녕하슈?" 병식이 친구가 등산모를 들썩하며 알은체했다.

"어디 갔다 오는 길이니?" 아우를 보고 내가 물었다.

"바다 밑에서 곧장 나오는 길이지." 병식이가 농으로 말을 받았다.

"형, 들고 있는 건 뭐요? 냉장고에 넣어 하드 만들려구요?" 정배 형 실험실로 넘겨질 시험관꽂이 미터글라스를 보고 병식이 친구가 물었다.

나는 아우에게 할 말이 없었다. 독서실에 박혀 입시 공부나 하잖고 놀러만 다니느냐는 따위의 충고는 내 역할이 아니었다. 대학을 중도 하차한 나로서는 그렇게 말할 자격이 없었다. 그 점보다 나는 아우의 어떤 면에도 관심을 갖지 않았고, 나를 대하는 아우 역시 마찬가지였다.

아우에게, 가보라고 말하곤 나는 그들 옆을 스쳐 어둠이 내려앉은 바다로 걸었다. 놀빛이 사그라져 바다는 암청색을 띠고 있었다. 싸늘한 바람이 귓불을 훑었다.

"형, 곧장 걸어가면 바닷속으로 들어가." 아우가 등 뒤에서 소리쳤다.

"난 새가 될 텐데 왜 바다로 들어가? 비상을 하지." 내가 말했다.

"형, 새가 되더라도 개펄에 떨어진 콩은 주워 먹지 마슈." 병식이 친구가 외쳤다.

나는 걸음을 빨리했다. 잿빛 하늘을 배경으로 어둠 속에 갈매기가 날았다. 바람 소리 속에 끼룩끼룩 우는 울음이 들렸다. 그 소리는 동료나 짝을 부르는 게 아니라 나를 부르는 소리로 바뀌었다. 나는 정말 새가 되고 싶었다. 새처럼 나를 해방시키고 싶었다. 고통의 원인을 제공한 이 땅을 떠나 이상의 세계로 떠나고 싶었다. 윤회설을 믿지 않지만 이승에서 새로 변신할 수 없다면 내세에서는 새가 되어 태어나고 싶었다. 선택권을 준다면 새 중에서도 시베리아나 툰드라가 고향인 도요새가 되고 싶었다.

나는 동진강 하구로 내려가다 삼각주 갈대밭을 채 못 가 남쪽으로 난 큰길로 접어들었다. 바다를 낀 길로 500미터쯤 내려가면 해안경비 파견대 군 막사가 있었고, 그만한 거리를 더 내려가면 웅포리란 옛 포구가 나섰다. 개펄에 작은 배들이 닿는 웅포리는 이제 포구가 아니었다. 동남만 연안이 폐수 오염으로 고기가 잡히지 않을 즈음, 때마침 웅포리까지 포장도로가 닦였다. 처음은 그곳 어민이 포장 주막을 차리고 멍게, 해삼 따위를 안주로 술을 팔기 시작했다. 이어, 한 집 두 집 술집과 점포가 들어서더니 네온사인 내단 유흥가로 변했다. 불과 3년 전이었다. 작업복에 안전모 쓴 공장 직공들이 출퇴근용 자전거나 오토바이 편에 이곳으로 몰려들었다. 버스 노선이 생기자, 시내 투기꾼이 웅포리에 여자를 갖춘 룸살롱도 열었다.

나는 웅포리로 가는 참이었다. 그곳으로 가면 자주 찾는 집이 있었다. 유흥가에서 떨어진 암벽 아래 해주집이란 이름의 허름한 술집으로, 칠순의 할머니가 손자를 데리고 국밥과 소주, 막걸리를 팔았다. 할머니는 황해도 해주에서 육이오 때 피난 나온 이북 출신으로, 나는 그 집을 아버지로부터 소개받았다. 서울서 내가 낙향했을 무렵, 어느 날 아버지는 나를 데리고 해주집을 찾았다. 소주잔을 놓고 마주 앉은 아버지가 내게 말했다. "이젠 애비와 같이 잔, 잔 나눌 나이가 되었어. 네 어릴 적엔 난 오늘같이 이, 이런 날을 기다렸어. 내 맺힌 얘기를 들어줄 놈은 맏이밖에 없으니깐."

그날, 나는 아버지와 많은 말을 나누었다.

"……유엔군 포로가 되자, 나는 곧 전향했어. 내 뜨, 뜻에 따라 국군으로 자원입대를 한 셈이지. 6개월 후 금화전투에서 훈장을 받구 소위로 진급했지. 그때가 이, 일사후퇴가 끝난 후니 그로부터 다시 고, 고향 땅을 못 밟고 말았잖은가. 고향 땅이 수복되면 가족 데리구 이남으로 나오려구 꿈꿨던 게 다 수, 수포로 돌아갔어. 내가 변하기 시작한 게 그때부터야. 껍질 깨고 세상에 나오던 벼, 병아리가 다시 달걀 집으로 들어가고 싶어 했으나 워, 원상태 복귀가 불가능한 경우랄까……" 아버지는 주머니에서 수첩을 꺼냈다. 수첩을 뒤져 낡은 편지 봉투를 집어냈다. 나는 아버지가 고향 통천에 두고 온 조부모님과 삼촌 두 분, 고모 한 분과 같이 찍은 옛 사진을 보여주는 줄로만 알았다. 나는 그 낡은 사진을 수십 번도 더 보았다. 그러나 아버지가 꺼낸 사진은 통천에 두고 온 가족사진이 아니라, 누렇게 바랜 우표만 한 증명사진이었다. "너, 넌 이해할 거야. 이 사진을 보구 날 미워하지 않을 줄……" 아버지는 떨리는 손으로 사진을 내게 건넸다. 모서리가 닳았고 주름져 윤곽이 희미한 사진이었다. 사진은 양 갈래로 머리 땋은 흰 저고리 입은 처녀 모습이었다. 나는 그 사진 임자를 짐작할 수 있었다. "통천의 옛 약혼자군요?" 아버지는 사진을 내 손에서 빼앗아갔다. "다 흘, 흘러간 시절이야. 접장했던 이 여자두 이젠 느, 늙었을 게야." 아버지는 사진을 지갑에 넣었다. "꿈을 파먹고 산다는 게 어, 얼마나 괴로운지 아냐?" 아버지의 주름진 눈가가 눈물로 괴었다. 아버지는 어눌한 모습을 감추기나 하듯 떨리는 손으로 술잔을 들었다.

3

병식이는 제 어미로부터 1만 5,000원을 타낸 날로 독서실에 박혔는지 사흘째 귀가하지 않았다. 때맞춰 병국이도 집을 비웠다. 우리 내외만 아침 밥상을 받았다.

병국이가 서울서 대학을 다닐 때도 병식이 새벽반 과외 공부를 나가 일요일 외에는 내외가 아침상을 받았는데, 요즘은 가족이 모였어도 호젓한 아침 식사는 마찬가지였다. 우리 내외는 말없이 숟갈질만 해댔다. 처가 가자미조림 간이 맞지 않는다고 찬 투정을 읊조리다 짜증이 보채는지 한마디 했다.

"미친 자식. 어쩜 제 애비 성질내미를 족집게 뽑듯 뽑았을까."

병국이를 두고 하는 소린 줄 알면서도 나는 묵묵부답했다. 처는 날 힐끔 쏘아보곤 젓가락을 소리 나게 놓았다. 치미는 울화를 푼다고 쏘아붙였다. "당신도 병 도질 철이 왔는데 개펄로 안 싸돌아요? 강남 갈 철새가 뭔가 날아들 시절 아녜요?"

"웬 차, 참견은. 새 구경 나가는 데두 돈 드남."

"개펄까지 나가자면 차비는 공짜요?"

"걸어가지 뭘."

"애비나 자식이나 한통속으로 미쳤어. 병국이도 새나 보며 허송세월을 하니."

"소, 속요량이 있겠지. 방구석에 있기보담 운동도 되니……"

"답답한 양반아. 날아다니는 구름 잡는다더니, 허공에 나는 새에 미쳐. 잉꼬나 십자매를 키운다면 돈이나 되지. 집구석 돌아가는 꼴 보면 복장이 터져. 당신도 햇수로 따져 언제부터요. 이 바닥에 주저앉고부터 봄가을로 새 구경하겠다며 갯벌로 싸대더니 이젠 자식 놈까지 그 발광이야." 처가 숭늉으로 입안을 헹구곤 자리 차고 일어났다. "정신 나간 자식이 사흘이나 집구석 찾아들지 않으니 당신도 수소문 좀 해봐요. 꿔다 놓은 보릿자루처럼 방구석 지키면 다요?"

"언제부터 병국이 거, 걱정했소? 당장 뒈졌음 좋겠다 할 땐 언제구."

"오늘 갯벌로 안 나갈 참이오?" 처가 나갈 채비로 외출복으로 갈아입었다.

"그러잖아도 강 회장하고 바람이나 쐴까 하던 참인데……"

"그럼 잘됐수. 나가는 길에 병국이 주릴 틀어줘고 와요. 참, 나선 김에 웅포리 들러 동해식당 정 마담 만나 이잣돈 8만 원 꼭 받아 와요. 은행 이자 갚을 날이 내일이니 받아내야 해요. 독촉할 땐 어물거리지 말고 배짱 좀 부려요."

처음부터 심부름 가라고 이를 일이지, 하고 한마디 할까 하다 나는 말을 삼켰다. 상동 큰시장으로 일수 걷으러 나갈 참인지 처는 방 나서기 전에, 차비 쓰라고 100원짜리 동전 두 개를 방바닥에 던졌다. 아침상 물리고 동전 두 닢을 손바닥에 올려놓자, 나는 또 부질없이 스물다섯 해나 여편네와 한솥밥 먹고 산 억울한 세월을 한탄했다. 사흘을 주기로 처 잠자리 흥이나 돋워주는 역할도 이제 힘에 부쳤다. 앞으로 어떻게 처신해야 할지 아무런 결론도, 어떤 결단도 내릴 수 없었다.

내가 처를 만나기는 휴전되던 해, 상이군경 재활원에서였다. 왼쪽 허벅지에 박힌 다섯 개 파편을 꺼내고 좌대퇴골 이음 수술, 좌비복근 이식수술, 바스라진 좌족근골 맞춤 수술 끝에 부산 군통합병원에서 상이 제대를 하게 되기가 그해 가을이었다. 왼쪽 다리를 잘룩거리게 되었으나 절단 위기를 넘겼으니 수술은 성공적이었다. 군복을 벗었지만 불구의 내가 찾아갈 곳이 없었다. 수중에 재산이라곤 얼마간의 전역금뿐이었고, 남한 땅에는 친척붙이조차 없었다. 1년여 전쟁터를 떠돌며 생사의 갈림길을 헤맬 때 내 학구열은 거덜이 나버렸고, 이런 시국에 공부 계속하면 병신 주제에 그걸 어디에 써먹느냐는 회의부터 앞섰다. 다행히 장교 출신에 입대 전 대학에 적을 둔 학력 덕에 해운대 지나 송정리의 상이군경 재활원에서 총무 일을 보게 되었다. 100명 남짓한 재활원의 상이용사는 대부분이 미혼으로 척추장애자여서 휠체어에 몸을 의탁하고 있었다. 그러다 보니 거동 불편한 그들의 시중을 드는 심부름꾼과 취사를 맡은 여자들, 잡역부를 합쳐 재활원 연인원이 200명에 가까웠다. 1년 남짓 그곳 재산 관리를 맡을 동안 나는 처를 만났다. 처는 재활원에서 부엌일 보던 종업원이었다. 처는 경기도 개성의 도붓장사 딸로, 전쟁 중 피난길에 가족을 잃고 어쩌다이 남도 끝까지 흘러온 모양이었다. 처지가 그렇게 한빈했으나 처는 그늘이 없었고 천성이 명랑한 처녀였다. 나와 다섯 살 차이니 당시 스물한 살이었다. 지금도 달라진 점이 없지만, 그 시절 나는 의욕 상실자였고 대인공포증마저 보였다. 살아내기가 힘에 겨운 나날이었다. 병상 생활은 언젠가 건강을 되찾아 퇴원할 거라는 희망이 있었기에 배겨낼 수 있었다. 나는 마음을 못 잡은 채 매사에 초조해했고, 사람을 피했다. 그럴 때면 바닷가로 나가 혼자 만취할 때까지 술을 마셨다. 그런 중에도 어서 통일이 되어 고향에 갈 수 있기를 바라는 한 가지 소망만은 품고 있었다. 그러나 그 소망은 차츰 환상으로 변했다. 향수병을 술로 달랬다. 나는 내가 맡은 일만 보았을 뿐 하루 종일 말이 없었고, 말을 더듬는 버릇도 그때부터 비롯되었다. 그런 음울한 내 마음을 밝은 쪽으로 돌려놓겠다는 듯 처가 깔깔거리며 헤집고 들었다. 전쟁 뒤끝 경황없는 세월이라 학력이나 성격이 결혼의 첫째 조건이 되지 않기도 했지만, 내가 우울증에 시달리다 보니 우리 사이가 금방 가까워지지는 않았다. 한 울타리 안에서 말 터놓고 지내는 사이 정도였다. 재활원에서 1년을 보낼 동안 바깥 사회도 안정을 찾아 지체가 자유로운 상이군경에게도 취직의 문이 열렸다. 송정에서 동남해안을 따라 15킬로 위쪽에 위치한 동진읍 공립중학교 서무과에 일자리를 구하자 나는 고물 가죽 가방 하나 달랑 들고 재활원을 떠났다. 학교 뒤에 방을 얻어 자취 생활을 시작했다. 한 달쯤 지났을까, 처가 홀연히 나를 만나러 왔다. 처는 지금도 이따금, 공일 보내기 심심해 동진읍으로 놀러 갔는데 어쩌다 절름발이한테 걸려들었다고 입방아를 찧지만, 어쨌든 나는 그날 밤 처와 살을 섞었다. 아니, 잠자리는 처의 적극성으로 이루어졌다. 처는 의도적으로 내게 몸을 맡겼으니, 그렇게 일을 저질러선 재활원을 빠져나올 구실을 삼으려는 속셈이었다. 우리는 살림을

차렸다. 그러나 성격 차이에다 도타운 애정이 없다 보니 다툼이 잦았다. 서로 한마디 말 없이 열흘, 보름을 한 지붕 아래서 보내는 날도 있었다. 병국이가 태어나지 않았다면 우리는 갈라섰을지 몰랐다. 자식이란 부부 사이에 화해의 징검다리였기에, 자식이 서로의 말문을 트게 하는 매개 역할을 했다. 그러나 집에선 처 등쌀에 눌려 지냈고, 직장에서도 마음에 맞는 동료가 없어 실향민으로서의 적막감은 가중되었다. 나는 시간이나 쪼아 먹는 한 마리 날개 꺾인 새로 변해버렸음을 알았다. 고향이 따로 있나 정들면 고향이지, 이런 유행가 구절도 있지만, 나는 특별한 취미나 마음 붙일 오락도 갖지 못한, 붙임성 없는 위인이었다. 휴전이 됐지만 언젠가는 통일의 날이 올 것이고 그렇게 되면 고향 통천으로 갈 수 있으려니 하는 희망이 나를 지탱시켜주는 힘이었다. 정을 붙인 곳이 바다였다. 이 타관 땅이 바다를 끼고 있지 않았다면 무엇에 낙을 붙여 지금껏 살아왔을까. 자살해버렸을지 몰랐다. 아니, 그럴 용기조차 없었고, 고향으로 돌아갈 환상이 나를 붙잡는 한 죽을 수 없었을 것이다. 나는 탁 트인 바다를 구경하기 좋아했다. 바다를 보러 다니다 동진강 하구 삼각주가 철새나 나그네새 도래지임을 알게 되었다. 나는 사철을 가리지 않았으나, 특히 봄가을의 환절기가 돌아오면 사흘이 멀다 하고 동진강 하류의 개펄을 찾았다. 퇴근하면 집발이 붙지 않아 도시락 가방에 소주 한 병을 챙겨 넣고 석교천 방죽 길로 자전거를 달렸다. 숨겨둔 여자라도 만나러 가는 마음이었다. 개펄에 도착해 모랫바닥에 다리 뻗고 앉으면 수백 마리의 새 떼가 아귀아귀 우짖으며 나를 반겼다. 동진읍에 정착했던 그해 가을, 전쟁 나기 전 고향 땅에서 본 도요새 무리를 동진강 삼각주에서 보았을 때, 나는 헤어진 부모와 동기간과 약혼녀를 만난 듯 반가웠다. 너들이 휴전선 위쪽 통천을 거쳐 여기로 날아왔구나. 대답 없는 물음을 던지면 울컥 사무치는 향수가 심사를 못 견디게 긁었다. 나는 술병을 기울이며 새 떼와 많은 말을 나누었다. 내가 말하고, 내가 새가 되어 대답하는 대화를 누가 이해하리오. 새가 고향 땅의 부모님이 되고, 형제가 되고, 어떤 때는 약혼자가 되어 내게 들려주던 많은 말을 기쁨에 들떠, 때때로 설움에 젖어 화답하는 순간만이 내게는 진정한 시간이었다. 그러나 세월의 부침 속에 고향에 대한 향수도 차츰 식어갔다. 개펄도 내 인생과 함께 황혼을 맞았다. 지금 보는 바다는 예전보다 파도가 높아 내가 헤엄쳐 강원도 통천까지는 도저히 북상할 수 없을 만큼 아득히 멀어 보였다. 철새나 나그네새는 휴전선 넘어 자유로이 내왕하건만 나는 그곳에 갈 수 없다는 안타까움이 해가 갈수록 이마에 깊은 주름을 새겼다.

나는 담배를 피워 물고 여느 날처럼 신문을 폈다. 특별한 읽을거리나 속 시원한 기사가 눈에 띌 리 없었다. 그래도 1면부터 8면까지 샅샅이 읽었고 저녁 텔레비전 프로를 살폈다. 벽시계를 보니 겨우 10시였다. 지금 기원에 나가도 강 회장이 출근했을 리 없었다. 강 회장은 함경도 도민회 회장으로, 나와 15년 넘게 형제같이 사귀는 사이였다. 그의 고향은 부전령 아래 송화였고 나이는 나보다 여덟 해 연상이었다. 흥남철수 때 처와 자식 셋을 고향에 둔 채 홀로 피난 나와 구제품 행상으로 출발해선 오일륙 전에 여기에 정착해 상동시장에서 포목점을 냈다. 동진읍이 시로 승격되자 그는 점포를 키웠으나, 1년 전 고혈압으로 쓰러졌다 일어난 뒤 포목업도 이남에서 새장가 들어 얻은 여편네한테 넘기곤 나와 바둑으로 소일하고 지냈다.

내가 신문 바둑 관전기를 들여다보고 있을 때였다. 대문 초인종이 울렸다. 마루 끝에 앉아 껌을 씹으며 라디오 유행가를 따라 흥얼거리던 종옥이가 대문께로 갔다. 초인종 소리가 길게 울리는 것으로 보아 아들들 같지는 않았고 여편네가 뭘 빠뜨리고 나갔다 되돌아왔으려니 생각했다.

누구냐며 종옥이 철문의 쇠빗장을 열며 물었다. 김병국 있냐고, 바깥에서 무뚝뚝한 소리로 물었다. 종옥이 문을 열자, 장교 하나와 사병 둘이 마당으로 들어섰다. 장교는 중위였다. 그들 거동이 당당한 데다 사병은 총을 멨고 장망 씌운 철모를 쓰고 있었다. 셋이 마당 가운데 서자 금방 내 가슴이 철렁했고 턱이 떨렸다. 육이오 때 철원전투에서 다리에 중상을 입은 후부터 놀랄 때나 흥분할 때면 나타나는 부교감신경의 실조증이었다. 병국이가 제 어미한테 돈을 못 타내 내게 5,000원만 돌려달라던 게 그저께였다. 강 회장한테 돈을 빌려 주었는데 녀석이 그 돈으로 말썽을 피웠나 하는 생각이 들었다. 나는 엉거주춤 마루로 나섰다. 지난여름 일이 후딱 떠올랐다.

작년, 더위가 찔 무렵이었다. B 공단 성창비료 석교공장 노무과장이 장정 셋을 거느리고 집에 들이닥친 일이 있었다. 그날은 종옥이가 시장에 나가 홀로 집을 지키던 참이었다.

"김병국이란 작자가 누구요? 어떤 위인인가 상판 좀 봅시다." 힘꼴깨나 써 보이는 한 장정이 기세등등하게 말했다.

"내 아들놈인데 다, 당신네는 누, 누구요?" 기세에 눌려 내 목소리가 더 더듬거렸다.

"그렇담 마빡 새파란 놈이겠군. 그 새끼 좀 봅시다!" 다른 장정이 윽박질렀다. "아들은 집에 없소. 무, 무슨 일인데 이러오?"

"그 자식 당장 작살낼 테야. 암모니아 가스가 아니라 진짜 똥물을 아가리에 퍼 넣어야 정신 차릴 개새끼!" 또 다른 장정이 방문 열린 큰방과 건넌방을 기웃거렸다.

"소란 피워 죄송합니다만, 병국이란 자제분을 만날 수 없겠습니까?" 마흔쯤 된 노무과장이란 자가 내게 정중하게 말했다.

"마루에라도 앉아요." 노무과장을 상대로 내가 말했다. "병국이를 차, 찾자면 힘들겠네요. 늘 자정쯤 돌아오니, 난들 그놈 행선지를 모르오."

"사실을 말씀드리자면……" 노무과장이 병국이를 찾아온

이유를 설명했다. "선생 자제분이 우리 회사를 상대로 관계 요로에 진정설 냈습니다. 여기 시 보건과에서 접수한 진정서 사본을 보십시오."

마루에 걸터앉은 노무과장이 복사판 서류를 꺼냈다. 방으로 들어가 돋보기안경을 찾아 낄 틈도 없이 어릿어릿한 글자를 대충 훑어보았다.

……성창비료 석교공장은 연간 40억 원 규모의 흑자를 내면서도 폐기 처리 과정에 근본적 개선책이 전무함이 입증되었다. 8월 4일 새벽 2시 20분, 당 공장은 야음을 틈타 암모니아 가스를 다량으로 배출해, 가스가 폐수천(석교천)을 따라 안개처럼 덮쳐 동진강 하류로 확산된 바 있다. 이로 인해 새벽 4시 10분 동진강 하류에서 오징어잡이 나가던 어민 열여덟 명이 심한 두통과 구토증으로 실신한 사건이 있었다. 당사는 기계의 밸브가 고장 나서 가스가 샜다고 변명하지만 이런 일이 일주일을 주기로 수십 차례 반복되었음을 입증하며(관계 자료 별첨), 이로 미루어 당사는 고의로 밸브를 틀어 야밤에 가스를 배출함이 객관적으로 입증됨으로써……

"정신병자 놈이 쓴 낙서는 더 읽을 필요가 없소." 장정이 진정서를 낚아챘다.

"아, 아들놈이 낸 진정서가 틀림없습니까?" 노무과장에게 물었다.

"분명합니다. 뒷조사해보니 자제분은 이 방면에 상습범이더군요. 6월에는 풍천화학을 상대로 진정서를 낸 바 있었습니다. 풍천화학도 야음에 카드뮴과 수은 등 중금속 물질을 배출시켜 동진강 하류 삼각주 지대에 서식하는 각종 새 300여 마리와 물고기가 떼죽음을 당했다나요. 사람이 아닌, 한갓 새나 물고기가 말입니다." 노무과장이 '새나 물고기'란 말을 강조했다. 그는 이어, "국민소득 1,000달러 달성에, 오늘날 조국 근대화가 무엇으로 이루어졌는지는 선생도 잘 알지요?" 했다.

"사람이 아닌, 한갓 새와 물고기가 죽었다구 진정을 내? 빈대 잡겠다고 초가삼간 태우겠다는 미친놈 짓거리를 이번에는 아예 뿌릴 뽑아야 해!" 한 장정이 주먹을 내두르며 소리쳤다.

장정들이 병국이 소재를 대라고 이구동성으로 삿대질했고, 병국이 돌아올 자정까지 기다리겠다며 우르르 마루로 올라왔다.

"선생, 진정도 진정 나름입니다. 이번 문제는 명예훼손으로밖에 볼 수 없어요. 더러 기계 고장으로 가스가 새는 수가 있긴 합니다. 그러나 이를 고의로 몰아붙이는 이런 진정에는 우리가 명예훼손으로 자제분을 고발할 수 있어요. 선생도 지난번 반상회엘 나갔다면 우리 B 공단에서 돌린 공문을 보셨을 겝니다. 공단 측에서도 공해 문제에 관심을 가지구 아황산가스·일산화탄소·폐수·풍속 측정기 등, 8대 공해 검증 기구를 사들이려 예산을 책정했다는 사실 말입니다. 또 오염 가능 지역을 3단계로 분류해 500여 가구 이주 계획을 세워놓았다는 점도 읽으셨겠죠." 노무과장은 잠시 숨을 돌리더니 담배를 꺼내어 물고 한 개비는 내게 권했다.

그로부터 그들은 한 시간 남짓 집에 머물렀다. 그동안 노무과장은 이론을 앞세운 설득으로, 세 장정은 힘을 과시한 위협으로 나를 곤비케 했다. 그동안 병국은 용케 귀가하지 않았다. 그때도 그는 이틀째 집을 비운 참이었다. 동진강 하류에서 텐트 치고 야영을 하거나, 아니면 야밤에 공단 하수구를 감시하느라 해주집 토방 구석에서 새우잠을 잤음이 틀림없었다.

"선생이 김병국의 부친 되십니까?" 중위가 정중하게 물었다.

"그, 그렇습니다만……"

"보호자로서 저희 부대까지 동행 좀 해주셔야겠어요."

"병국이는 지금 어, 어디 있습니까?"

"부대에서 보호 중입니다."

"녀석이 무, 무슨 사건을 저질렀나요?"

"아드님이 통금 시간에 군 통제구역 안으로 무단출입했어요. 선생도 아시겠지만 그 시간에 무단출입한 자에게는 군이 발포할 권한까지 있습니다."

"그, 그럼 발포해서 병국이가 다쳤나요?"

"그런 정도는 아닙니다만, 하여간 잠시 시간을 내셔야겠어요."

"부대가 어딘데요?"

"동남만 일대의 경비를 담당하는 ○○부댑니다."

나는 방으로 들어가 외출복으로 갈아입었다. 해석을 달리하면 까다로운 사건일 수도 있으나 병국의 경우를 따져볼 때 그리 큰 걱정은 안 해도 좋을 듯했다. 병국이 해안선 따라 남파된 간첩이 아니요, 부대 경계 배치 상황을 탐지하겠다는 첩자도 아닌 이상 무사히 풀려나올 게 틀림없었다. 녀석은 새에 관한 무슨 조사를 목적으로, 아니면 공해와 관련해서 경계 지구 안으로 잠입했음이 틀림없었다.

대문 밖으로 나오니 군용 지프차가 대기하고 있었다. 나는 뒷좌석 중위 옆자리에 탔다. 차가 시내로 빠져나올 동안 중위가 입을 다물어 나는 무료한 시간을 쪼개느라 내 소개를 했다. 나는 스물여섯 해 전에 전역한 육군 대위 출신이다. 1952년 정월, 철원전투에서 중상을 입어 현재도 상이장교로 연금 혜택을 받고 있다. 현역 시절 무공훈장 세 개를 받은 바 있다. 이런 말을 더듬더듬 엮자 중위가 동지적 친근감을 보이며, 그럼 상관님 되시는군요, 했다.

"파견대장님 소관이라 저는 용건을 전하러 왔습니다만……" 하고 중위는 서두를 뗀 뒤, "아드님이 성인이라 굳이 보호자를 대동할 필요는 없으나 그 언행의 진부와 가족 관계를 파악하려 부르는 것 같아요" 하고 말했다.

"제 아들놈이 철새의 수, 수면 장소나 은신처를 찾으러 통제구역 안으로 들어간 게 아닌가요? 아니면 동진강 하류의 폐, 폐수 오염도를 조사할 목적으로?"

"둘 중 하나겠죠." 중위는 알 만하다는 얼굴로 나를 보고 빙그레 웃었다.

"겨, 경찰서로 이첩될 건가요?"

"가보면 만나겠지만, 파견대장님은 인간적이십니다."

나는 더 물을 말이 없었다. 중위의 어투로 보아 크게 걱정하지 않아도 되겠다고 스스로에게 안심을 심었다. 담배를 피워 물었다. 차는 시내를 빠져나와 석교천을 끼고 사방이 트인 해안 지대를 달렸다. 지프 차창으로 밖을 내다보았다. 황량한 공한지 멀리로 B 공단 공장 굴뚝들이 보였다. 바다에서 불어오는 바람에 밀려 연기가 시내 쪽으로 꼬리를 늘였다. 그중 삼영정유 공장으로 짐작되는 굴뚝에는 중동의 유전 지대처럼 가스를 태우는 붉은 불꽃이 혀를 날름거렸다. 불꽃을 휩싼 검은 연기가 분진을 날리며 서쪽 하늘로 흩어졌다. 삼각주 갈대밭과 해안 구릉 사이로 바다가 보이자, 지프는 휘어진 길을 따라 남으로 꺾어 들었다. 나는 차창을 열어 소금내 섞인 바닷바람을 마셨다. 가을 햇살 아래 바다의 잔물결이 반짝거렸다.

"어릴 적부터 병국이 그, 그놈은 바다를 좋아했더랬지요." 중위에게 내가 말했다.

"저도 고향이 인천입니다만, 소년에게 바다는 꿈을 키워 주지요."

그랬다, 병국이는 어릴 적부터 바다를 보며 꿈을 키웠다. 두 아들 녀석이 초등학교에 다닐 무렵, 일요일이면 자전거 뒤에는 병국이를, 앞에는 병식이를 태워 동진강 삼각주나 동남만 남쪽 돌기에 자리한 장진포까지 바다 구경을 나갔다. 병식은 어려서인지 별 반응이 없었지만, 병국은 바다로 나오면 큰 배를 보고 싶어 했다. 동남만이 공업화의 물살을 타자 어촌이었던 장진포가 항만 준설 공사를 마쳐 몇만 톤급 배가 입항하게 되었는데, 병국은 외국 깃발을 단 큰 배에 열광했다. 바람의 힘으로 움직이는 거룻배나, 통통배라 부르던 발동선은 안중에 없었다.

지프가 부대 정문으로 들어섰다. 본부 막사 앞에 차가 멎었다. 중위는 나를 본부 막사 파견대장실로 안내했다. 파견대장은 서류철을 뒤적이다 우리를 맞았다.

"김병국 군 부친입니다." 중위가 소령에게 말했다. 덧붙여, 예편한 대위 출신으로 육이오전쟁에 참전한 상이용사라고 나를 소개했다.

"앉으십시오." 소령은 나를 회의용 의자들 쪽으로 안내했다.

"부, 불비한 자식을 둬서 죄송합니다. 얘기를 해보셨다면야, 알겠지만 천성은 착한 놈입니다." 접객 철제 의자에 앉으며 내가 말했다.

"어젯밤에 제가 부대서 숙식할 일이 있어 젊은 친구와 얘기를 나눠봤지요. 별난 데는 있지만 똑똑한 학생이더군요."

"요즘 제 딴에는 조류와 공해 문제를 여, 연구한답시고…… 모르긴 하지만 그 일 때문에 시, 심려를 끼치지 않았나……"

"자제분은 군 통제구역 출입이 어떤 처벌을 받는지 알 만한 식견이 있음에도 무모한 행동을 했어요. 설령 그 일이 정당해도 사전에 부대의 양해를 구해야지요."

"야영하다 자신도 모르는 사이에 워, 월경했겠죠. 부대장님의 선처를 바랍니다. 내보내주시면 아비 된 제가 단단히 주의를 주겠습니다."

윤 소령이 당번병을 불러 차를 내오라고 일렀다. 그리고 1968년 11월 울진·삼척 지구의 무장공비 출현과 그들이 저지른 만행을 예로 들었다.

"……야음을 틈타 쾌속정을 이용해서 동해안 따라 남하했던 겁니다." 아울러 국내 유수의 공업단지 보안과 경비의 중요성을 강조했다. "우리는 실전이 없달 뿐 지금도 전쟁 중입니다. 국민이 평안을 원한다면, 그 평안을 확보하기 위해 한시도 경각심을 늦출 수 없어요. 국민 복지의 향상과 제반 산업의 발전도 안보의 확립 위에서만 가능합니다."

차를 마시고 나자 소령은 당번병에게, 김병국 군을 데려오라고 말했다. 한참 뒤, 아들이 중위와 함께 파견대장실로 왔다. 쑥대머리에 땟국 앉은 꾀죄죄한 아들놈 몰골이 중병 든 환자 꼴이었다. 점퍼와 검정 바지도 뻘투성이여서 하수도 공사라도 하다 나온 듯했다. 꺼진 눈자위에 번들거리는 눈만이 살아, 나를 보았다.

"넌 도대체 어, 어떻게 돼먹은 놈인가! 통금 시간에 허가증 없이는 해안 일대에 모, 못 다니는 줄 알면서." 내가 노기를 띠며 말했다.

"본의는 아니었어요. 사나흘 사이에 동진강 하구 삼각주에서 갑자기 새들이 집단으로 죽기에, 이유를 좀 캐내보려던 게……" 병국이 머리를 떨구었다.

"그래도 변명은!"

"그만하십시오. 자제분 의도나 진심은 파악했으니깐요." 소령이 말했다.

병국이는 간밤에 쓴 진술서에 손도장을 찍고, 각서를 썼다. 내가 각서에 연대보증을 섬으로써 부자가 파견대 정문을 나오기는 정오가 가까울 무렵이었다. 부대를 나올 때 집으로 찾아왔던 중위가 병국의 물건을 인계했다. 닭털침낭이 묶인 배낭 한 개, 2인용 천막, 손전등, 죽은 바다오리와 꼬마물떼새 한 마리씩이었다.

"죽은 새는 뭘 하게?" 웅포리로 걸으며 내가 물었다.

"해부해서 사인을 캐보려구요."

"폐, 폐수 탓일까?"

아들 녀석은 대답이 없었다.

"시장할 테니 해주집에 가서 저, 점심 요기나 하자."

"아무래도 새를 밀살하는 치가 따로 있는 거 같아요." 병국은 밥에는 관심이 없는지 딴소리를 했다.

"그걸 어떻게 알아?"

"갑자기 떼죽음당한 게 이상하잖아요? 물론 전에도 새나 물고기가 떼죽음당한 경우가 있었지만 이번은 뭔가 다른 것 같아요."

"오염된 수, 수질 탓이야. 이제 동진강은 강물이 아니고 도, 독극물이야. 조만간 이곳에서 새 떼가 자, 자취를 감추고 말 게야."

"새 깃털이나 뼈가 갈대밭에 흩어진 걸 봤지만 이번은 그게 아니래두요." 병국이 말했다. "간밤에 곰곰이 생각해보니 아무래도 병식이 그들과 한패인 듯해요."

"병식이가 새를 죽여?"

"전 밥 생각이 없으니 시내로 들어갈게요. 독서실을 찾아 녀석을 만나야겠어요. 독살 이유를 캐내야 해요." 병국의 말이 단호했다.

지난여름 해주집에서 본 물고기가 생각났다. 중금속에 오염된 이른바 꼽추붕어였다. 저런 물고기가 잡히다니, 세상도 희한해졌다고 해주댁이 말했다. 그걸 끓여 먹었다간 내 등뼈도 휘어지겠다며 당장 버리라고 강 회장이 말했다. 해주댁이 등이 휘어진 꼽추붕어 꼬리를 쥐며, 이걸 먹었다구 죽기야 하겠냐며 아쉬워했다. 강 회장이 해주댁한테서 꼽추붕어를 빼앗아 땅바닥에 패대기쳤다.

4

생명을 가진 것이 죽어버린 상태, 사람이든 짐승이든 시체는 추하다. 그러나 꼬마물떼새는 죽어 있어도 추해 보이지 않았다. 20센티 못 되는 늘어진 작은 몸매가 안쓰럽고 귀여웠다. 등은 성긴 갈색 털로 덮였고 배 쪽 흰 털은 융단 같았다. 검은색 굵은 줄이 목을 감았고, 눈가에도 검은 무늬가 있었다. 살풋 감은 눈꼬리로 노란 둘레 테가 엿보였다.

이 씨는 꼬마물떼새 시체를 집어 도마에 놓았다. 칼자국 홈마다 피가 밴 두꺼운 도마였다.

"도마에 관록이 붙었습니다." 족제비가 이 씨에게 말했다.

"수백 마리는 참살한 형틀이지." 이 씨가 말했다.

이 씨는 메스를 들었다. 오후 4시경의 기운 햇살이 칼날 끝에서 튀었다. 이 씨는 메스로 간단히 꼬마물떼새의 목을 잘랐다. 작은 새라 이 씨 손놀림이 경쾌했다. 병식이와 족제비는 이 씨 뒤에서 그 장면을 지켜보았다.

떨어져 나간 새의 목과 몸통에서 피가 흘러 도마 바닥에 응고되었다. 이 씨가 다리와 날개에 이어 꽁지를 자르자 새는 몸통만 남았다. 꼴을 갖추지 못한 몸통이라 병식이 찡그리며 개수구에 침을 뱉었다. 이 씨는 메스를 놓고 탁구공만 한 꼬마물떼새 대가리를 쥐었다. 잘라낸 목에서 기관과 식도의 심줄을 빼내고, 거기에다 핀셋을 쑤셔 뇌를 뽑아냈다. 뇌는 붉은 실핏줄로 싸발린 둥근 핏덩이였다.

"새대가리란 말이 있듯이, 새들은 뇌가 작지." 이 씨가 말했다.

"새도 새 나름이죠. 그놈은 고향이 시베리아 맞잖아요?" 족제비가 말했다.

"그 먼 데서 예까지 날아와 죽게 될 줄이야."

"죽어도 박제품을 남기니 호랑이가 가죽 남기듯, 쓸모 있는 죽음이죠." 병식이 말했다.

"모든 생명은 혼이 가버리면 끝장이야. 껍데기만 남겨선 뭘 해." 이 씨가 말했다.

"우리 주위에 혼 없이 나댕기는 놈이 어디 한둘인가요." 병식은 형을 떠올렸다.

"세상엔 새만도 못한 인간이 많긴 하지." 이 씨가 말했다.

"물떼새는 대단한 놈이야요." 족제비가 그 말을 받았다. "『조류도감』을 보니깐 미국 보스턴 근방에서 다리에 표지標識를 붙여 날려 보냈더니 엿새 뒤에 3,000킬로미터 떨어진 서인도제도 한 섬에서 포획됐대요. 하루 평균 500킬로미터를 난

셈이지.”

“자네도 이젠 전문가가 다 됐군.”

“돈벌이도 주제 정도는 파악해야죠.”

“중병아리만 한 놈이 하루 500킬로미터를 날아?” 병식이가 감탄했다.

“고속버스지 뭐. 아침 먹고 서울 뜨면 저녁에 부산이지.” 족제비가 말했다.

이 씨는 아비산 용액이 묻은 솜을 새의 잘린 목구멍을 통해 빈 기관에 쑤셔 박았다. 핀셋에 집힌 솜 한 뭉치가 다 들어갔다. 이어 이 씨는 새의 몸통을 왼손바닥에 뒤집어놓고 메스로 목에서부터 배를 거쳐 항문까지 갈랐다.

“이제 박피를 시작하는 거야.” 족제비가 병식이에게 말했다.

“박피라니?” 이 씨의 손놀림을 보던 병식이 족제비에게 물었다.

“껍질을 홀랑 벗기는 거지.”

이 씨가 새의 항문에서부터 껍질을 벗겨냈다. 병식은 지난겨울, 대학 입시 원서를 낼 때가 생각났다. 명함판 사진을 찍어 입시 원서에 붙일 때, 사진 뒷면 한 겹을 벗겨내기가 쉽지 않았다. 면상이 찢길까 봐 침칠하며 한 겹을 두 쪽으로 나눌 때에 비해, 이 씨는 콘돔을 까발길 때처럼 껍질을 익숙하게 벗겨나갔다. 껍질을 벗길 때 얇은 막이 찢어지는 소리가 났다.

새란 날짐승은 원래 필요 없는 살점을 붙이고 있지 않지만, 꼬마물떼새의 경우는 얇게 싸발린 대흉근 안쪽에 용골돌기가 불거져 있었다. 박피를 끝내자 껍질 벗긴 새의 몸통은 무슨 살덩이인지 알아볼 수 없는 형체로 변했다. 이 씨는 새 몸통을 도마 옆으로 던지고 껍질 안면을 도마에 펴놓았다.

"몸통은 내버려나요?" 병식이가 이 씨에게 물었다.

"내장을 추려내서 볶아 먹자는 거로군."

"참새구이 정돈 안 될까요?"

"마음대로 해. 먹어도 죽진 않을 테니." 이 씨는 솜에 아비산 액을 묻혀 껍질 안면을 닦았다. 부패 방지 처리였다. 그 일이 끝나자 새 대가리를 쥐고 박피에 들어갔다. "대가리 박피는 눈·귀·주둥이 부분을 조심해야 돼."

"사자같이 덩치 큰 짐승을 박피한담 모를까, 작은 새는 스릴이 없군." 병식이 말했다.

"그래도 고니나 오리 종류는 낫지." 족제비가 말했다.

"박제도 한물갔어. 야생 조류가 자꾸 귀해지니깐." 이 씨가 말했다.

"그러니 값이 천장 모르고 뛰잖아요." 족제비가 말했다.

"2, 3년 전만 해도 이런 물떼새는 어디 박제감으로 쳤나. 죽은 병아리와 다를 바 없었지." 이 씨가 메스로 꼬마물떼새 주둥이 기부를 도려냈다. "얘기 하나 해줄까. 물떼새나 도요새는 생김새도 닮은 한 종류지만, 이놈들은 꾀가 많지."

"꾀가 많다니요?" 병식이 물었다.

"어미 새가 냇가 자갈밭에서 부화될 알을 품고 있을 때 갑자기 뱀이 나타났다 이거야. 그러면 어미 새가 어떻게 알을 보호하느냐 하면, 갑자기 절름발이 시늉을 내며 비적비적 건거든. 그러면 뱀이, 옳다구나 저놈은 날지 못하는 병신이니 저놈을 잡아먹자고 어미 새 뒤를 쫓지. 그러면 어미 새는 곧 잡힐 듯 절뚝거리며 달아나. 알을 둔 곳에서 멀찌감치 도망가서 뱀이 되돌아가도 찾지 못할 지점까지 가서야 화들짝 하늘로 날아올라."

"거짓말." 병식이는 절름발이 아버지를 생각했다.

"비싼 밥 먹고 왜 거짓말을 해."

"그럴듯한 얘긴데요." 족제비가 머리를 주억거렸다.

"이제 전시장으로 가볼까." 이 씨가 말했다.

전시실은 안채 지하실로, 부엌을 통해 들어갔다. 족제비가 지하실 문을 열자 병식은 쿰쿰한 악취에 순간적으로 숨을 끊었다.

"뭘 쭈뼛거려. 들어오잖구." 족제비가 말했다.

병식이 코를 싸쥐고 뒤따라 들어갔다. 지하실은 건조했고, 화덕처럼 후끈거렸다. 연탄난로가 설치되어 열을 내고 있었다. 병식은 잠시 멈추었던 숨을 내쉬었다. 고깃덩어리가 썩는 역한 내음과 노린내가 코로 스며들었다. 그 냄새만이 아니었다. 지하실은 유황을 태운 듯 매캐한 화기와 텁텁한 구린내,

병원의 소독수 냄새까지 합친, 야릇한 냄새로 차 있었다.

"으스스한데?" 병식이 말했다.

"심령 영화 보듯 짜릿한 무엇이 있지?" 족제비가 배시시 웃었다.

맞은편 벽은 3층으로 선반이 있었다. 선반에는 여러 종류의 완성된 조류 박제품과, 철사에 석고를 발라 머리와 몸통이 새와 흡사한 모양 틀이 진열되어 있었다. 병식은 조류 박제품 중에 매를 보았다. 매는 큰 날개를 벌린 채 먹이를 덮칠 듯한 자세로 나뭇가지에 앉아 있었다. 매의 날개가 벽면에 그림자를 드리웠다. 의안임에도 전등 빛에 반사된 눈매가 매서웠다.

"저 매한테 혼만 불어넣는다면?" 족제비가 병식에게 말했다.

"불가능해. 하느님은 물론, 그 어떤 신도."

"저 고니를 봐?"

"얌전한 폼이 해수욕을 즐기는 것 같군."

"인간도 박제해서 여기다 보관하면 좋을걸."

"미라가 있잖아."

"모든 인간 종자를 말야. 세종대왕이나 나폴레옹보다 마릴린 먼로나 히틀러 같은 치가 보고 싶군."

"저기 흰목물떼새도 있네?"

"죽이긴 내가 죽이고, 이 씨는 저렇게 살려내."

"예술가셔."

"이 씬 죽어도 천당 갈 거야. 지옥으로 떨어질 찰나 새들이 답삭 물어 올려 하늘나라로 모셔갈 테니." 족제비가 책상에 엉덩이를 걸쳤다. 책상에는 가위·바늘·핀셋·철사·핀·솔·코르크판 따위가 널려 있었다.

"이 씨의 손에 잡히면 중치의 새 정돈 30분 만에 저렇게 완성돼."

"판매 루트는?"

"직업적인 세일즈맨이 있어." 족제비는 담배를 꺼냈다.

"피울래?"

"여긴 숨이 막혀."

"습기가 끼면 박제품은 썩게 마련이야. 그래서 난로를 피워."

"냄새가 지독해."

"바깥도 매연투성이잖아. 썩긴 그쪽이 더할는지 모르지. 여긴 저놈들의 혼이라도 떠도니 엄숙한 셈이야."

"나가." 병식이 입구로 등을 돌렸다.

"나흘 치 셈을 받으면?" 족제비가 따라오며 물었다.

"한 번 더 올나이트로 흔들지 뭐."

"너도 철들어 제법이야. 7시에 끝나지? 내가 학관으로 가마."

"오늘도 윤희를 만날 수 있을까?"

"순정파셔. 어디 까이가 한둘이니. 대일밴드(임시 애인)야

바겐세일 아냐."

족제비는 이 씨로부터 1만 7,000원을 받았다. 그중 7,000원을 병식에게 주었다. 둘은 이 씨 집을 나와 버스를 탔다. 중앙공원 로터리에서 둘은 헤어졌다. 병식은 시계를 보았다. 4시 반이었다. 5시부터 수업이 시작되니 30분 여유가 있었다. 그는 학관이 있는 역 쪽으로 걸었다. 담배를 피워 물고 맞은편에서 오는 계집애들 얼굴과 몸매를 눈요기했다.

학관 입구는 여느 날처럼 붐볐다. 대부분이 재수생이었고 간간이 교복 입은 학생도 섞여 있었다. 병식이 정문 앞 돌계단까지 갔을 때였다. 열두 개의 계단 맨 위에 병국이 쭈그려 앉아 있었다. 퀭한 눈으로 계단을 오르는 학관생들을 눈여겨보고 있었다. 점퍼와 바지에는 뻘이 묻은 채였다. 병국이 계단을 오르는 아우를 보자 일어섰다. 병식도 형을 알아보았다.

"웬일이야?" 병식이 피우던 담배를 구둣발로 비벼 끄며 말했다. "우리 학관에 선생 자리라도 뚫었나. 그럼 난 무료 패스하겠군."

"너한테 할 말이 있어."

"무슨 얘긴데?"

"어제 오후부터 널 찾아다녔어. 독서실에서 잠 안 잤더군."

"입시까진 바쁜 몸인 줄 알잖아?"

"조용한 데로 가서 얘기 좀 해."

형제는 학관 앞을 떠났다.

"형, 술 할래?" 병식이 물었다. "놀래긴. 나도 성년식 마친 몸이야."

"저기로 가." 병국이 다방 간판을 보고 그곳으로 걸었다.

"내가 한잔 산다는데 그래." 병식이 형 점퍼 허리춤을 잡았다.

형제는 뒷골목 간이주점으로 들어갔다. 해가 지기 전이라 손님은 없었다. 병식이 주모를 불러 막걸리를 시켰다.

"형, 내 친구 종호 알아? 종호 형이 형과 고등학교 동창이라며? 근데 말야. 죽동 사창가 골목에서 형제가 마주쳤다는 거야."

"입 닫아." 병국의 눈빛이 날카로워졌다.

"괜히 엄숙 떨지 마."

"너 그날 석교천 방죽에서 새를 독살하고 오던 길이지?"

"그게 뭘 어쨌다는 거야?" 병식의 표정에서 장난기가 사라졌다.

"뻔뻔스러운 자식. 언제부터 그 짓 시작했어? 왜 새를 죽여, 죽인 새로 뭘 해?" 병국이 언성을 높였다.

"별 말코 같은 소릴 다 듣는군. 날아다니는 새도 임자 있나? 지구의 새를 형이 몽땅 사들였어?" 병식이가 주모가 놓고 간 주전자의 막걸리를 두 잔에 쳤다. "우선 한 잔 꺾지. 형제의 우애를 위해서."

"누가 네게 그 일을 시켜? 그 사람을 대." 병국이 잔을 밀치며 소리쳤다.

"형이 고발할 테야? 날아다니는 새 잡아 박제한다구? 그건 죄가 되구, 허가 낸 사냥총으로 새 잡는 치들은 죄가 안 된다 말이지?" 병식이 코웃음 쳤다.

"희귀조가 멸종되고 있다는 건 너도 알지? 인간이 새를 창조할 순 없어."

"개떡 같은 이론은 집어치워. 지구상에는 30억 넘는 새가 살아. 그중 내가 몇 마리를 죽였다 치자, 형은 그게 그렇게 안타까워?"

"박제하는 놈을 못 대겠어?" 병국이가 의자에서 일어나 아우 멱살을 틀어쥐었다.

주모가 달려와 둘 사이에 끼었다. 개시도 안 한 술집에서 웬 행패냐고 주모가 소리쳤다.

"못 불겠다면? 형이 고발해봐. 형 손에 아우가 쇠고랑 차지!" 병식이 형 손목을 잡고 비틀어 꺾었다. "형도 구치소 출입해봤으니 나만 별 보고 살란 법 있어?"

"말이면 다야!"

병국의 주먹이 아우 턱을 갈겼다. 병식의 머리가 뒷벽에 부딪히자 입술에서 피가 터졌다.

"형이 날 쳤어!"

병식이 형의 허리를 조여선 번쩍 안아 들었다. 그는 마른 장작개비 같은 형을 바닥에 내동댕이치곤 의자를 치켜들었다.

형 면상에다 의자를 찍으려다 그 짓은 차마 못 하겠다는 듯 손을 내렸다.

"오늘은 내가 참아. 다구리 탈 짓을 했담 형한테 맞아주겠어. 그러나 내가 새를 독살한 것도 아니구, 심심풀이로 족제비 따라 개펄로 나갔는데, 치사하게 동생을 고발해!" 병식은 100원짜리 동전을 술상에 놓곤 입술의 피를 닦았다. 가방을 챙겨 들더니 출입문을 열어젖혔다.

"병식아, 학관 끝나면 집으로 와!" 모잽이로 쓰러졌던 병국이 일어나며 외쳤다. 병식은 주점을 나서버린 뒤였다.

"봐요, 젊은이, 안경알이 깨어졌어." 주모가 병국에게 말했다.

안경의 왼쪽 알이 방사선 금을 그었다. 넘어질 때 술상 모서리에 부딪힌 모양이었다. 병국은 주점을 나섰다. 가로의 건물들이 길 가운데로 그림자를 늘이고 있었다. 병국은 학관을 뒤져 족제비라는 병식의 친구를 찾아낼까 하다 그만두기로 했다. 턱이 뾰조록한 녀석의 생김새는 떠올랐지만 그가 학관에 다니는지 지금 시간에 나왔을지 알 수 없었다. 저녁에 병식이 귀가하면 박제사 집을 알아내는 일이 더 쉬울 것 같았다. 병국은 경찰을 앞세워 박제사 집을 덮치거나 고발할 의향은 없었다. 박제품이 보호조가 아닌 이상 처벌 대상인지 어떤지도 모호했다. 동진강 하구에서 물고기를 잡거나 조개를 채취하는 일과 새를 잡는 일이 무엇이 다르냐고 따질 때 반론을 제시할 근거가 없기도 했다. 나무 한 그루를 베어도 처벌받는 산림법 벌칙이 조류에는 해당이 되지 않았다. 수렵 금지 기간이 따로 있지만, 총포류를 사용하지 않은 이상 그 벌칙에서도 빠져나갔다. 짐승이나 조류의 박제품은 연구용 내지 관상용으로 판매되고 있었다. 자연보호 명목을 원용한다면, 야생 조류의 남획이 경범죄 정도에는 해당될 것 같았다. 병국이 박제사를 만나면 그를 설득해 조류 중에 나그네새나 철새의 박제만은 하지 말라고 말할 작정이었다. 새의 독살은 자기 살점을 뜯어내는 고통과 같았기에 그 목적은 관철시키고 싶었다. 박제사가, 남의 생업까지 왜 막느냐고 벋서면 야생동물보호협회 경남지부와 협의해서 강구책을 세우기로 했다.

병국은 중앙공원 쪽으로 걸음을 옮겼다. 발걸음이 무거웠고 마음도 편치 않았다. 귀가하기도 싫었다. 역시 그가 찾을 곳은 바닷가 개펄밖에 없었다. 황혼 무렵, 바다로 향해 자맥질하는 새 떼를 구경하기로 결정했다. 석교 아파트나 웅포리로 가는 버스를 타려고 정류장으로 걷던 병국은 길가의 석탑서점을 보자 걸음을 멈추었다. 신간과 헌책을 함께 취급하는 서점으로, 자주 들르는 곳이었다. 문을 밀고 들어갔다. 주인 민 씨가 안경 낀 친구와 담소하고 있었다.

“동진시도 애들 키울 데가 못 돼. 성범죄가 사흘 평균 한 번이라잖아.” 민 씨 친구가 말했다.

“주로 공단 주변이라며?” 민 씨가 물었다.

“A 공단 삼환합섬 있지, 어제도 뒷골목에서 칼부림이 났다더군. 여공원을 두고 두 놈이 붙은 거지.”

“어디 그뿐인가. 수삼 년 사이 중심가에 비어홀과 살롱 늘어난 것 봐. 밤 11시만 되면 거기서 쏟아져 나오는 여급이 수백 명이래. 여관은 꽉꽉 차구.”

“B 공단 플라스틱 공장 있잖은가.”

“수출용 완구 만드는 공장?”

“거기 여공들이 스트라이크를 일으켰대. 사장은 외제차 타는데 여공들 야근 수당이 석 달이나 밀렸다잖아. 그것까지는 참았는데 나흘 전에 완제품 납품 숫자가 모자란다고 검사과 여공원들 알몸 수색을 했다더군. 여공원들이 울며불며 야단이 났대. 엎친 데 덮친 격으로 납품 숫자를 채울 때까지 검사과 종업원은 퇴근시키지 말라는 지시를 내렸대.”

“굼벵이도 밟으면 꿈틀한다는데 아무리 돈 주고 부려먹는 공원이지만 그럴 수가 있나. 제 놈은 그만한 딸애 안 키우는가.”

“검사과의 여공들이 결백이 밝혀질 때까지 맞서자고 농성을 시작한 게지. 일이 커지자 회사 측은 밤 11시에 모두 귀가시킨 모양인데, 이튿날 농성을 주도했던 여공 셋이 일방적으로 해고됐다잖아. 근무 태만에 품행이 방정치 못했다나? 그렇게 되자 밀린 노임으로 불만이 많던 참에 농성이 전 종업원으로 확대됐어.”

"노조 조직이 있었던 모양이지?"

"어용 노조가 있었다더군. 그런데 말야. 사장이 타는 외제 승용차가 마침 사무실 앞에 주차해 있었는데, 공원 몇이 돌팔매를 던져 차에 흠집을 냈어."

"경찰이 출동했겠군?"

"여부가 있겠나. 가까스로 수습은 됐는데 아직 술렁술렁하는 모양이야."

"아저씨." 화제가 매듭지어지자, 병국이가 민 씨에게 말을 붙였다.

"자네 왔군. 요즘도 새와 함께 사는가?" 민 씨가 병국의 깨진 안경을 보았다.

"새와 함께 살다니?" 민 씨 친구가 물었다.

"공장 폐수로 동진강이 오염되자 철새가 날아오지 않는다잖아."

"나도 신문에서 그 기사는 읽었어."

"저 친구가 신문사에 자료를 제공한 걸세."

"제가 부탁한 책 왔어요?" 병국이 민 씨에게 물었다.

"주문서를 냈는데 아직 안 왔어. 책 이름이 뭐랬지?"

"레이철 카슨 여사가 지은 『침묵의 봄』요."

"아직 도착 안 했어. 일주일쯤 후에 들르게."

"『침묵의 봄』이라, 사춘기 애들이 읽는 연애소설인가?" 민 씨 친구가 물었다.

“공해로 멸종되는 새에 대한 관찰기록이라네.”

“그럼 가보겠습니다.” 병국이 서점을 나섰다.

“저 젊은 친구, 자네 모르나?” 민 씨가 친구에게 낮은 소리로 말했다. “한때 수재로 소문났잖아. 외양은 저래도 똑똑한 애야. 대학교 데모로 말일세……”

병국은 정배 형 학교로 전화를 걸려고 공중전화 부스를 찾았다. 퇴근 시간이라 개펄로 같이 나갈 수 있겠냐고 물어볼 참이었다. 전화 부스를 찾는 사이 버스 정류소에 도착했고, 마침 웅포리행 버스가 와서 승차했다. 뒷좌석에 앉자 그는 눈을 감았다. 피곤에 찌들어 잠을 자듯 늘어졌다. 깜깜한 밤이었다. 멀리로 등대 불빛이 보였다. 감은 눈앞에 도요새 무리가 바다와 하늘 사이 무공 천지를 가르며 날고 있었다. 날개를 상하로 쳐대며 바람에 쫓기듯 남으로 내려갔다. 등대 불빛 쪽으로 날던 새 떼가 어둠에 가린 등대 몸체를 미처 못 피해 등대 벽에 머리를 박고 떨어졌다. 다시 낮이었다. 강 하구와 벼를 벤 논바닥에서 도요새 무리가 쉬고 있었다. 하늘 높이 떠 있던 매 한 마리가 수직으로 낙하했다. 매는 쫓음 걸음을 하는 도요새 한 마리를 포획했다. 사냥꾼이 도요새를 수렵하고, 중금속에 오염된 폐수와 폐수를 터 삼은 물고기가 도요새에게는 오히려 독이었다. 왜 도요새가 당하는 피해만 환상으로 떠올랐는지 몰랐다.

“종점이에요. 손님 안 내려요?”

병국이 눈을 뜨니 버스 안내원이었다. 그는 쫓기듯 버스에서 내렸다. 웅포리였다. 주차장을 벗어나 바다 쪽으로 걸었다. 시원한 바닷바람이 얼굴을 스쳤다. 지친 그는 모래톱에 주저앉아 바다 멀리 수평선에 시선을 주었다. 서편으로 기운 햇살을 받아 먼바다의 물결이 은빛을 띠고 있었다. 그때부터 먼데 하늘이 주황빛으로 물들고, 바다가 붉은빛에 반사되어 금빛 어룽으로 번질 때까지 그는 자리를 지켰다. 그동안 갈매기 외에 청둥오리 떼가 동진강 하구로 북상하고, 물떼새들이 암벽이 돌출한 장진포 쪽으로 점점이 날아가는 모양도 보았다.

바닷물이 암청색으로 변하고 바람이 차가워지자 병국은 일어났다. 시내 쪽은 어둠이 내렸고 B 공단 굴뚝들도 어둠 속에 잠겨갔다. 그는 네온사인이 번쩍이는 유흥가를 지났다. 해주집으로 가는 외진 오솔길로 접어들자 다리가 후들거렸다. 허기가 너무 심해 걷기조차 힘에 부쳤다.

해주집 술청은 불이 켜졌고 문이 반쯤 열려 있었다. 병국은 안으로 들어서려다 발걸음을 묶었다. 아버지 목소리가 들렸다.

"……물론 히, 힘든 문제지요." 아버지는 엔간히 취해 있었다.

"아무래도 내 평생 통일은 글렀네. 생이별한 처자식은 못 볼 거야. 30년을 하루같이 기다려오다 백발이 되잖았어." 강 회장의 허탈한 목소리였다.

“성님, 그렇찮아요. 시국의 돌연한 변혁은 아무도 예, 예측 못 해요.”

“마른 땅에 물 고이랴. 평화통일은 어렵네, 서로 강경책만 일삼으니 언제 형, 아우 하고 지내겠어.”

“요즘 바, 밤잠이 없어 한밤중에 잠이 깨요. 그러면 세상이 조용하고 깜깜한 게 영 갑갑증이 나서 못 견딜 지경입니다. 시간은 왜 그렇게 더, 더디게 가는지. 이 생각 저 생각 하다 보면 날이 영 새, 샐 것 같지 않아요. 그러나 어김없이 새, 새벽은 오지요. 이 고비만 넘기면 토, 통일도 그렇게 찾아옵니다. 설령 죽을 때까지 고향 땅 못 밟는다 해도 아들놈은 바, 반드시 애비 뼈를 고향으로 옮겨 묻어줄 겁니다.”

“아우, 자넨 새벽같이 통일이 올 거라고 믿어?”

“다른 사람은 관두고라도 성님하고 저하고 매, 맺힌 한만 합쳐도 하늘이 필경 원을 드, 들어줄 겁니다.”

안으로 들어가 아버지를 만날까 어쩔까 망설이다 병국은 발걸음을 되돌렸다. 저들 세대의 맺힌 한에 자신의 말이 아무 도움이 못 될 것임을 알았다.

바다와 하늘은 완전히 어둠에 묻혔고 멀리 장진포 쪽 등대만이 불을 켜고 있었다. 그런데 병국의 눈앞에 도요새 한 마리가 홀연히 날아올랐다. 도요새의 유연한 비상은 아래위로 날개 치는 비행이 아니었다. 날개를 펼친 채 기류의 도움으로 날고 있었다. 상승 기류를 타고 공중 높이 올라갔다가 바람을 옆으로 받아 활공으로 미끄러져 내려오는 율동이 눈앞에서 떠올랐다. 도요새야, 너는 동진강 하구를 떠나 어디에 새로운 도래지를 개척했어? 병국이 중얼거리며 도요새를 쫓아갔다. 그러자 도요새의 비행은 눈앞에서 곧 사라졌다.

포스트잇

「도요새에 관한 명상」은 산업화 과정에서 이윤 추구를 위한 인간의 욕망이 얼마나 많은 생명을 위협하고 있는지를 생생하게 펼쳐 보인 소설이다. 동진강 하구 도요새 도래지를 배경으로, 운동권 학생이었다가 낙향해 환경 운동을 하는 형 병국과 세속적인 동생 병식, 그리고 생태 환경을 연구하는 생물학 교수 정배 등을 등장시켜 문제 설정과 관찰, 탐문의 세목을 귀납적으로 더했다. 여기서 작가가 제출한 서사 문제는 "개발이나 공해로 자연환경이 파손되면 그곳에 살고 있던 생물은 생존치 못한다"는 것이다. 이 문제를 이야기 방식으로 설득하기 위해 작가 김원일은 여러 자료를 구체적으로 제시하면서 면밀하게 논의를 전개한다. 우선 공장에서 "흘러나오는 대량의 폐·하수와 유독 물질이 한정된 수계에 집중적으로 방출됨으로써 자연 정화수는 완전히 상실되어가고" 강의 생태는 악화 일로에 있다고 보고한다. 보호조나 희귀조의 생태 서식지가 훼손되어 점차로 그런 새들을 볼 수 없게 되었음을 관찰한다. 이전에는 찾아들던 "청둥오리, 바다오리, 황오리, 왜가리, 고니, 기러기, 꼬마물떼새, 흰목물떼새, 중부리도요, 민물도요, 원앙, 논병아리 등 〔……〕 철새와 나그네새"의 종류와 수가 공업화의 도전으로 줄어들었다고 보고한다. "근년에 그 현상은 더 현저해져 공해에 강한 새들만 동진강을 찾아들 뿐, 천연기념물로 지정된 새나 보호조는 날아들지 않는 종류까지 생겼다."

공업화에 따른 폐해가 철새들에게만 미치는 것은 아니다. 인간 삶에도 현저하게 영향을 끼친다. 그 대표적 사례로 작가는 미나마타병을 들어 문제의 심각성을 환기한다. 갈대와 풀이 죄 말라버리고 "벌레는 물론이고 지렁이류의 환형동물조차 살 수 없는 버려진 땅"이 되어버리며 점점 인간마저 병들어가는데도, 사람들은 인간 중심적 물질문명의 방향을 되돌릴 생각을 하지 않는다. 그런 형편을 성찰하던 중 병국은 환청처럼 도요새의 경고를 듣는다. "인간은 환경에 적응한다는 핑계로 사악해지고, 탐욕스럽고, 음란하고, 권력욕에 차 있다. 자연의 환경을 파괴하고 끝내 너희들을 파멸의 길로 이끌 물질문명의 노예가 되지 않았는가……"

사악한 탐욕이 끝내 파멸의 길로 이끌 것이라는 도요새의 매서운 경고를, 그러나 사람들은 아직 제대로 들을 준비가 되어 있지 않다고 작가는 생각한 것 같다. 동생 병식은 용돈이나 벌겠다고 희귀조를 독살해 박제상에게 파는 몰상식한 거래에 아무런 거리낌 없이 동참하고 있는데, 그런 동생에게 형 병국이 일침을 가한다. "희귀조가 멸종되고 있다는 건 너도 알지? 인간이 새를 창조할 순 없어." 새를 창조할 수 없기에 겸손해져야 한다고, 인간 마음대로 죽여서는 안 된다고, 그래야 인간도 살 수 있다고 생각하는 형의 메시지를, 그러나 동생은 제대로 헤아리지 못한다. 아니 그럴 생각도 마음도 없는 듯 보인다. 사정이 그러하기에 형 병국의 명상 속에서는 자꾸 "도요새가 당하는 피해만 환상으로" 떠오른다.

생각의 타래

1. 이 소설에서 실향민인 아버지와 그의 두 아들 병국, 병식까지 세 사람은 각자 다른 방식으로 '도요새에 관한 명상'을 한다. 새에 관한 생각은 어떻게 다르며, 그 원인은 무엇일까?

2. 이 소설에서 문제 삼고 있는 미나마타병이 얼마나 심각한 공해병인지 정리해보고, 공해병 내지 환경병의 다른 사례들을 성찰해보기로 하자.

3. 산업화 이후 공해나 기후변화로 인해 위협받고 있는 희귀조의 사례를 조사해보자.

최성각

약사여래는 오지 않는다

어떻게 보면 해괴할 것도 없는 그 이상한 일을 그가 겪은 것은 수돗물 식수 부적격 소동이 연일 신문의 머리기사를 장식하면서 전국이 물 비상에 돌입하기 얼마 전이었다.

1988년 말에 정수장의 수질 오염도를 조사한 것을 건설부가 왜 이듬해인 금년 8월 8일에야 발표했는지 알 수 없었다. 조사 결과는 원래 그렇게 오래 꼬불쳐 지니고 있다가 발표하기에 딱 좋은 적기가 따로 있는지 모르겠으나, 이미 그는 유락산 약사전藥師殿 앞에서 그런 해괴한 일을 겪었으므로 다른 사람들보다 어쩌면 담담하게 '못 먹는 물'에 관한 일을 받아들일 수 있었다고나 할까. 그러나 이때의 담담함이란 무슨 대책이 있는 담담함이 아니었다.

누구나 목숨이 있는 한, 그리고 그 목숨을 이유가 있든 없든 어제나 오늘처럼 계속 부지할 생각이라면 물을 안 먹고 살 수는 없다. 그러나 이제는 누구나 영락없이 못 먹는 물을 먹어야 한다. 사람들에게 남은 시간이란 못 먹는 물인지 알면서도 어쩔 수 없이 그 물을 마셔야 하는 시간일 뿐이다. 그러므로 이때 육신이란 철, 카드뮴, 중성세제, 크롬, 납, 망간 등의 맹독성 중금속이 쌓이는 부드러운 그릇이거나, 막다른 골목이거나, 일찍 현실로 드러난 예고된 죽음을 향해 달리는 불행 덩어리이거나, 태어나지 않았으면 딱 좋았을 회한의 덩어리 같은 것이 되어버렸다.

어떤 사람들은 이제 마음 놓고 먹을 수 있는 물이나 공기보다 더 가치 있는 게 없어져버렸다고 단언하기도 했다. 그러면서, 이제 봐라 거리에서 사람들이 캑캑, 소리를 내며 픽픽, 쓰러지는 것을 무수히 보게 될 것이라는 말을 서슴지 않았다. 사실 그와 유사한 이야기를 들은 것은 한참 전부터였다. 어느 시대나 당대에 대한 말세적 불안과 확신은 풍성하게 넘쳤던 일이고 미래에 대한 어두운 전망은 부적처럼 뒤따랐던 일이므로, 게다가 언제나 거짓 예언자나 허풍선이들이란 있기 마련이므로 그런 이야기는 아주 쉽게 묵살되기에 딱 알맞았다.

이 일도 다만 이 세상에서 끊임없이 일어나는 무서운 일들 중 하나일 뿐이며 다른 무섭고 피할 수 없는 일이 터지기 전까지의 조금 색다른 공포일 뿐이니 합심해서 지혜를 짜고 돈을 쏟아부으면 비록 시간이야 걸리겠지만* 언젠가는 해결될 것이라는 낙관의 시각도 없지 않았다.

그는 작년에 새로 이사 온 마들평 인근에 산이 있다는 것이 무엇보다도 마음에 들었다.

이곳으로 이사를 오기 전에는 사는 곳 부근에 논이 있어서 좋았던 기억이 있다. 강원도 바닷가가 고향인 그는 특별한 이유는 없었지만 시원하게 들이 펼쳐져 있거나 눈을 쳐든 곳에 그저 무표정한 산자락이 육중하게 앉아 있는 것을 좋아했다. 그러나 그가 사실 가장 좋아하는 풍경은 바다였다. 그가 태어나서 자란 작은 소도시는 바다에서 직선거리로 10리쯤 떨어져 있었다. 고향에 있을 때 그는 바다에 나가면 바다의 면전

* 1987년의 환경 보고서에 의하면, 환경오염을 당시 수준으로 유지하는 데에는 2001년까지 21조 원의 투자가 필요했다고 한다(『동아일보』 1989년 8월 11일 자).

에서 오래오래 바다를 바라보곤 했다. 조금 나이가 들어서는 바다에 대해서 무슨 말인가를 해야겠다고 생각하기도 했다. 그러나 막상 바닷가에 가 서면, 어떤 말도 말로써 모양을 드러내지 못하곤 했다.

이번에 그가 유락산에서 겪은 해괴한 일도 처음에는 도무지 말이 되지 않아서 애를 먹었다. 말이 되지 않는 일들이 그러나 사실 하도 많이 일어나서, 말이 되지 않는 일이 문제가 아니라 그 일이 사실이라는 것이 문제라면 문제였다.

아내도 친구도 그의 말을 믿지 않았다. 상식을 존중하고 거짓말을 신 김치보다 더 싫어하는 그가 비상식적인 이야기를 일삼고 쓸데없는 거짓말을 해대는 이상한 사람이라는 혐의를 받게 되었다.

그가 사랑하는 아내와 친구들로부터 그런 눈초리를 받는 것은 안타까운 일이 아닐 수 없었다. 어떤 성자는 타인과 다투게 될 것을 염려해서 입을 다물었다고도 하지만 그는 애당초 성자가 아니었고 성자 따위는 될 생각도 없었기에 그가 겪은 일을 혼자 가슴속에 품고 있을 수만도 없었다.

그가 유락산을 찾기 시작한 것은 한참 전부터의 일이지만, 그 일이 일어난 것은 입추를 얼마 앞두고 연일 가마 속 같은 불볕더위가 계속되던 무렵이었다. 그즈음을 제일 잘 이해하기 위해서는 진부한 방법이긴 하지만 그즈음에 일어난 일들을 살펴보는 것이 가장 좋은 일일 것이다.

그즈음은 우선 가정파괴범을 위시해서 식칼로 사람의 아킬레스건을 풀 베듯 마구 자른 폭력배들 여럿이 6공화국 들어서 처음으로 사형을 당한 때였고, 핵 발전소에서 일하던 사람의 아내가 무뇌아를 유산하고, 명동성당에서는 전국에서 모여든 교원노조 사수를 위한 교사들의 단식 농성이 계속되었고, 최초의 철거 목적량을 조금 밑도는 수준으로 노점상들이 성공적으로(?) 철거된 이후였건만 개처럼 목에 쇠사슬을 걸고 자신의 리어카와 한 몸으로 연결되어 버티고 있던 노점상이 더러 거리에서 발견되었고, 북으로 간 한 여대생이 그를 맞이하러 온 신부와 노래하고 웃으며 걸어서 남으로 내려오려고 했고,* 새로 장관이 된 어떤 이는 국민들이 먹고사느라 정신이 없는 새에 북에 갔다 왔다 안 갔다 왔다로 입씨름을 했고, 취재를 하러 북으로 갈 마음을 먹은 죄로 감옥에 들어간 나이 들고 깡말랐지만 그의 글에서 인용한 자료의 놀라운 정확성과 객관성으로 일찍부터 많은 사람들에게 존경을 받아오던 한 언론인이 아직 감옥에서 나오지 않았고, 어떤 폭력배들은 수영장에 공짜로 들여보내주지 않는다고 기물을 파손하고 수영장 바닥에 유리 조각을 뿌렸으며, 다리 건너 국회의원 재선거가 실시되는 동네의 한 입후보자 사무실에는 도둑이 들었는데 그 도둑이 이용한 차량이 석관동의 안기부 차량이었다는 보도가 나왔고, 며칠 후에는 진짜로 보통 사람에게는 이름만 들어

* 1989년 8월 15일 그들은 정전협정 위반이라는 유엔의 강력한 항의에도 불구하고 판문점을 걸어서 통과했다.

도 소름이 돋는 안기부 정문에 화염병을 던진 대학생들이 잡혔고, 어떤 전투경찰은 거리에서 멀쩡한 행인을 신문한 뒤 그의 통장을 슬쩍해서 거금의 돈을 빼냈다가 잡혀 머리를 푹 숙인 모습으로 텔레비전에 비치던…… 그즈음이었다. 그뿐인가, 너무 많은 비와 너무 세찬 바람으로 많은 사람들이 죽고 그들이 땅에다 기울인 너무 많은 땀과 정성들이 일시에 떠내려가 버렸고, 또 어떤 비행기는 남의 나라 공항에 내리려다가 반 토막 나는 바람에 숱한 사람들이 불에 타 형체도 없이 흩어졌다가 태극기에 싸인 관에 간신히 추슬러져 통곡 속에 돌아오기도 했고, 길바닥에서는 하루도 쉬지 않고 교통사고로 허연 골이 터지고 팔다리가 부러졌고, 인류가 거듭 되풀이하고 있는 유아 살해와 성폭행이 때와 대상 없이 자행되었다. 노인을 잡아서는 기름을 짜내 에이즈 환자에게 팔고 아이들은 유괴해서 개소줏집에 넘긴다는 괴소문이 돌았고, 그런 종류의 끔찍한 괴소문은 간첩이 아니면 누가 퍼뜨리겠느냐는 차원에서 그 소문을 입 밖에 내면 국가보안법을 적용하겠다는 발표가 나왔다. 한마디로 지옥이었다.

옛날 말씀이 아니더라도 세상은 불난 집이었고,* 아무도 불붙은 문을 편히 벗어날 수 없었다. 설사 간신히 벗어나서 그곳 화염에 싸인 집 안에서 사람들이 힘놀이, 돈놀이, 헛이름찾기놀이에 몰두하는 것이 어리석은 일이라고 말해봐야 소용이 없었다.

* 『법화경法華經』, 「비유품譬喩品」에 나오는 화택火宅의 비유.

그날도 그는 다른 날처럼 배낭을 짊어지고 유락산을 찾았다. 한낮의 햇살은 마치 뜨거운 바늘이 곤두선 것처럼 후덥지근한 열기와 함께 햇살 속에 몸을 노출시킨 사람의 이마와 목덜미를 파고들었다.

아파트 숲을 빠져나와 유락산을 가는 동안에 그는 크고 작은 다리를 두세 개가량 건넜다. 다리를 건널 때마다 심한 냄새가 났다. 그가 건넌 다리들은 모두 비슷한 악취를 풍기고 있었다. 그 냄새는 마들평의 아파트 단지 사이를 지나다니다가 언뜻언뜻 맡게 되는 하수구 냄새와는 또 달랐다. 물이 있는 곳에서는 늘 어제보다 조금 더 심한 악취가 났다. 다리 밑의 개천은 물이 흘렀던 자리가 시커멓게 말라붙어 있거나 햇살에 이상한 푸른빛을 반사하면서 이미 흐르지 않은 죽음 같은 물들이 고름처럼 고여 있곤 했다. 때때로 수량이 조금 많을 때에는 허연 거품이 오래 쓴 행주처럼 떠 있었다.

처음에는 그도 다른 사람들처럼 새벽 시간에 산을 찾았지만 약사전 옆에 있는 새로운 약수터를 발견한 이후로는 때 없이 산을 찾았다.

여름 한낮에 산을 찾을 수 있었던 것은 그가 직장에 나가지 않는 사람이라기보다는 집에서 일하는 사람이었기 때문이다. 집에서 책 읽고 글을 쓰는 게, 말하자면 그의 일이었다. 남미의 어느 작가는 작가의 가장 큰 사회적 책무가 좋은 글을 쓰는 것이라고 말했다지만, 워낙 그가 만들어낼 세계보다 세상에서 일어나는 일이 드라마틱하고 충격적이어서, 게다가 정신을 똑바로 차리고 자신을 단단히 추스르며 살아가기도 힘겹고 어려운 세상이어서, 모두들 어제보다 더 극단으로 흐르는 부패한 나라에서 다반사로 일어나는 슬프기 짝이 없는 일들을 만나면 그럴수록 냉정해지기보다는 눈물부터 앞서곤 했다. 게다가 그는 극도로 한심하기까지 해서, 동시대의 못된 힘에 저항하다가 고통을 겪고 있는 사람들이 하도 많다 보니 언젠가는 자신도 한 번쯤 감옥에 다녀와야지만 남은 인생을 그늘 없이 감당할 수 있을 뿐만 아니라, 이 힘겨운 시대에 글 쓰는 사람으로서 자신에 대한 검색도 보다 야무지게 하게 되지 않을까 하는, 충분히 정신분석의 여지가 있는 괴상망측한 콤플렉스에 시달리곤 했다. 그러나 그런 생각이 과녁을 잘못 택한 자기 학대이거나 시대의 중압에서 벗어나려는 도피 의식에서 연유하고 있음을 막연하게나마 느끼기도 했다. 그런 생각의 뿌리는 어쩌면 많은 시간을 들여 분석해도 잘 분석되지 않을 열등감이거나 혹은 그가 무슨 편에 소속된 것으로 간주되는 것을 병적으로 혐오하지만, 한편 오만한 고립의 의지 또는 자기 은폐에 가까운 것임을 막연히 그는 느끼곤 했다. 아니면 외로움 때문이었는지도 모른다. 어쨌거나 회의주의자라기보다는 가슴이 뜨거운 허무주의자에 가까운 그가 늘 그런 생각에 골몰한다기보다는 아주 때때로 그런 생각을 할 때가 있다는 이야기일 따름이다. 그렇지만 그런 의식으로 자신을 괴롭히게 만든 것은 분명 그의 시대였다. 누구의 의식인들 당대의 산물이 아니겠는가, 그라고 해서 시대의 그늘에서 벗어날 재간은 없었다.

아파트가 다 들어차면 아마 세계에서 가장 큰 아파트 단지가 될지도 모른다는 소문을 거느리고 있는 마들평에는 계속 아파트 공사가 진행되고 있었다.

새로 입주한 친지를 찾아가는지 아이를 업은 한 여자가 커다란 합성세제를 들고 건널목을 건너는 게 보였다. 그 뒤로 배가 불룩 튀어나온 임신부도 한 여자아이의 손을 잡고 건널목을 급하게 건너고 있었다.

그가 물병이 든 배낭을 등에 메고 유락산을 찾기 시작한 것은 2주일쯤 전부터였다.

시뻘건 한낮에 물병을 등에 메고 집 부근의 산을 찾기 시작한 것은 순전히 그가 누는 오줌과 목덜미에서 배어 나오는 식은땀 때문이었다. 서른다섯밖에 안 된 나이인데도 때때로 뼈마디가 쑤시곤 했다. 20대에 제사를 지내는 기분으로 너무 무절제하게 마신 술 때문이겠거니 하는 생각도 들었다. 그런 증상들이 딱히 언제부터였다고 자신 있게 말할 수는 없었지만 오줌에 뜨물처럼 부연 게 섞여 나오고 괜히 목덜미 언저리가 식은땀으로 축축한 것을 느낀 것은 비슷한 시기였다. 사람들 모두가 몸에 이상이 있을 때 병원에 가서 맞닥뜨리게 될 예기치 못한 공포 때문에 슬금슬금 뒤로 빼면서 선뜻 병원에 가지 못

하는 것처럼, 그 또한 한동안은 병원에 가봐야겠다는 생각과 가면 귀찮아진다는 예감 사이에서 전전긍긍했다. 자칫 병원에 가서 생활 전부가 달라질지도 모른다는 두려움도 있었다.

하지만 그보다 더 오줌 빛깔의 변화에 신경 쓰는 아내의 잔소리와 그 또한 대수롭지 않은 척해도 예사롭지 않은 오줌 빛깔을 언제까지나 무심한 체 대할 수는 없다는 생각이 들어서 어느 날 그는 고등학교 선배가 운영하는 왕십리의 조그마한 가정 의원을 찾았다.

그의 집에서 쓰는 것보다 더 작은 철제 책상에서 선배는 하루 열한 시간 반을 진료하고 있었다. 토요일에도 오후 7시까지 아홉 시간 반의 진료 시간을 지키고 있었다. 글을 씁네, 하고 근래에는 다른 사람들처럼 직장에도 나가지 않는 그가 하루에 몇 시간이나 자신의 작업을 위해 시간을 쏟고 있는가를 생각하자, 그는 어디 뾰족한 책상 모서리 같은 곳에 머리를 찧고 싶을 정도의 격심한 부끄러움을 느꼈다. 써야 할 소설은 안 쓰고 그저 밥벌이에 급급해 '콩트'나 쓰고 어디 사보나 잡지에 여행 기사나 써대는 그는 자신의 무기력과 틀려먹은 생활에 늘 스산한 혐오감을 품고 있었다. 엉터리든 아니든 자신의 20대가 담긴 첫 작품집이 나온 이후, 쓰는 일의 두려움과 자신의 글에 대한 견딜 수 없는 불만 그리고 읽어보지도 않고 자신의 작품을 마구 오해하는 사람들에 대한 감당할 수 없는 혐오감 때문에 그는 근년에 이르러 쓰는 일을 퍽이나 주저했다. 그런 그에게 한때 글을 썼던 어떤 편집자는 "자기 검색하다가 망한 사람이 여기 있소, 소설쟁이는 그저 죽이 되든 밥이 되든 써대야 하오. 지난 호에도 준다고 해놓곤 안 줬잖소, 남자가 약속을 했으면 지켜야 할 게 아니오?" 하는, 비논리적이지만 마음 아픈 협박으로 그에게 글을 쓸 것을 종용하기도 했다. 그렇지만 그런 지적이 쓰는 일하고는 아무 상관이 없다는 게 그저 안타까울 따름이었다.

선배는 1949년생으로 그보다 여섯 살이 많으니 이제 마흔 줄에 접어들었건만 의사가 된 이래 이제야 가장 그럴싸한 병원에서 일하고 있었다. 경사가 심한 골목 끝에 있는 그 병원은 한촌寒村의 신문 보급소보다 더 초라하고 볼품없었다. 모두들 그곳이 어딘지는 모르지만 목적지를 향해 한 발자국이라도 더 나아가려고 기를 쓰는 30대를, 서울 변두리의 빈민촌에서 천막을 치고 의료 생활을 해온 선배가 왕십리의 한 골목 끝 쌀집 옆에 위치한 조그마한 건물 2층에 세 들 수 있게 된 것은 어떻게 봐도 때늦은 일이지 비난받을 만한 일은 아니었다. 너무 가난한 사람들에게 너무 싼 진료비로 너무 오랜 시간 일하는 것 같다고 그가 농담하자, "사람들 퇴근 시간이 늦으니까 늦게까지 일할 수밖에 없잖냐? 내가 늦게 퇴근하는 사람들 전부를 보는 건 아니지만……" 하고 딴 이야기를 했다. 의사와 결혼했으면서도 의술에 대한 남편의 괴팍한(?) '생각' 때문에 다른 의사와 결혼한 여성들과는 달리 살아야 했던, 아직 본 적이 없는 선배의 아내를 그는 공연히 떠올렸다.

"소변검사를 해봐야 알겠지만 겉으로 봐선 전에 봤을 때랑 큰 차이가 없어 보인다."

선배가 말했다. 선배는 그의 배를 툭툭 치기도 하고, 청진기로 배랑 등이랑 귀 기울여 살펴보기도 하고, 눈자위도 위아래 모두 살피고 목덜미를 힘줘서 눌러보기도 하고, 그를 반듯하게 드러눕힌 뒤 다시 청진기로 여기저기를 진찰했다. 이러면서 하루 열한 시간 반을 보낸다는 것은 여간 중노동이 아니겠구나, 하고 그는 생각했다.

"글은 잘되냐?"

선배가 얌전하게 누워 있는 그에게 물었다. 그 말이 그에게는 소화는 잘되느냐고 묻는 것처럼 들렸다.

"잘될 리가 없지요."

사실 그는 소화도 잘 안 되던 터였다.

"……그렇기도 할 거야."

선배가 말했다. 그 말은 그런 대답을 기다렸다는 뜻인지, 글이 잘 안 되는 네 사정이 잘 이해된다는 뜻인지 알 수 없었다.

"……"

그는 더 이상 아무런 대꾸도 안 했다. 정말 재미없는 이야기였기 때문이다.

"글쎄, 진찰 결과 넌 아무런 이상이 없다. 목덜미의 땀은 나로서는 의미가 없다고 본다. 여름이라서 머리에서 나는 땀이 목덜미로 흘러내리니 그렇게 느끼는 거 아니겠니? 관절이 쑤시는 건 운동 부족이다. 너 운동 같은 거 안 하지?"

선배의 말은 질문이라기보다는 단정이거나 확신이었다.

그는 소변을 받아서 준 뒤 대기실이랄 것도 없는 출입구 옆의 나무 의자에 앉아 여성지를 뒤적거리며 기다렸다. 모서리가 조금 부풀어 오르고 해진 그 여성지에서 그는 노출이 아주 심한 내의 광고와 불륜을 저지른 여인의 고백 수기, 주부 콜걸 이야기 등이 '기사 내용과 관계없다'고 밝히고 있는 야한 사진과 함께 실려 있는 것을 보았다.

한참 기다린 후에 소변에도 별 이상이 없다는 결과가 나왔다. 결국 그는 오랜만에 선배의 얼굴이나 보러 온 셈이 되었다.

"신장 쪽에 이상이 있나 했지만 괜찮았어. 쉽게 말해서 입으로 들어간 게 앞으로 나오는 게 오줌이고 뒤로 나오는 게 똥이다. 너의 식생활에 대해선 잘 모르지만 여름철이라 가벼운 탈수 현상으로 미처 찌꺼기를 다 걸러내지 못한 게 아닌가 싶다. 나도 어떤 때 오줌이 뿌열 때가 있지. 물을 많이 마셔라."

선배는 누구에게랄 것 없이 정중하고 따뜻했지만 말하는 방식은 건조하기 짝이 없었다.

"정말 이상이 없는 겁니까?"

선배가 아무런 이상이 없다고 하자 그는 다소 섭섭하다는 표정으로 물었다.

“아주 조금만 아프고 싶지?”

“그걸 어떻게 아셨어요?”

“난 의사니까.”

사실 그랬다. 병원까지 오기에는 상당한 결심과 각오가 있어야 했다. 아내의 성화도 성화지만 아주 심각한 정도가 아닌 범위 안에서 조금 이상이 있기를 바라는 마음도 없지는 않았다. 그러한 무의식이 결국은 병원에 올 용기로 드러난 것인지도 모를 일이었다. 조금 아프면 세상으로부터 많은 것을 용서받고 이해받을 수 있으니까 말이다. 아, 그 친군 조금 아파, 정확히 어딘지는 모르지만 아무튼 어딘가 조금 아프다지! 그러니깐 이해할 수 있잖겠어? 그가 다소 비겁한 것도, 그가 다소 게으른 것도, 그가 다소 신경질을 내는 것도 말야. 어쩌면 그가 근래 통 못 쓰는 것도 그래서인지 몰라.

“너만 그런 게 아냐. 사람들은 다 병으로 도망치고 싶어 하는 마음이 있어. 나도 때때로 그렇지. 온 김에 점심이나 같이 먹자.”

선배는 진료비를 안 받는다고 하면 시끄럽게 굴 게 뻔하니 1,000원만 내라고 했다. 그는 할 수 없이 픽 웃으며 1,000원만 냈다. 그가 태어나서 가장 적게 낸 진료비였다.

병원 부근에 사철탕집이 있었지만 그들은 냉면집을 택했다. 식사를 마치고 그가 잽싸게 계산을 했다. 헤어질 때 선배는 그에게 술을 좀 줄이고 물을 많이 먹으라는 당부를 또 했다.

선배와의 오랜만의 만남은 상당히 유쾌한 면이 없지는 않았지만 아쉬운 감정이 도는 것도 사실이었다. 만성피로와 이유 없는 무력감으로 사실 그는 좀 제대로 쉬고 싶다는 욕구를 느끼고 있던 터였다. 이런저런 핑계로 그동안 너무 많은 술을 마셨다고 그는 생각했다. 아주 몸이 찌뿌둥할 때에는 청심환을 먹고서야 잠시 회복된 것도 한두 번이 아니었다. 아무런 이상이 없다는 선배의 진료가 나중에는 조금 의심스럽기까지 했다.

그 또한 많은 사람들처럼 수돗물을 끓인 보리차를 식수로 삼고 있던 터였는데, 의사로부터 물을 많이 마시라는 얘기도 들었겠다, 인근 산으로 물병이 든 배낭을 짊어지고 어슬렁거리게 된 일은 어쩌면 자연스러운 일이었는지도 모른다. 팔팔 끓여서 산소라고는 하나도 없는 죽은 물인 보리차보다야 산에서 나는 물이 훨씬 나을 것이라는 생각이 들었던 것이다.

유락산은 그의 집에서 도보로 20분쯤 소요되는 거리에 있었다.

이곳 마들평 쪽으로 이사를 오면서부터 가까운 유락산에 가보리라 늘 생각했건만, 그의 게으름 탓도 있거니와 워낙 산이 멀지 않은 곳에 있었기 때문에 그저 거기 산이 있으면 됐지 하는 심사로 차일피일하다가 좀처럼 그럴 기회를 만들지 못했던 터였다.

약수터를 찾는 일은 그리 어려운 일이 아니었다. 소로 양편으로 무성하게 숲이 우거진 산의 초입에 들어서자 저 멀리로 사람들이 길게 줄을 서 웅성거리는 모습이 보였으니까. 어느 정도는 예상한 일이었지만 약수터에서 그렇게 많은 사람들이 법석을 떨 줄은 몰랐다. 모두들 자신과 마찬가지로 뿌연 오줌이 나오고 목덜미에서 식은땀이 나고 늘 피곤한 모양이었다. 그러나 조금 자세히 살펴보니 그런 것 같지는 않았다. 어린애들부터 노인들까지 유락산 초입의 약수터에 길게 줄을 선 사람들은 참으로 다양했다. 더러 물통 옆에 서서 맨손체조를 하거나 헛둘, 헛둘 하면서 제자리 뛰기를 하는 사람들도 있었다. 모두들 어딘가 집요한 표정이었다. 자전거 뒤에 흰 플라스틱 물병을 실은 사람들, 오토바이 뒤에 한 말들이 물통을 두서너 개씩 매단 사람들, 심지어 유모차의 아기가 앉을 곳에도 물통이 누워 있었다. 어린이들은 길쭉한 사이다병을 두 팔로 싸안고 있었고, 노인들은 감당할 수 있을 만큼의 작은 물통을 들고 있었다. 그리고 할머니들은 허리를 묶을 수 있는 끈이 달린 배낭을 메고 있었다.

서울 인근의 약수터가 붐빈다는 소문이야 익히 들었지만 사람들이 그렇게 산의 물을 좋아하는지는 미처 몰랐다. 그것은 무슨 새로운 발견처럼 느껴졌다. 어떻게 보면 좋은 물을 마시려는 사람들의 엄청난 대열과 상관없이 그만 홀로 그저 보리차나 끓여 먹으며 살아온 것 같았다. 그 여름날 아침의 약수터 경험은 새로운 비밀의 세계를 엿본 것 같은 어리둥절한 느낌으로 그에게 다가왔다.

뒤에 도착한 사람들은 아무런 표정도 없이 자신의 물통을 뱀처럼 구불구불 길게 이어져 있는 물통들의 맨 뒤에 바짝 붙여놓고는 맨손체조로 들어가거나 어디 구석에 쭈그려 앉아 담배에 불을 붙이곤 했다. 물통은 물을 받을 수 있는 곳에서부터 한 20~30미터는 족히 뻗어 있었다. 그는 기다란 줄도 줄이지만 사람들의 얼굴이 각기 다른 것처럼 물을 받는 용기가 그렇게 다양할 수 있음에 우선 놀랐다. 그는 그런 상황을 예측하지 못했기 때문에 집에서 나올 때만 해도 물을 받아 오는 일을 가볍게 생각했다. 도봉산 자락과 이어진 유락산 정도의 규모면 틀림없이 물이 있을 것이라 생각했고 그 물을 받아 오는 일이 무어 그리 어려울까 생각했던 것이다.

처음 간 날, 그는 다른 사람들처럼 구청에서 설정한 경로 구역까지 뻗어 있는 줄의 맨 끝에 자신의 빈 주스병과 플라스틱 사이다병을 놓고 기다렸다. 그날 그가 발견한 것은 약수터에 모인 사람들이 드러내는 묘한 초조와 짜증 그리고 그리 심각한 정도는 아니지만 타인에 대한 적의 비슷한 감정으로 스스로를 괴롭히고 있는 모습이었다. 약수터에 늦게 당도해서 물통이 줄의 맨 끝에 있는 사람들의 표정은 그런대로 넉넉했다. 하지만 앞쪽의 사람들은 그 표정이 여간 굳어 있지 않았다. 더러 태연한 표정도 없지는 않았지만 앞사람이 너무 많은 물통을 갖고 와서 너무 오래 꾸물거리는 것에 대한 노골적인 불만이 얼굴 가득히 담겨 있었다.

아주 조금씩 앞으로 나아가 이제 샘이 그리 멀지 않은 곳에 보일 즈음이었다.

"아, 조금만 떠 가면 되지 무슨 물통을 그렇게 많이 갖고 다녀? 세상 혼자 사나!"

그의 앞에 서 있던 한 중년 사내가 이미 한 통을 채우고 이제 막 새로운 통에다 물을 담기 위해 색 바랜 노란 플라스틱 바가지를 들고 있는 맨 앞사람의 뒤통수에다 대고 중얼거리듯이 쏘아붙였다. 그러자 모두들 기다렸다는 듯이,

"그러게 말야. 공중도덕까진 아니더라도 사람이 남도 생각할 줄 알아야 할 거 아냐!"

"약수 물로 국까지 끓여 먹을 모양이지"

하고 빈정거렸다.

"이 약수터 주인이 왔나. 거 왜 그렇게 말들이 많어? 남이야 많이 퍼 가든 말든 왜들 비싼 밥 먹고 아침부터 입방아를 찧고 야단이야? 아, 이 물이 임자가 있는 물 아니잖아."

묵묵히 바가지의 물을 통에 붓던 맨 앞의 사내가 앉은 채로 고개를 뒤로 돌리며 말했다. 앉아 있는 자세였지만 넓은 어깨에 산전수전 상당히 겪은 듯한 힘이 실린 목소리였다. 젊었을 때 룸살롱 지배인을 했는지도 모를 일이었다. 게다가 뒤돌아본 그의 눈은 쥐 고기를 먹었는지 뻘겋게 충혈되어 있었다.

약수터 앞의 분위기는 여름 새벽이지만 순식간에 싸늘한

긴장이 감돌았다. 만약에 줄을 서 있는 다른 성깔 있는 사람이 그 말을 그보다 조금 더 센 톤으로 받았다면 무슨 일인가 일어날 것 같았다.

다행히 모두들 그 사내의 시뻘건 눈빛에 순간적으로 질렸는지 아무런 대꾸가 없었다.

한참을 더 기다려서야 그는 결국 빈 주스병과 플라스틱 사이다병에 물을 담을 수 있었다. 아까 그의 앞에 서 있다가 눈이 시뻘건 사내가 너무 많은 물통을 갖고 왔다고 힐난하던 중년 사내도 그가 힐난하던 사내보다 더 큰 물통으로 여러 통의 물을 받아 갔다. 그럴 때 뒤에 서 있는 사람들은 모두들 태연을 가장했지만 거의 적의에 가까운 눈초리를 하고 있었다. 정말 약수터에 오래 있다가는 누구나 눈이 뻘게질 것 같았다.

시멘트로 가장자리를 바르고 바닥은 벽돌 크기의 갈색 바위로 되어 있는 샘은 물이 고이자마자 퍼 올려서인지 수량이 극히 적었다. 왠지 거의 애처로운 느낌을 불러일으켰다.

앞쪽에 가서야 자세히 읽을 수 있었지만 샘물 옆에는 '안내말씀'이 적힌 표지판이 서 있었다. 표지판에는 '이 약수터(옹달샘)는 식수 적합 여부에 대한 수질 검사를 연 4회 실시하고 있으며, 검사 결과는 아래와 같사오니 이용에 유의하시기 바랍니다'라고 적혀 있었는데 '최근 검사 결과는 식수 적합'으로 표시되어 있었다. 수질 검사처는 보건환경연구원이었다. 6월 말의 검사 결과는 식수 적합이었지만, 그러나 그 검사가 끝난 7월 초의 물도 적합하다는 것은 어떻게 믿을 수 있을까. 다행히 다른 하천과 이어져 있지 않은 고지인 데다가 주변에 무슨 비밀 배출구를 가진 공장이나 대기업이 경영하는 대규모 목장이나 송어 양식장 따위는 없었지만 일요일이면 저 위 계곡에서 불고기 판을 헹굴 게 뻔한 이곳 약수를 어느 정도 믿어야 할지 의구가 없는 것은 아니었다.* 게다가 지난 장마 때 내린 빗물이 정상적인 빗물에 비해 산도酸度가 열 배나 높다고 하지 않았던가. 이곳 유락산에 내린 빗물이라고 해서 예외일 리가 있을까. 그 빗물이 샘물로 나올 때까지 천 년이 걸릴까, 2천 년이 걸릴까.

차례가 왔기 때문에 그는 한눈에 봐도 수량이 그리 넉넉하지 않은 샘물 옆 바위에 엎어져 있던 노란 플라스틱 바가지의 손잡이를 들었다. 바가지에 물을 담기 위해서는 앞사람들이 그랬듯이 바닥이 긁히는 소리를 낼 수밖에 없다는 것을 잘 알고 있었지만 그는 소리 내지 않고 물을 담고 싶었다. 물을 푸는 내내 그는 뒤통수가 시렸다. 누군가 또 뒤에서 뭐라고 한마디 하면 어떻게 해야 하나? 아까 여러 통의 물을 거뜬히 퍼가던 어깨 넓은 사내처럼 목에 힘을 주고 한마디 해야 하나? 그것까진 좋은데 내 눈은 그 사내처럼 시뻘겋게 충혈되어 있지 않잖아. 그런데도 말빨이 멕힐까? 나처럼 긴장감 없이 풀어진 얼굴로는 도무지 씨알이 먹히지 않을 거야. 누군가 물을 오

* 하천에 불고기 판을 한 번 헹구면 주변 물의 생화학적 산소 요구량BOD이 일시에 20만 피피엠가량으로 오염된다고 한다(고도의 정수 처리를 해서 마실 수 있는 물의 BOD는 3피피엠이다. 『조선일보』 1989년 8월 12일 자).

래 푼다고 뭐라 그러면 '미안합니다' 하든가, 물통에 물이 찼건 말건 바가지를 뒷사람에게 넘기고 얼른 여길 떠야지.

생각 같아서는 그가 갖고 간 두 개의 용기에 물을 다 채우지 않고 샘에서 일어나고 싶었지만, 그러기에는 그동안 기다린 시간이 너무 아깝다는 생각이 들었다. 그러나 물을 뜨기 위해 기다린 시간보다도 물을 뜨는 동안의 시간이 더 길게 느껴졌던 것도 사실이다. 약수터에서의 내 물은 곧 남의 시간을 초조하게 하는 물질이자, 남이 떠 갈 물의 다른 이름이었으니까. 서늘한 여름 새벽이었건만 목덜미에서는 또 식은땀이 났다. 선배는 왜 목덜미의 식은땀을 대수롭지 않게 여겼을까. 아무래도 한의韓醫를 찾아봐야겠다. 그는 그런 생각을 어느 순간에 했다.

물이 가득 든 두 병의 물을 들고 유락산을 빠져나오면서 그는 다시는 물을 뜨러 오지 않겠다고 결심했다. 그는 서로가 서로를 경계하고 초조감 속에서 적대하는 약수터의 분위기가 싫었다.

그러나 그는 결국 며칠 후 다시 유락산을 찾았다. 산에서 떠 온 물을 다 마시고 나서 며칠은 예전에 그랬듯이 보리차를 마셨는데, 보리차보다는 끓이지 않은 물로 선배가 시킨 일을 실행하고 싶었기 때문이다.

그것은 딱히 뿌연 오줌 때문이 아니라 어떤 이상한 종류의 갈증 때문이었다. 그가 어렸을 때의 고향 물을 고즈넉한 그리움과 함께 추억한 것도 그즈음이었다. 시골이 고향인 사람에게 마당의 펌프 물은 얼마나 시원했던가. 겨울에는 체온에 맞게 따뜻하고 여름철 우물가에 엎드려 등허리에 끼얹으면 뼛속까지 사람을 서늘하게 하던 그 물.

그가 유락산의 샘물을 다시 찾기 시작할 즈음에 만난 신문기사 중에 그의 마음을 아주 어둡게 하고 끝내는 아주 성질나게 한 것은 막대한 국고를 들여 빗물관에 생활하수를 연결해 한강을 거대한 '뚜껑 없는 하수도'*로 만든 일이었다. 그렇잖아도 일찍이 환경청이 조사한 것을 근자(1989년 8월)의 식수 소동에 발맞추어 경쟁적으로 보도한 내용에 따르면, 한강을 비롯한 우리나라 4대강에 흘러드는 폐수가 하루 평균 482만 9,141톤이라고 하지 않던가. 그 발표는 생활하수가 81퍼센트, 공장폐수가 10.3퍼센트, 축산 폐수가 4.4퍼센트, 광산 폐수 4.1퍼센트, 기타 0.1퍼센트의 순으로 폐수의 내용을 덧붙이고 있었다.** 그게 1980년의 조사니 그 이후 강의 오염이 얼마나 더 악화되었을까 잘 짐작되는 일이었다.

처음부터 자연이나 강을 망치기 위해 돈을 쓰는 사람들이 어디 있겠는가. 그렇지만 그가 어디서 본 바에 의하면, 우리나라는 세계에서 알아주는 산업폐기물 수입 국가 중 하나라고 한다. 돈을 잘 쓰라고 국민들로부터 위임받은 사람들이 돈을 써야 할 데에 제대로 쓰는 것만은 아님을 이내 알 수 있었다. 그

* G. F. 화이트 외, 『물의 역사』, 최영박 옮김, 중앙일보사, 1978, 78쪽.
** 『동아일보』 1989년 8월 11일 자.

자료는 관세청의 발표를 인용하고 있었는데, 지난해 산업폐기물 총 수입량은 54만 톤이었다고 했다. 54만 톤의 산업폐기물이 포장되어서 하역된 후 어디로 실려 가서 어떻게 버려졌는지 아는 사람은 그의 주변에 아무도 없었다.

그가 신문을 통해 알게 된 것은 한강을 뚜껑 없는 거대한 죽음의 하수도로 만든 작은 예에 불과했다.

서울시가 지난 8년간 설치한 우수雨水·오수汚水 분류식 하수관로의 절반 이상에서 더러운 생활하수가 빗물 파이프로 잘못 연결되는 바람에 한강을 크게 오염시켜온 사건이 있었다. "8월 1일 감사원의 한강오염방지실태 감사결과에 따르면, 서울 신흥 개발 지역인 개포·가락·고덕 지구의 분류식 하수관로 1,803개소가 주택 및 건물 정화조에서 나오는 생활하수를 우수관로雨水管路에 잘못 연결, 오염된 하수가 하수처리장을 거치지 않은 채 그대로 한강에 유입되"었다고 한다.* 이러한 오접誤接의 원인은 시 당국의 하수관로 관리 미흡과 건축주들의 인식 부족 또는 건축주들이 하수관로의 기능을 알면서도 건물에서 오수관까지의 거리가 멀다는 등의 이유로 가까운 빗물관에 연결해버린 데에 있었다. 시는 신축 건물 준공 필증을 내줄 때 정확히 연결했는지를 확인해야 하는데도 이를 소홀히 했다고 지적받았다. 서울시가 우수·오수 분류관식 하수관로 600킬로미터(우수관로 367킬로미터, 오수관로 233킬로미터)에 지난 8년간 들인 돈은 395억 원이라고 한다. 그리고 신문은 감

* 『조선일보』 1989년 8월 2일 자.

사원이 중랑하수처리장의 하수 유입용 펌프 네 대(설치비 17억 원)가 오래전부터 고장 난 채로 방치되어 하루 16만 톤의 공장 폐수와 생활폐수가 한강으로 직유입되고 있음을 밝혀냈다고 보도했다. 서부트럭터미널 등 대형 건물 15개소가 정화 시설 없이 준공검사를 통과한 사실, 서울 시내 21개 대형 건물이 오수 정화 시설을 갖추지 않은 채 준공검사에 통과한 사실, 서울대병원 등 89개 업체가 시의 묵인 또는 방치 아래 폐수를 무단 방류해온 사실도 아울러 적발했다고 한다. 서울대병원이라는 글자와 함께 그의 머릿속에는 버려진 주사기와 비닐봉지에 담긴 주사약 병들 그리고 피 묻은 적출물 따위가 떠올랐다.

그 후 감사원이 지시한 사항은 하수관로를 재시공하라는 것과 시의 관련 공무원 열아홉 명에 대한 징계였다. 그러나 관련 공무원들의 징계가 어느 정도 선이었는지는 그가 알 재간이 없었다.

그렇지 않아도 야밤이나 폭우를 틈타 비밀 배출구로 강을 더 치명적으로 오염시키는 공장폐수를 버려 물고기를 떼로 죽이고, 먹을 것에 먹으면 안 되는 것들을 넣은 공장과 그걸 헐하게 사서 비싸게 파는 상인들의 작태는 다반사로 일어나고 있는 일들인지라, 같은 시대를 살아가는 다른 이들처럼 그런 일에 관한 한 거의 기이한 종류의 면역이 된 그였지만, 그 기사는 왠지 우울하기 짝이 없었다.

그와 관련해서 그가 며칠 후에 만나게 된 다른 신문에서는 '폐수 배출 단속 하나 마나'라는 제하題下에 폐수 배출 업소에 대한 시 당국의 처벌이 미약해 업체들의 상습적인 폐수 배출 행위를 방조하는 게 아니냐는 지적과 함께 다음과 같은 기사가 실려 있었다.

"9일 서울시에 따르면 지난 7월 15일부터 8월 15일까지 한강 주변 413개 폐수 배출 업체를 대상으로 실시한 공해 특별 단속 결과 대상 업체의 13.3퍼센트인 55개 업체가 적발되었으나, 시는 이 가운데 세번째로 폐수 배출 행위가 적발된 ○○운수(성북구) 세차장에 대해서만 조업 정지 명령을 내렸다. 시는 나머지 54개 업체 가운데 40개 업체에 대해서는 경고 및 개선 명령의 경미한 처분을 내리고 14개 업체는 고발했으나, 형사 고발된 업체들의 경우도 가벼운 벌금만 내면 되기 때문에 실효를 거두기가 힘든 형편이다. 특히 시 당국이 명백히 규제치를 초과한 폐수를 방출하다 적발된 △△호텔(마포구), ××자동차공업사(영등포구) 등 30개 업체에 대해서 개선 명령만을 내린 것은 공해 방지를 위한 시 당국의 의지가 결여됐기 때문이라는 비난을 받고 있다."*

그런 기사를 보면서 그가 떠올린 것은 희한하게도, 전에도 줄기차게 일어나던 일이지만 근래에 떠들썩한 인신매매 사건들이었다. 적발된 업체들의 담당 임원이 적발 관리에게 손을 비비며 거짓 웃음을 얼굴에 가득 띤 채 능란하게 대응했을 것으로 짐작되는 그 후의 일은, 이 나라에서 나이 서른을 넘

* 『한겨레』 1989년 8월 10일 자.

긴 사람들이라면 어렵지 않게 짐작할 수 있는 일이기도 했다. 그 관리는 또 업자들에게 받은 봉투를 쪼개 그 위의 관리들과 나누었을 것이다. ……수요가 있으니까 공급이 있다는 것은 중학생들도 다 아는 일, 한강 남쪽의 그 엄청난, 더러 칼부림도 나는 고급(=퇴폐) 술집들은 누가 이용하는가. 자기 월급으로 그 술집에 가서 계산을 하는 남자들을 용서할, 그들의 아내들이 과연 이 땅에 있을 것인가. 있다면 그런 아내들은 몇이나 될까. 감옥에 가서 참으로 오래오래 한복(죄수들이 한복을 입는 게 그는 사실 늘 불만이긴 했다)을 입어 마땅할 부패한 관리들이 더러 재수 없게 징계를 당해 동료 관리들에게 동정을 받기도 하지만, 그런 겁 없는 부패한 관리들을 꼬박꼬박 세금을 내 거둬 먹이며 허용하고 있는 것은 누구인가. 바로 내 친구고, 내 마누라고, 내 선배고, 내 후배고, 문방구를 하는 우리 옆집 아저씨고…… 그리고 바로 나다, 바로 나다…… 그는 그렇게 생각하며 신문을 홱 접었다. 수익자 부담의 원칙 운운하면서 강의 오염을 막는 세금을 더 거두기 전에 환경오염에 극단적으로 공헌(?)한 대기업과 찢어질 대로 찢어진 부서의 부패한 관리들에 대한 처벌이 우선되어야 하지 않을까 하는 생각을 그가 하게 된 것은 한참 후의 일이었다.

다시 유락산을 찾은 그는 이번에는 저번처럼 플라스틱 용기가 아닌 유리병을 배낭에 넣었다. 어디선가 듣기를, 석유화학제품인 플라스틱은 물속에 잔존해 있는 산소가 용기의 접촉면에 다 달라붙어서 기왕의 샘물을 더 형편없는 상태로 만든다는 이야기가 생각났기 때문이다. 과학적인 근거가 있는 소리인지 모르지만 완전연소가 되는 나무나 스스로의 잔존 가치 때문에 재생산이 되는 철과 달리 플라스틱은 꼭 태워야지만 이 세상에서 사라진다는 것을 알고 있었기에, 그는 사실 플라스틱 제품을 물그릇으로서뿐 아니라 거의 생리적으로 싫어하던 터였다. 주위를 둘러보면 그러나 플라스틱 제품 등속의 석유화학제품이 아닌 것이 어디 있겠는가. 누가 오늘 제 스스로만 오로지 땅이 여과시킨 깨끗한 물과 땅이 키운 것만 먹고, 공장에서 나오지 않은 옷만을 입고, 아황산가스가 섞이지 않은 공기로만 숨을 쉴 수 있단 말인가. 그는 일일이 열거할 수 없을 정도의 모든 한 번 쓰고 버려지는 석유화학제품을 혐오했다. 그가 혐오하는 것은 플라스틱이나 짜장면에 씌워진 랩이나 슈퍼에서 아이스크림 하나를 사도 담아주는 비닐봉지, 분해되지 않는 합성세제뿐만이 아니다. 일산화탄소와 아황산가스, 질소산화물과 탄화수소 그리고 수돗물에 함유된 중금속류와 강력한 발암물질인 벤조피렌, 디젤엔진, 가공할 만한 산성비, 무엇보다 이 땅에 얼마나 비치되어 있는지 비밀에 부쳐져 있는 핵무기 및 핵 기지 들을 혐오하고 두려워했다. 그래서 그는 이 땅을 '세계 최대의 공해 실험장'*이라고 단정하는 것에 침통하게 머리를 끄덕이지 않을 수 없었다.

그런 것들이 세상을 덮고, 그런 썩지 않는 것들이 불에 타

* 최열, 「공해 문제로 본 제6공화국」, 『공해와 생존』, 공해반대시민운동협의회, 1988, 33쪽.

면서 대기 중에 흩어지다가 결국은 오존층을 뚫고, 세상을 전보다 더 더워진 온실로 만들고, 사막이 확대되고, 빙하가 녹아 해수면이 높아지고, 마침내 핵에 의한 죽음만큼이나 확실한 죽음으로 우리를 실어 나를 것이라는 예측을 그는 인정할 뿐 아니라 두려워했다.

귀가 얇은 그는 어느 하루 시내에 나간 김에 동대문시장의 유리병 가게에서 4리터들이 빈 유리병을 한 개 샀다.

"요즘 빈 병이 희한하게도 날개 돋친 듯이 팔려요. 그래서 값이 좀 올랐다우."

병 표면의 먼지를 닦으며 아줌마가 말했다.

"왜요?"

"사람들이 아저씨처럼 물병으로 쓰는 모양이에요."

그때 또 그는 목덜미가 서늘해지면서 이상한 종류의 갈증을 느꼈다. 식은땀이 날 때에는 폭염 속에서도 목덜미에 무슨 습하고 서늘한 이물질이 붙은 것 같은 불쾌한 한기를 느끼곤 했다.

유리병을 사서 집으로 돌아오는 거리 구석구석에는 특별한 날도 아니었지만 무릎이 조금 바랜 청바지를 입은 사복 전경들이 장승처럼 서 있었다. 하지만 파출소에 쳐진 철망처럼 그런 모습은 하도 익숙해서 특별한 의미를 가지거나 시선을 끌지 못했다. 그들의 얼굴은 장마 뒤에 계속되는 폭염에 찌푸려져 있었지만 왠지 무언가를 매우 권태로워하는 모습이었다.

어서 이 복무가 끝나기를, 가능하면 오늘도 내일도 아무 일이 일어나지 않기를. 누군가의 머리를 방패로 내리찍는 일은 우리도 정말 싫어.

지하도로 들어갔다가 다시 지상으로 올라오기를 거듭하면서 집으로 돌아오는 내내 그는 유락산에서 처음 샘물을 받아서 집으로 돌아왔을 때처럼 우울했다. 글을 쓰는 그로서는 때로 즐거울 때조차도 버릇 같은 죄의식을 느끼곤 했으니까, 자신이 마실 물을 담기 위한 빈 병을 사 오며 즐거울 수가 없었다. 그 우울은 그러나 죄의식보다는 부끄러움에 가까웠다. 그는 그가 한때 번역서로 접한 적이 있는 아서 케스틀러라는 작가가 히로시마의 원폭 투하 이후 쓴 책, 『야누스』의 서두에서 인류는 1945년 8월 6일 이후 포스트 히로시마(Post Hiroshima, PH)라는 새로운 기원을 사용해야 마땅할 것이라는 비애에 가득 찬 주장을 인용한 신문 칼럼*을 떠올렸다. 그날 이전까지는 '개체로서의 죽음'을 예감하면서 살아오던 인류가 히로시마 상공에서 태양을 능가하는 섬광이 발해진 그날 이후부터는 '종으로서의 절멸'을 예감하면서 살아가지 않으면 안 되게 되었다는 것이 그 주장의 배경이었다. 그 책을 쓴 얼마 후 아서 케스틀러는 심한 우울증에 신음하다가 끝내 자살하고 말았다. 이 땅에도 예민하고 섬약한 사람들이 절망감과 무력감에서 헤어나지 못하고 자살할 만한 비극은 숱하게 일어나고 있건만, 어떤 작가도 바로 그 일로 인한 우울증 때문에 자살을

* 김용준, 「포스트 히로시마 시대의 과제」, 『동아일보』 1989년 8월 8일 자.

하지는 않았음을 위안처럼 떠올리며, 그는 자살과 불행감 중 이제는 더 이상 행복하기는 글렀다는 불행감을 그나마 선택하고 있는 상태였다.

그가 다시 찾은 유락산의 약수터에서는 공교롭게도 또 다툼이 일어났다.

한눈에 봐도 저번보다 약수터를 찾는 사람들이 더 많아졌음을 느낄 수 있었다. 유락산 입구의 널찍한 솔밭 공터에는 전에 별로 보이지 않던 승용차들이 많이 눈에 띄었다. 처음에는 무슨 차들인지 몰랐지만 곧 그 차들이 물을 받으러 온 차라는 것을 알 수 있었다. 아니나 다를까 약수터 앞에는 얼마 전에 그가 약수터를 찾았을 때보다 더 많은 사람들이 웅성거리고 있었다.

그가 약수터로 가는 동안 물통을 주렁주렁 매단 자전거들이 씽씽 그를 지나쳐 갔다. 배낭을 멘 노인들, 어깨에 색을 두른 주부들, 다리를 절며 묵묵히 약수터를 찾는 사내들과, 학생으로 보이지는 않는 소년들로 유락산 소로는 붐볐다. 때로 왱 하면서 짜장면을 배달하는 오토바이가 그들을 지나쳐 달렸다. 오토바이 뒤꽁무니에서 뿜어져 나오는 푸른 배기가스가 유락산 소로의 나뭇가지 사이로 떨어지는 햇살을 타고 무슨 띠처럼 오래도록 출렁거렸다.

"샘물이 여기밖에 없어?"

체크무늬 반바지를 입은 40대 남자가 그의 아내인 듯싶은 여자에게 물었다.

"저 위에도 있긴 있나 봐."

"근데 왜 여기 약수터만 바글바글 끓지?"

남자는 사람들이 붐비는 것을 냄비 속의 물이 끓는 것처럼 표현했다.

"대로에서 가까운 데다가 먹어도 된다는 검사 결과가 났으니 그런 모양이야."

사내와 나이 차가 조금 있어 보이는 여자가 말했다.

"정부에선 수돗물을 안심하고 먹어도 된다고 그랬잖아."

남자가 말했다.

"아이고, 그 말을 어떻게 믿어요. 당신은 높은 사람들이나 잘사는 사람들이 수돗물 먹을 거라고 생각하나요? 그러니 우리도 빨리 정수기를 사자니깐."

빠른 걸음으로 그를 앞서 지나치며 여자가 한 말이었다.

두번째 찾은 약수터에서 일어난 다툼은 그가 약수터에 도착한 지 얼마 안 되어서 일어났다. 저쪽 앞에서 한 노인네가 언성을 높이고 있었다.

"여기서 쌀을 씻음 어떡해?"

노인이 냄비에 손을 넣어 쌀을 벅벅 씻고 있는 청년에게 소리쳤다.

"할아버지, 잠깐이면 돼요. 나도 줄을 서서 한참 동안 기다렸단 말예요."

슬리퍼에 장딴지가 다 드러나도록 바지를 걷어 올린 청년이 말했다. 한눈에 봐도 인근에 텐트를 치고 야영을 한 행색이었다.

"안 돼! 물을 받았으면 얼른 비켜."

"이제 다 됐어요. 한 통만 더 받으면 된다니깐요."

"안 된다니깐."

그러면서 노인은 쌀이 든 냄비를 잡아서 뒤로 밀치다가 그만 냄비를 엎지르고 말았다. 청년은 밥을 지어 먹을 쌀이 물에 젖어 축축한 약수터의 시멘트 바닥에 쏟아지자 그 사태를 어떻게 받아들여야 할지 잘 모르겠다는 듯이 바닥을 물끄러미 내려다보았다. 그리고 청년은 불현듯,

"이 영감탱이, 망령이 들었나. 왜 남의 쌀을 쏟고 야단이야. 이 약수터 당신이 전세 냈어?"
하고 소리쳤다. 두 손을 허리에 올리고 목을 앞쪽으로 내민 청년은 상대가 노인만 아니라면 그대로 한 방 후려갈길 기세였다.

민망스러워 시선을 피하려 했더니, 청년의 목소리가 '할아버지'에서 '영감탱이'로, '영감탱이'는 순식간에 '당신'으로 옮겨가는 게 귓전으로 들렸다. 노인은 겁먹은 얼굴로 황급히 두 손으로 쌀을 모아 청년의 냄비에 주워 담기 시작했다. 조금 전만 해도 청년에게 물을 그만 받으라고 핀잔을 주던 노인네

는 냄비의 쌀이 엎질러지자 순식간에 태도를 바꿀 수밖에 없었다.

"거, 잠깐이면 된다고 한 걸 갖고……"

줄에 서 있던 다른 젊은이가 혀를 차며 말했다.

"그래도 약수터에서 쌀을 씻음 어떡해요. 사람들이 이렇게 많이 기다리는데……"

어떤 아줌마의 가느다랗고 작은 목소리.

"내 참, 오늘 아침은 굶었네, 쓰펄!"

그러면서 청년은 발로 바닥의 하얀 쌀알을 시멘트가 발라지지 않은 쪽으로 썩썩 밀어냈다. 잘못 취급되고 있는 하얀 쌀알이 그토록 야무지고 단단하게 빛나는 순간을 본 적이 없었다. 그는 그런 거친 청년의 발동작에 그때까지도 열심히 쌀을 냄비에 주워 담던 노인의 손이 밟힐까 봐 조마조마했다. 만약에 손을 밟히면 둘의 관계는 또다시 역전될 터였다.

멀지 않은 곳에서 찌르륵찌르륵 하는 새소리가 들렸다.

발로 쌀알을 한쪽 옆으로 썩썩 밀어내던 청년은 빈 냄비를 들고 노인을 한 번 더 날카롭게 쏘아본 뒤 가느다란 침을 찍 뱉으며 텐트가 있는 숲속으로 사라졌다. 그는 청년의 입에서 발사된 하얀 침이 꼭 파충류의 가느다란 혓바닥 같다고 생각했다.

아무도 청년의 뒷모습을 바라보지 않았다. 사람들의 시선은 언제나 앞에서 물을 뜨는 사람의 등판에 고정되어 있었다.

지금 물을 푸는 사람이 과연 몇 통이나 퍼 가나, 그것만이 그들의 유일한 관심사였다. 청년의 바로 뒤에 서 있던 예의 노인은 샘물을 떠서 자신의 손을 씻은 뒤 물통에 물을 넣고 흔들어 내부를 가셨다. 그러기를 몇 차례, 그때 사람들이 또 눈살을 찌푸리는 것을 그는 똑똑히 보았다.

그는 다시 배낭을 어깨에 메고 끼어 있던 줄에서 벗어났다.

도저히 그곳에서 차례를 기다릴 기분이 아니었다. 아까 길에서 듣기로 저 위쪽에도 샘물이 있다는 말이 생각나서 그는 천천히 주위를 살피며 계곡을 따라 숲 안쪽으로 발걸음을 옮겼다. 계곡의 물은 한눈에 보기에도 수량이 많지 않았다. 때로 빨래를 하는 여자들도 눈에 띄었다. 오래전부터 그곳 유락산 언저리에서 살며 계곡에서 빨래를 해왔는지 여자들은 방망이로 빨래를 두드리기도 했다. 오랜만에 들어보는 낭랑한 빨랫방망이 소리였다.

소로 양쪽으로 군데군데 엎어진 평상과 그 옆의 비닐 포대에 씌워진 물건들은 아마 낮에 좌판을 벌이고 장사를 하는 사람들의 물건 같았다. 얼마쯤 걸어 올라가자 개울 건너편으로 '운학보신원'이라는 그럴싸한 간판이 나뭇가지 사이로 보였다. 처음에 그는 그곳이 무슨 점집이나 기도원인 줄 알았다. 그러나 목제 대문에 깃발처럼 걸려 있는 붉은 천을 보고서야 그곳이 어떤 집인지 알 수 있었다. 붉은 천에 조잡하지만 시원스럽게 박혀 펄럭이는 흰 글씨는 '보신탕'이었다. 아니나 다를

까 그 집 바로 밑 평퍼짐한 계곡 언저리에는 여러 마리의 개들이 있었다. 어떤 개들은 묶여 있었고, 어떤 개들은 묶여 있지 않았다. 개들은 모두 털이 조금 빠져 있었고, 동작으로 보아 극도로 예민한 상태라는 것을 알 수 있었다. 시원한 모시옷을 입은 한 노인네가 보신탕집 대문 앞을 빗자루로 쓸고 있는 게 언뜻 보였다.

조금 더 올라가자 길옆으로 있는 긴 담 너머로 지붕에 이끼가 낀 고옥古屋이 보였다. 담이 다른 담과 연결되는 입구에는 ○○여자대학교 생활관이라는 목판이 붙어 있었다. 길과 연해 있었기에 그는 굳게 닫힌 녹슨 철제 대문의 틈서리로 안을 살펴보았다. 널찍하고도 고요한 뜰은 꼭 경주 포석정의 그것 같았다. 뜰에는 허리가 휘어진 노송들이 몇 그루 서 있었고, 고옥은 그 훨씬 안쪽에 반쯤은 나무에 가려진 채 앉아 있었다. 사람이 있을 것 같지 않은 교교한 분위기였다. 후에야 들었지만 그 고옥은 옛날에 세도깨나 부리던 내시의 별장이었다던가. 내시에게 궁에서 이토록 떨어진 숲속에 무슨 별장이 필요했을까.

얼마나 걸었을까. 그의 옆으로 초입의 약수터보다는 조금 덜하긴 했지만 물통을 든 사람들의 행렬이 계속되었다.

"약수터가 아직 멀었습니까?"

그가 마침 조금 앞서 걷던 깡마른 중년의 여자에게 물었다. 어디가 아픈지 여자의 얼굴에는 병색이 짙어 보였다. 속앓이가 있는가, 가슴앓이를 하고 있는가. 아니면 산후조리를 잘 못했을까. 혹은 아기를 원했으나 들어서지 않는 여자일 수도 있겠지. 그것도 아니라면, 위장병? 아니면 피부병? ……뿌연 오줌이나 목덜미의 식은땀?

"저 밑의 길로 내려가보세요. 가봐야 풀 수 있을지 모르지만."

그 여자는 바로 앞에 보이는 '4천만이 신고하여 숨은 간첩 찾아내자'라고 쓰인 반공 표지판을 가리켰다.

"아주머닌 어디로 가세요?"

그가 물었다.

"저 위의 샘물로 간다오, 흐흐."

여자는 웃음인지 신음인지 모를 소리를 말끝에 흘렸다.

그는 잠시 망설이다가 그 여자가 가리킨 작은 샛길로 빠졌다. 반공 표지판에는 간첩 신고는 최고 3,000만 원, 간첩선 신고는 최고 5,000만 원, 보로금은 500만 원이라고 적혀 있었다. 샛길이 이어진 계곡 옆으로는 나무를 벤 공터에 금방 쓰러질 것 같은 평상이 군데군데 눈에 띄었다. 울긋불긋한 비닐 장판이 깔린 평상들 한가운데 여름 술장사를 하는 사람들의 텐트가 보였다. 그 주변으로 암탉 몇 마리가 한가롭게 사뿐사뿐 발을 떼고 있었다. 이윽고 손님이 원하면 목이 비틀어질 닭들이었다. 저 아래쪽에서 본 개나 이곳에서 만난 닭이나 모양이 다를 뿐 마찬가지 운명이 그것들을 기다리고 있었다.

조금 경사진 곳을 내려가서야 조금 전의 병색 짙은 40대 여자의 말대로 새로운 약수터를 찾을 수 있었다.

그 샘물은 바위 틈새에서 새어 나와 계곡으로 떨어지고 있었는데, 다른 곳과는 달리 샘물 언저리에 벽돌을 쌓은 뒤 통나무를 쪼개 만든 문짝을 만들어 세우고 시골의 방앗간에서나 볼 수 있는 커다란 자물쇠를 채워놓고 있었다. 사람들이 네댓 명 있었지만 그들은 줄을 서 있지는 않았다. 무슨 이야기인가를 하다가 와르르 웃곤 했다.

"물 뜨러 오셨구먼. 여긴 우리가 관리하는 샘물이지만 예까지 오셨으니 먼저 물맛부터 보시지."

마침 어린애 머리통만 한 자물쇠를 채우려고 하던 50대 초반의 사내가 그에게 바가지를 건넸다. 말하는 품이 굉장한 인심을 쓰는 어조였다.

"물맛이야 기가 막히지. 아마 여기 유락산에서 최고일걸?"

그 옆에 서 있는 비슷한 연배의 다른 사내가 말했다.

"고맙습니다."

그가 처음 사내가 떠준 물바가지를 받으며 말했다.

그로서는 물맛이 그리 특별하지 않았다. 물을 마시고 나서야 발견한 것이지만 그들은 모두 똑같은 모자를 쓰고 있었다. 하얀 모자 정면에는 '유락산 청심약수회'라는 푸른색 글씨가 박혀 있었다.

그러고 보니 굵은 통나무를 쪼개 만든 샘물 덮개에도 흰

페인트로 '청심약수회'라고 적혀 있었다. 자물쇠의 경첩은 바닥에 발라놓은 시멘트 속에 확고하게 박혀 있어서 어린애 머리통만 한 자물쇠와 그 견고함에 있어서 매우 잘 어울렸다.

"정수기가 좋다 해쌓아도 뭐니 뭐니 해도 샘물이 제일 믿을 만하지."

담배에 불을 붙이며 그중 하나가 말했다.

"아, 그걸 말이라고 해? 정수기는 필타를 제때제때 갈아줘야 하는데, 아예 필타 갈아줄 기간이 안 적힌 것들도 쌨다고 하두만. 먹는 물에 어느 정도는 대장균이 있는 게 되레 사람한테 좋다고 그러더라고, 하하핫."

조금 마른 사내가 말했다.

"자네, 별거 다 아네그려."

"아, 손님한테 들었지."

그러고 보니 그 마른 사내는 택시 기사로 보이기도 했다.

"이보게, 근데 말야. 대통령이나 돈 많은 재벌들은 무슨 물을 먹을까? 난 그게 젤로 궁금해. 우리가 먹는 수돗물을 마실 리야 없잖겠어? 접때 미국 대통령이 일본에 왔다가 가는 길에 우리나라에 들렀을 때 점심을 먹었을 거 아냐. 그때 그 양반들이 마신 물은 어떤 물이었을까?"

"지하에서 몇백 년 걸러진 물을 비행기로 날라다 먹겠지, 뭘."

"옛날이 더 좋았어. 살기가 더 나아졌다고 하지만 진짜로 그런 건지 잘 모르겠어."

"그나저나 우린 막 내려가려던 참인데, 이 양반 어떡하지?"

한 사내가 말했다. 그 사내는 머리가 조금 벗겨졌는데 어디 변두리 시장에 조그마한 점포를 몇 개 갖고 있어서 꼬박꼬박 달만 차면 어김없이 들어오는 점포세를 받아먹고 사는 사람 같았다. 괜히 그런 인상을 뿌리고 있었다.

"이까지 왔으니 떠 가라고 하지, 뭘."

다른 사내가 말했다. 금테 안경을 쓴 그는 테니스용 반바지를 입고 있었다. 반바지 밑으로 흘러내린 볼품없는 마른 장딴지에 발목까지 올라오는 등산 양말을 걸치지 않은 것이 다행이었다.

청심약수회 회원들은 숱한 고생 끝에 이제 살 만해진 데다가 유락산에 전용 약수터도 하나 확보해놓은 셈이니 이제는 인생이 즐거워 죽겠다는 표정을 감추지 못했다. 그들이 서 있는 곳의 평평한 바위 위에는 그들의 머릿수보다 더 많은, 물이 가득 찬 물통들이 소문난 영화의 개봉관 앞 줄처럼 나란히 도열해 있었다.

"아니 아저씨들, 왜 산의 샘물에 자물쇠를 채우고 그러세요?"

그가 물었다. 가능하면 그는 자신의 목소리에 감정이 들어 있지 않기를 바랐다.

"아, 그건 이 샘물을 우리 청심회에서 발견해서 지금껏 돈

들여가며 관리를 하고 있어서지. 차 가진 놈들이 도라무 깡통 만 한 물통을 갖고 와서 퍼 가니 원 샘물이 고일 새가 있어야지. 히힛, 그래서 아예 자물쇠로 채워놓았지."

대머리가 말했다. 대머리의 바지 혁대걸이에도 자동차 키가 대롱대롱 매달려 있었다.

"당신, 퍼 갈 거요, 안 퍼 갈 거요? 빨리 말해야지 문을 닫든가 말든가 할 게 아뇨?"

자물쇠통을 들고 있던 사내가 조금 짜증이 섞인 목소리로 그에게 채근했다.

"채우시지요. 이건 아저씨들 물이니까."

그가 말했다.

그가 '푸른 마음을 가진 약수회' 회원들이 확보한 샘물에서 발걸음을 떼자 등 뒤에서부터 쿵 하는 축축하고 둔중한 울림과 함께 통나무 문이 닫히는 소리에 이어서 절그럭절그럭 하는 쇳소리가 났다. 자물쇠 채우는 소리였다.

바로 그때 커피가 담긴 보온병을 든 40대 초반쯤 되는 여자가 청심약수회 회원들이 있는 쪽으로 언덕길에서 내려오는 게 보였다. 등산객도 아니고 물 받으러 온 것도 아닌 여자가 시선을 끈 것은 딱 달라붙는 노란색 고리바지와 반짝반짝 빛나는 새까만 귀걸이 때문이었다. 얼마쯤 가다가 뒤돌아보니 청심약수회 회원들이 각자 종이컵 하나씩을 들고 여자와 웃고 떠들고 있었다.

그날 그는 그길로 집으로 되돌아갈까 했다. 그런 생각은 순전히 물에 대한 사람들의 적대적이고도 이기적인 독점욕에서 풍기는 악취 때문이기도 했지만, 우선은 배가 고파서였다. 그러나 빈 병을 갖고 그냥 돌아가기도 좀 뭣한 데다가 이런 식이 아닌 약수터도 필경 이 산에 있지 않겠는가 하는 간절한 생각도 조금은 들었고, 사람들이 드문드문 계속 산 위로 오르고 있었기 때문에 그도 결국 발길을 그쪽으로 뗐다.

얼마 후 그는 약사전 옆의 광덕약수터를 발견하고는 그냥 빈 병을 메고 집으로 돌아가지 않기를 잘했다고 생각했다.

계속 산 위로 오르자 길이 점점 좁아지면서 경사도 심해졌다. 가끔씩 물통을 들고 내려오는 사람들을 만날 수 있었다.

"약수터가 아직 멀었나요?"

"저 산꼭대기를 넘어야 해요."

그렇게 말한 사람은 20대 초반쯤 되어 보이는 청년이었다.

내친김에 그는 오랜만에 운동 삼아 가는 데까지 가보리라 마음먹었다. 계곡 건너편 산허리로 아침 햇살을 받아 살아 있는 것처럼 번쩍이는 철탑이 보였다. 얼마쯤 오르다가 산꼭대기쯤에서 집이 한 채 나와 그 집에서 물을 한 모금 얻어먹을까 하고 들렀다가 그는 또 크게 실망했다.

"우리도 밥을 해 먹을 물밖에 없어서 어떡하지요."

부엌에 쭈그리고 앉아 마른 나뭇가지를 아궁이에 넣고 있던 여자가 말했다.

물이 나는 길이어서 그런지, 아니면 워낙 사람들이 많이 다니는 곳이어서 그런지 물 인심 한번 고약했다. 목이 말라도 그 집에 기웃거리지 말았어야 했다고 그는 생각했다. 아까 청심회 회원 중 한 사람이 말한 대로 옛날보다 정말 살기가 나아졌는지 모를 일이었다. 잃어버린 것은 좋은 공기나 좋은 물만이 아니었다.

유락산은 이어지는 산자락이 넓게 펼쳐져 있었으나 산 정상은 그리 높은 편이 아니었다.

정상에서 산등성이로 난 내리막길을 따라 얼마쯤 더 걷자 산의 초입과는 다른 방향으로 절이 한 채 갑자기 나타났다. 증축 공사 중인지 커다란 재목들이 잔뜩 쌓여 있었다. 약수터는 절의 대웅전 뜰 방향을 빗겨서 약사전 옆에 있었다.

간간이 사람들 키 높이의 나뭇가지에 절에서 써다 붙인 『법구경』 구절들이 보였다.

아아, 이 몸은 오래지 않아
도로 땅으로 돌아가리라.
정신이 한번 몸을 떠나면
해골만이 땅 위에 버려지리라.

그 외에도 다른 나뭇가지에는 '너그러울 때는 온 세상을 다 담아 들이다가도 한번 옹졸해지면 바늘 하나 꽂을 자리 없는 사람의 마음'에 대해서 쓰여 있기도 했다.

원시불교의 그런 오래된 교훈들이 나뭇가지 곳곳에 서려 있어서였는지, 또는 아무리 공사 중이라지만 절이 자아내는 특유의 고적한 분위기 탓인지 유락산 초입의 물통을 갖고 서로 눈에 쌍심지를 켜는 분위기와는 사뭇 다른 점이 있었다.

약수터에 이르기 위해서는 약사전을 지나쳐야 했는데 재미있는 것은 약사전 오른쪽 벽면에 그려진 불화佛畵였다. 처음에는 약사여래를 모신 약사전이 있나 보다 하는 가벼운 생각으로 발걸음을 뗀 그는 줄거리가 담겨 있는 불화의 연속성 때문에 문득 걸음을 멈추었다.

자세히 살펴보니, 뜰에 과일이 주렁주렁 탐스럽게 매달린 과일나무가 서 있고 그 뒤쪽의 벼랑 너머 산에는 눈이 덮여 있는 것 같았다. 벼랑에 서 있는 단풍나무로 보아 만산홍엽을 그린 것 같기도 했다. 그림 오른쪽에는 잿빛 벽돌을 쌓아 올린 누대에 곱게 머리를 빗어 올린 여인이 이불을 쓰고 앓아누워 있었다. 특이한 것은 여인의 오른쪽 손목과 뜰의 과일나무가 가느다란 흰 실로 연결되어 있었다는 점이다. 그 그림이 하도 고요하고, 그로서는 처음 보는 불화인지라 한참을 뚫어져라 살피다가 약사전의 뒷벽으로 갔다.

그곳에는 이글거리는 불화로를 머리에 인 스님이 서 있었고, 방 안 오른편에는 눈썹과 수염이 허연 노승이 태연한 표정으로 앉아 있는 그림이 있었다.

흔히 절에서 만나곤 하던 십우도十牛圖를 볼 때와는 다른 긴장감에 휩싸인 그는 조금 빠른 걸음으로 약사전 정면에서부터 왼쪽 벽면으로 이동했다. 그곳에는 한적해 보이는 산중에서 머리 뒤로 후광을 거느린 한 동자가 상체를 드러낸 어떤 사내의 등을 어루만지고 있는 그림이 그려져 있었다.

빙 둘러 철책이 쳐져 있는 작고 단아한 약사전 정면은 작은 금빛 자물쇠로 채워져 있었다. 그 안에 약사여래불을 모셨을 것은 잘 짐작되는 일이었다.

그는 다시 약사전 정면에서 오른쪽으로 돌아 여인의 손목에 묶인 실이 뜰 앞 과일나무에 팽팽히 연결되어 있는 그림을 보았다. 볼수록 흥미로운 그림이었다. 그러나 그 순간 불현듯 그는 저 하얗고 가느다란 실이 끊어지면 어떡하나, 하는 생각에 사로잡혔다. 왠지 여인의 손목에 연결되어 있는 그 가느다란 실이 위태롭게 느껴졌다.

그 불안감은 송곳처럼 날카로운 전율과 함께 아주 짧은 순간 그의 머릿속을 스치고 지나갔다. 그런 어처구니없고 황당한 느낌에 사로잡힌 자신에게 진저리를 치며 그는 얼른 걸음을 옮겨 약수터로 향했다.

약수터는 약사전 옆 참나무 숲으로 우거진 꼬불꼬불한 오솔길 끝의 제법 널찍한 공터 안쪽 바위 밑에 위치하고 있었다.

그가 유락산 초입에서 너무 많은 시간을 허비해서인지

‘光德藥水’라는 조그마한 돌비석이 샘 위에 세워진 그곳에는 다행히 사람들이 많지 않았다. 누군가 새벽 일찍이 약수터 앞의 너른 공터를 깨끗이 쓸었는지 빗자루 자국이 선명했다.

그곳에서 그는 비로소 그날 아침의 긴 수객여정水客旅程을 마칠 수 있었다.

소나무, 오리나무, 참나무, 아카시아나무 등이 빽빽하게 우거진 약수터 한편 바위 밑에는 누군가 밤새 치성을 드렸는지 굵은 촛농이 떨어져 있었다. 지금도 강원도 내설악 같은 곳의 약수터는 배앓이도 고치고, 세조가 그러했듯이 피부병도 고치고, 신경통도 고치고, 산후조리도 하고, 애 낳게 해달라고 치성도 드리고, 풍치도 고치고, 노이로제도 고치는 종합병원으로서의 기능을 다하고 있다는 이야기를 들은 기억이 났기에 바위 밑의 촛농이 마치 광덕약수터의 영험과 관계가 있는 것으로 느껴지기도 했다.

이곳 약수터에도 유락산 초입의 약수터처럼 구청에서 박아놓은 수질 검사 결과를 알리는 스테인리스 표지판이 서 있었다. 역시 아래쪽 약수터와 마찬가지로 ‘먹을 수 있다’는 내용이 사인펜으로 적혀 있었다.

물을 받아 나오면서 그는 다시 한번 약사전의 불화를 힐끗 바라다보았다. 여인의 손목에 매어져 있는 하얗고 가느다란 실은 미동도 없이 벽 속의 허공에 떠 있었다.

그날 이후 그는 사람들이 붐비는 아침 시간을 피해서 광덕약수터의 물을 떠 먹기 시작했다. 유락산을 찾는 사람들은 날이 갈수록 늘어나는 것 같았다.

갈 때마다 그는 버릇처럼 약사전 오른쪽 벽면의 불화를 힐끗힐끗 쳐다보곤 했다. 그러던 어느 날, 그는 약사여래에 대해서 아무것도 아는 게 없다는 생각이 들어서 책을 찾아보았다. 글 쓰는 사람인 그에게는 책을 찾아보는 일이 다른 사람들이 망치질을 하고 삽질을 하는 것과 마찬가지였다.

약사여래는, 동방유리광세계의 교주로 항상 그 곁에 십이신장을 거느리면서 중생들을 제도하시되 질병과 재난을 면하게 해줄 뿐 아니라 의식도 부족함이 없이 충족시켜주고 나쁜 왕의 구속이나 외적의 침입에서도 벗어나게 해준다고『약사여래본원경』에 적혀 있었다. 약사여래의 좌우 협시보살은 태양을 인격화한 일광보살과 달을 인격화한 월광보살이며, 시간과 방위를 나타낸다는 십이지신상도 약사여래의 십이신장이 변해서 된 것이라고 했다. 늘 우수右手에 약병 항아리, 또는 보주寶珠를 들고 계시는 것은 주로 중생의 병고를 고치시는 자비를 상징하고 있다고 하는데, 유락산 약사전의 굳은 문은 열려본 적이 없으므로 그 안의 약사여래는 어떤 모습으로 계시는지 알 길이 없었다.

나쁜 왕이나 외적은 오늘처럼, 옛날 약사여래께서 활발하게 활동하실 때에도 존재했음을 그 기록을 통해 알 수 있었다.

내친김에 그는 약사전 벽면의 불화도 알아보았다.

그가 확실히 알아낸 것은 두 가지 그림이었다.

불이 이글거리는 화로를 머리에 인 이는 신라 때의 혜통惠通 화상이고, 방 안에 태연하게 앉아 있는 노승은 당나라의 무외삼장無畏三藏이라는 고승이었다. 혜통이 무외삼장에게 법을 구했건만, 무외삼장이 신라의 혜통을 우습게 여기고 바다 동쪽 변방 오랑캐에게 어찌 불법을 담을 만한 대기大器가 있겠느냐고 하자, '법을 구하는 자 어찌 신명身命을 아끼랴' 하는 옛 가르침이 생각난 혜통이 불화로를 머리에 이고 법을 졸라 마침내 머리가 터지고, 그 터진 머리를 무외삼장이 손으로 만져 고치며 심법을 전수했다는 이야기가 그것이었다.

왼쪽 벽면의 그림은 널리 알려진바, 단종의 모후母后에게 꿈속에서 받은 침 때문에 지독한 등창이 생긴 세조가 오대산에 가서 기도하다가 마침내 한 동자를 만나 등을 밀어달라고 부탁했는데 그 동자가 문수동자였다는 내용을 담고 있었다.

'네 앞으로 어디 가서 임금의 옥체에 손을 댔다고 해서는 안 될 것이니라.' '상감께서도 뒷날 누구에게든지 문수동자를 친견親見했다는 말씀을 해선 안 될 것입니다.'

그러나 나머지 그림은 아무리 찾아도 그 배경을 알 수 없었다. 해인사 창건 설화에 순응, 이정 두 스님이 오색실을 병든 왕후의 문고리에 매고 다른 한쪽 끝을 궁전 뜰 앞 배나무 가지에 매어두라고 일러둔 뒤 배나무가 말라 죽으면서 왕후의 오랜 병이 나았다는 설화가 있긴 있었다.

그 설화는 왕후의 손목을 만질 수 없어서 방문 문고리에 실을 매단 반면 이 그림은 여인의 손목에 실이 매어져 있다는 점이 조금 달랐지만, 결국 그 비슷한 내용일 것이라는 게 짐작이 되지 않는 바는 아니었다. 그러나 그 그림은 왜 그리도 그에게 신비하게 느껴졌는지 모른다. 그가 이어서 다시금 알게 된 것은 우주가 종종 나무로 상징되기도 한다는 것과 신의 거주처로서의 나무, 소우주로서의 나무, 혹은 지구 자체가 거꾸로 선 나무라는 상징이 지독히도 오래된 문헌에 종종 나타난다는 사실이었다. 제 스스로는 말라 죽으면서 어떤 나무는 회춘回春을 주고, 어떤 나무는 장수長壽를 주고, 어떤 나무는 불사不死를 준다는 기록도 있었다.

그 일이 일어난 것은 그가 다른 날과 마찬가지로 배낭을 둘러메고 산으로 오른 어느 한낮이었다.

그날따라 유락산에는 커피 파는 여자들이 눈에 많이 띄었고, 중풍에 걸린 노인들도 유달리 눈에 많이 띄었고, 계곡 언저리 보신탕집에 묶여 있던 개들은 컹컹 메마르게 짖어댔다. 한 마리가 짖으니 곧 보신탕 그릇에 들어갈 다른 개들도 악을 쓰며 짖어댔다. 복수腹水가 가득 차 꼭 임신한 여자 같은 청년이 물병을 들고 기우뚱거리며 하산하는 광경을 본 날도 바로 그날이었다.

커피 파는 여자들은 좁은 길 한쪽 철조망 너머 숲속에서 얼굴빛이 불쾌해진 사내들과 같이 철조망 틈새로 난 개구멍을 빠져나오기도 했다. 그들이 산에서 커피를 마시면서 뭘 했는지, 혹은 커피를 마시기 전에 뭘 했는지 산에 자꾸 오르면서 그는 자연스레 이해하고 있던 터였다. 커피 파는 아줌마들은 한낮의 들병이들이었다.

입추를 얼마 앞둔 한낮의 폭염으로 비록 숲 그늘을 헤치고 올라왔지만 땀에 젖은 그가 약사전을 지나 광덕약수터에 당도했을 때 목도한 것은 약수터 앞에서 개를 잡고 있는 일단의 사내들이었다. 그들은 이미 잡아서 불에 시커멓게 그슬린 개의 등허리며 잔등의 털을 손잡이가 나무로 된 작은 식칼로 밀고 있었다. 몽둥이로 개를 잡았는지 혀를 내밀고 있는 개의 입에서는 피가 질질 흘러내렸다. 개의 흰 눈깔은 '光德藥水'라고 새겨진 돌비석 쪽을 향해 까뒤집혀 있었다.

다른 사내는 한쪽 가장자리에서 돌 받침대로 솥을 걸어놓고 불을 지피고 있었다.

그들과 눈이 마주친 그가 "억!" 하고 신음 소리를 내자 그들 중 한 사내가 조금 겸연쩍다는 표정으로 씨익 웃었다.

그 사내가 잠시 후에 같이 개고기를 먹을 그의 동료들에게 뭐라고 하자 식칼로 개털을 밀고 있던 사내들이 일제히 고개를 돌려 물병을 쥚어진 그를 쳐다보았다. 그러나 그들은 대수로운 인물이 아니라는 것을 금세 알아챘다는 듯이 이내 고개를 돌려 자신들이 하던 일을 계속했다.

'아아, 이 광경을 못 본 걸로 해야겠구나,' 하는 아득하고 절망적인 심정으로 그들을 잠시 바라보던 그는 바위 밑 샘물 쪽으로 서둘러 발걸음을 뗐다. 갑자기 속이 메슥거리면서 욕설이 튀어나올 것 같았지만 적절한 욕을 찾지 못한 그는 입을 다물기로 작정했다. 그를 발견하자 씨익 웃던 허여멀건 사내의 흰 이빨이 자꾸만 생각났다.

그때였다.

"아저씨, 그 물 못 먹어요. 헤헷."

그들 중 한 사내가 그에게 말했다. 나뭇가지를 모아 솥 아궁이에 불을 때고 있는 사내였다.

그 말을 듣자 그는 얼른 시선을 구청에서 박은 '안내 말씀' 표지판으로 돌렸다. 사내의 말대로 이틀 전의 날짜가 검사 연월일에 적혀 있었고, 그 옆의 검사 결과란에는 '식수 부적합'이라는 글씨가 검은 사인펜으로 선명하게 적혀 있었다. 그는 목덜미가 후끈 달아오르면서 식은땀이 왈칵 솟는 것을 느끼며 바보처럼 몇 번이나 그 글씨를 바라보았다. '보건환경연구원 수질 검사 결과임'이라는 친절한 안내도 '식수 부적합' 아래에 적혀 있는 것이 보였다.

광덕약수터가 빛도 잃고 덕도 잃어버렸음을 그 표지판은 단호하게 알리고 있었다.

그의 오줌 빛깔이 산의 물을 열심히 퍼 먹어도 왜 여전히 뿌연 뜨물 같은지를 알 수 있을 것 같기도 했다. 세상이 앓고 있으니 그 또한 성할 리가 없었던 것이다. 전에는 아주 흔했지만 이제는 정말 귀해진 것을 잃어버린 사람이 지을 법한 허탈하고 아쉬움에 가득 찬 표정으로 고개를 푹 숙이고 그는 광덕 약수터에서 발길을 돌렸다.

다시 하산하자면 어쩔 수 없이 약사전을 지나쳐야 했는데, 참으로 이상한 일은 바로 그때 일어났다. 약사전 옆을 천천히 걸어가는데 갑자기 어떤 강렬한 힘이 그의 시선을 오른쪽으로 잡아끌었다. 그것은 보이지 않는 억센 손이 그의 뒤통수를 잡고 옆으로 홱 돌리는 것과 같은 느낌으로 그를 엄습했다. 할 수 있는 한 거의 필사적인 의지로 그 힘에 저항했건만 그는 결국 약사전의 그 불화를 보고야 말았다. 그 힘은 어쩌면 그의 내부에서 튀어나온 힘이었는지도 모른다. 여인의 손목과 뜰 앞의 과일나무에 연결되어 있는 하얗고 가느다란, 그러나 최초로 그것을 발견했을 때는 그토록 팽팽하게 서로 이어져 있던 실이 끊어지기를 바란 것도 어쩌면 그였는지도 모른다. 왜냐하면 그 여름에 그 그림의 실이 말할 수 없이 위태롭다고 느낀 사람은 바로 그였으므로.

실은 툭 끊어져 뜰 바닥에 떨어져 있었고, 여인의 손목은 힘없이 아래로 쳐져 있었다.

그 순간 그는 약사전 앞을 빨리 벗어나려고 용을 썼지만, 계속 자신이 제자리에서 뛰고 있는 것처럼 느껴졌다. 그럼에도 그는 비틀비틀 방향도 없이 서서히 약사전을 벗어나고 있었다.

놀라움과 함께 이상한 종류의 공포로 거의 울음을 터뜨릴 것 같은 심정으로 뛰면서 그는 고개를 반듯하게 천장 쪽으로 향하고 있던 여인에게 어떤 일이 일어났는지, 그리고 실이 끊어진 뒤의 과일나무에는 어떤 변화가 일어났는지 무척 궁금했다. 차마 그는 그것들을 확인하지 못했던 것이다.

그가 그 짧은 순간에 두 눈으로 똑똑히 본 것은 끊어진 실과 밑으로 축 늘어진 여인의 손목뿐이었다.

포스트잇

최성각은 남달리 환경 운동에 진정성을 보인 작가다. 「동강은 황새여울을 안고 흐른다」「강을 위한 미사」「강물은 흘러야 하고, 갯벌에는 갯것들 넘쳐야」 등 여러 작품에서 동강 댐 문제를 비롯한 환경문제와 그와 관련된 일련의 실천 운동을 형상화함으로써, 소설의 현실 대응력이 여전히 현재 진행형임을 보여주었다. 「강을 위한 미사」에 나오는 강론 말씀처럼 살기 위해 환경을 죽이고 경쟁하는 '상극의 시대'가 아니라, 더불어 행복하게 살기 위해 환경을 살리는 '상생의 시대'를 살아야 한다고 여러 소설을 통해 역설한 대표적인 생태 작가다.

「약사여래는 오지 않는다」는 생태 소설로서 사회성과 심미성을 복합적으로 갖춘 작품이다. 수질오염 문제를 다루는 이 소설은 병을 고쳐준다는 '약사여래'가 오지 않는, 혹은 약사여래가 떠나버린 지구에서 살아가는 인간들의 건강과 행복 문제를 형상화하는데, 실제 작가 최성각을 그대로 닮은 서술자는 이 땅의 생태 현실에 대해 매우 비판적이다. 무분별한 이윤 추구 욕망과 비양심적 행태들이 일상이 되면서 물고기가 떼죽음을 당할 뿐만 아니라 인간의 육체 또한 결코 안전할 수 없는 상황이 되었음을 역동적으로 환기한다. "일산화탄소와 아황산가스, 질소산화물과 탄화수소 그리고 수돗물에 함유된 중금속류와 강력한 발암물질인 벤조피렌, 디젤엔진, 가공할 만한 산성비, 무엇보다 이 땅에 얼마나 비치되어 있는지 비밀에 부쳐져 있는 핵무기 및 핵기지 들을" 언급하면서, 이 땅이 "세계 최대의 공해 실험장"이라는 침통한 말에 동의하는 편이라고 말한다.

주인공이 유락산 자락의 약사전 옆에 있다는 광덕약

수터에 물을 뜨러 가면서 생기는 일을 중심으로 전개되는 이 소설에서, 약사전 벽에 그려진 불화의 상징성이 주목된다. 주인공은 과일나무와 여인의 손목이 가느다란 흰 실로 연결되어 있는 그림을 보고 흥미를 느끼면서도, 혹시 실이 끊어지면 어떡하나 불안해한다. 가느다란 실이 위태롭게 보였기 때문이다. 약사전 옆의 약수가 식수로 부적합하다고 판정받은 사실을 허탈하고 안타까운 마음으로 확인하던 날, 주인공은 자신의 불안이 기우가 아니었음을 알게 된다. 처음 봤을 때 "그토록 팽팽하게 서로 이어져 있던 실"은 "툭 끊어져 뜰 바닥에 떨어져 있었고, 여인의 손목은 힘없이 아래로 쳐져 있"는 모습을 환상처럼 보게 된 것이다.

어쩌면 실제 불화佛畫에서 일어난 사달은 아니었을 것이다. 약사전 벽의 불화佛畫와 주인공 마음의 불화不和 사이에서 형성된 환각이었을 가능성이 크다. 약수터를 독점하려고 이기적인 행태를 보였던 청심약수회 사람들, 약수물을 뜨려 기다리는 동안 사람들 사이의 크고 작은 다툼을 경험하면서 주인공은 내내 마음이 편치 않았다. 결국 광덕약수터가 식수로서 부적합 판정을 받게 된 것도, 따지고 보면 땅과 물과 반자연적 행태를 일삼는 인간 사이의 불화 때문이 아니었을까? 그런저런 불화不和의 구체들이, 생명과 치유를 상징하던 불화佛畫를 불안하게 일그러뜨린 것은 아니었을까?

생각의 타래

1. 이 소설에서 거론되는 수질오염의 원인을 정리해보자. 그런 다음, 이 소설에서 나오지 않았지만 새롭게 지목할 수 있는 수질오염의 원인에는 어떤 것들이 있을지 숙고해보자.

2. 이 소설에서 주인공은 생태 환경을 위해 어떤 실천적 노력을 하고 있는가? 그리고 자신은 일상에서 어떤 노력을 하고 있으며, 그런 노력은 어떤 효과가 있을 것으로 생각하는가?

3. 약사전 벽에 그려진 불화의 상징성에 대해 다각적으로 생각해보자.

듀나

죽은 고래에서 온 사람들

1

고래는 우리 뗏목에서 10킬로미터 정도 떨어져 있었다.

엄마에게서 받은 쌍안경으로 보면 검은 몸이 해류를 거스르며 만들어내는 하얀 물거품과 등에 솟아 있는 붉은 깃발이 보였다. 눈에 힘을 주니 등 위에 세워진 건물들과 고래 주변의 어선들도 보이는 것 같았다. 하지만 지금 상황에서 내 눈을 믿는 건 위험했다. 나는 뭐든지 믿을 준비가 되어 있었다.

부슬부슬 비가 내리기 시작했다. 나는 방수포를 뒤집어쓰고 다시 노를 잡았다. 밤이나 낮으로 쓸려가지 않으려면 우린 꾸준히 노를 저어야 했다. 해류에 맞서 헤엄치며 우리를 보호해주던 옛 고래가 그리웠다. 하지만 모든 것에는 끝이 있다. 우리 부족은 그곳에서 1,200년, 그러니까 지구 달력으로 40년 가까이 살았다. 고래는 병에 걸린 게 아니라 그냥 죽을 때가 된 것인지도 모른다. 우리는 잘못한 게 없다. 어쩌다 보니 살날이 1,200년 남은 고래를 선택한 것뿐이다.

고래 쪽에서 노란 불꽃이 솟아올랐다. 저쪽에서도 우리의 존재를 눈치챈 것이다.

한참 기다리자 우리 쪽을 향해 다가오는 작은 보트가 보였다. 하얀 방호복을 입은 두 사람이 앉아 있었다. 그들이 조금 더 가까워지자, 압축 공기 모터가 물을 뿜어대며 통통거리는 희미한 소리가 들렸다. 모터 소리는 우리에게 가까워질수록 조금씩 느려졌지만 멎지는 않았다.

“해바라기 고래에서 온 사람들입니까?”

둘 중 한 명이 남자 목소리로 말했다.

“맞아요. 모두 스물한 명입니다. 우린……”

엄마의 말은 시작하자마자 끊겼다.

“여기서 더 가까이 오시면 안 됩니다.”

“우린 깨끗해요. 1년 가까이 아무도 안 죽었어요.”

거짓말이었다. 두 명이 자살하고 한 명이 사고로 익사했다. 하지만 병으로 죽은 사람은 아무도 없었다. 그러니까 그들이 원하는 답변만 생각하면 엄마의 말은 거짓이 없었다. 모든 상황을 설명하며 이야기를 괜히 길게 늘일 필요는 없었다.

“우리가 여러분의 말을 믿어야 할 이유는 없습니다.”

남자 목소리가 말했다.

“그렇다면 그냥 근처에만 있게 해줘요. 1킬로미터만. 기다리면서 확인하시면 되잖아요. 다들 지쳤어요. 언제까지 노를 저을 수는 없어요.”

계속 대화가 이어졌다. 보트의 사람들은 설득된 것 같았지만 목소리만으로는 알 수 없었다.

보트는 통통거리면서 다시 고래 쪽으로 사라졌다. 우리는 고래와 뗏목 사이를 가로막고 흐르기 시작한 안개 강을 노려보며 계속 노를 저었다.

세 시간이 지나자 보트가 다시 돌아왔다. 이번엔 세 사람이 타고 있었다. 세번째 사람은 방호복을 입지 않았다. 해초로 짠 회색 원피스 차림이었다. 수염이 없어 여자처럼 보였다. 등에는 하얀 천으로 묶은 제법 큰 짐을 지고 있었다.

보트가 뗏목에서 20미터 정도 가까이 왔을 때 방호복을 입은 두 사람은 다른 한 사람을 보트에서 밀었다. 떨어진 사람은 놀란 구석 없이 헤엄치며 우리에게 다가왔다. 뗏목에 태우고 나서야 우리는 그 사람의 허리에 긴 밧줄이 묶여 있다는 걸 알았다. 새 승객은 밧줄을 풀어 뗏목의 부러진 돛대에 묶었다. 잠시 기다리자 밧줄은 팽팽해지며 뗏목을 당겼다. 우리는 잠시 주저하다 엄마의 신호를 받고 노 젓기를 멈추었다. 새 승객은 등짐에서 말린 과일을 꺼내 하나씩 우리에게 건네주었다. 울음이 터졌다. 2년 만에 처음 맛보는 과일이었다.

2

우리는 해바라기를 살리기 위해 최선을 다했다. 3천 년 동안 인간들이 이 행성에서 쌓은 모든 지식과 경험을 털어 넣었다. 하지만 그것만으로는 모자랐다. 지구의 달력으로 1세기라면 결코 짧은 시간이 아니지만, 우리에겐 의미 있는 결과를 낼 만한 도구도, 재료도 없었다.

우리에게 이곳은 바다의 행성이었다. 대륙이 없는 건 아니었다. 하지만 조석 고정되어 낮과 밤만 있는 두 대륙은 우리에겐 별 의미가 없었다. 낮 대륙은 모래사막이었고 밤 대륙은 얼음 사막이었다. 생명체가 살 수 있는 곳은 두 대륙 사이에 있는 여명 지대의 바다뿐이었다. 대륙 어딘가엔 우리가 문명을 세우는 데에 필요할 금속 같은 재료가 있겠지만 우리에겐 그림의 떡이었다. 우리는 3천 년 동안 문명을 건설할 수 있는 섬을 찾았지만 허사였다. 여명 지대는 텅 비어 있었다.

고래는 우리의 유일한 대안이었다. 고래라고 이름을 붙이긴 했지만 지구의 고래와는 닮은 구석이 전혀 없는 생명체였다. 우리의 고래는 떠다니는 거대한 섬이었다. 폭은 100~200미터 정도였고 길이는 700미터에서 1.5킬로미터에 달했다. 납작한 등은 언제나 물 위로 드러나 있었고 물밑에 있는 수백 개의 지느러미로 헤엄을 쳤다. 수천 년의 관찰을 거친 끝에 우리는 고래가 수백의 개체가 모여 만들어진 군체라는 결론을 내렸다. 단지 고래는 지구의 군체 동물보다 훨씬 복잡하게 연결되어 있는 생명체였다. 생각 없이 험악한 해류나 태풍에 잘못 휩쓸렸다가는 생선찜이나 냉동 생선이 될 수밖에 없는 이곳에서 덩치를 불리는 건 이치에 맞는 진화의 선택이었다.

우리는 고래 위에서 생존할 수 있었다. 집을 세우고, 고래 등과 주변 바다에 농장을 만들고, 벗겨지는 등껍질을 엮어 보트를 만들 수도 있었다. 아이들을 낳고 교육하고 언젠가 다른 별과 통신할 수 있는 미래를 꿈꿀 수 있었다. 그 희망으로 우리는 3천 년을 버텼다.

하지만 이 모든 희망은 고래의 영생에 달려 있었다. 다들 고래는 영생이 가능한 생명체라고 했다. 개체가 하나씩 늙어 죽어가도 늘 다른 곳에서 젊은 개체가 그 자리를 채웠다. 죽은 개체가 남긴 기억은 이들이 공유하는 느슨한 신경망을 통해 공유되었기에, 고래는 늘 우리가 아는 바로 그 고래였다.

하지만 어떤 고래들은 죽어갔다. 개체가 죽는 속도보다 새 개체가 들어오는 속도가 더 느리면 고래는 완전히 죽었다. 그 속도가 어느 선을 넘으면 위기를 느낀 개체들은 접근하지 않았다. 고래는 분해되었고 그와 함께 그 위에 있던 마을은 멸망했다.

고래병이라고 했다. 전염병이라고 했다. 한 마리의 고래가 죽으면 인근 고래들이 따라 죽는 경우가 보고되었다. 하지만 우리는 그 전염 경로에 대해 아는 바가 없었다. 해류를 타고 감염되는 것일 수도 있었다. 먹이가 되는 물고기 때문일 수도 있었다. 아니면 우리 때문일 수도 있었다. 우리가 별다른 도구 없이 이 행성 생태계의 일부가 될 수 있었던 건 지구인과 이 행성의 생명체 사이에 두드러진 차이가 없었기 때문이었다. 우리는 이곳의 생명체들을 먹을 수 있었고 그들도 마찬가지였다. 우리는 이 행성의 미생물에 감염되었고 이들도 지구의 미생물을 받아들였다. 지금까지 큰일은 없었다. 고래병이 돌아 죽은 고래에서 온 사람들을 받아들인 다른 고래들마저 한 마리씩 죽어가기 전까지는.

우리는 저 사람들이 원망스러웠지만 탓할 수는 없었다. 우리도 그랬을 것이기에.

3

장미 고래에서 온 여자는 의사였다. 그리고 살인자였다.

"남편을 죽였어요."

의사는 담담하게 말했다.

우리는 왜 죽였느냐고 묻지 않았다. 사정이 있었겠지. 살인자를 우리에게 보낸 저쪽 사람들도 사정이 있었을 것이다. 범죄자의 처리는 언제나 까다로웠다. 죽이기엔 일손이 늘 달렸고 감옥 같은 걸 만들 수 있을 만큼 큰 고래는 몇 없었다. 처리하기 어려운 범죄자를 전염병 보균자일 수도 있는 사람들이 탄 뗏목에 보내는 건 충분히 논리적으로 들렸다. 의사라면 조금 아까웠을 것이다. 하지만 그래도 이렇게 보낸 걸 보면 유일한 의사는 아닌 모양이었다.

의사는 우리를 한 명씩 진찰했다. 다른 별 사람들처럼 꼼꼼하게 할 수는 없었다. 우주선에서 가져온 의료 장비는 점점 줄어들고 있었다. 우리가 쓰는 주삿바늘은 모두 3천 년 이상 나이를 먹었다. 우리 대부분은 지구 나이로 쉰을 넘기지 못했다.

"어떻게 생각해요?"

진찰이 모두 끝나자 엄마가 물었다.

"솔직히 말하면 몰라요."

의사가 대답했다.

"모두 건강해 보이는군요. 붉은 열꽃도 없고 체온도 정상이에요. 하지만 우린 고래병에 대해 아무것도 몰라요. 다들 붉은 열병이 고래병일 거라고 두려워하지만 인간이 전염시키는 고래병 따위는 없을 수도 있어요. 증상이 없어도 보균자일 수 있고요. 지금 떠도는 규칙은 모두 미신에 가까워요."

"그럼 저쪽에서는 어떻게 할 건데요?"

"기다리다 지치면 받아줄 수도 있어요. 1년 정도? 기껏해야 몇 주예요."

엄마는 쭈그리고 앉아 주머니 속에서 회중시계를 꺼냈다. 아직도 째깍거리며 몇천 광년 저편에 있는 고향 행성 도시의 시간과 날짜를 알려주는 기계를. 상식적인 사람들이 대부분 그렇듯, 엄마도 지구를 떠나 새 세계를 개척하기로 결정한 조상들을 저주했고 오로지 몇 장의 사진을 통해서만 본 고향 행성에 대한 향수에 시달렸다. 런던, 타이베이, 뉴욕, 나이로비, 시드니, 리우데자네이루. 거대한 땅과 무한한 건물들의 세계. 낮과 밤이 지명이 아닌 곳.

"포기해버리고 해류에 밀려가는 것도 생각했어요. 희망 없는 삶이니까요. 딸이 없었다면 정말 그랬을 수도 있어요. 나머지 사람들은 모두 마흔이 넘었어요. 저기에 가봐야 몇 년을 더 살겠어요? 더 산다고 해도 무얼 할 수 있겠어요?"

"포기하고 죽으면 고통스럽잖아요."

"쪄 죽는 것과, 얼어 죽는 것. 어느 쪽을 택하시겠어요?"

이 행성 사람들이라면 모두 한 번 이상 듣는 질문이었다. 답에 따라 사람들은 둘로 나뉘었다. 이 구분은 종종 성별보다 더 중요했다. 의사는 대답하지 않았다. 하지만 우리가 보기에 얼음 파에 속한 것 같았다.

엄마는 한숨을 내쉬며 시계를 주머니에 넣었다.

"지금 이대로도 나쁠 건 없어요. 적어도 죽어라 노를 젓지 않아도 되니까요. 다들 너무 지쳤어요."

4

1년이 지나고 2년이 지났다. 장미 고래에 사는 사람들은 우리를 데려가지 않았다. 가끔 한두 명이 보트를 타고 와 의사와 대화를 나누었지만 그게 전부였다. 붉은 열꽃이 없는 것만으로는 그들에게 확신을 줄 수 없었다.

2년은 견딜 만했다. 우린 더 이상 노를 젓지 않아도 되었다. 장미 고래는 우리를 폭풍과 폭풍 사이의 고요한 샛길로 인도했다. 인간이 사는 거대한 고래 주변엔 풍부한 생태계가 조성되어 있었기에 우리는 낚시와 채집만으로 그럭저럭 배를 채울 수 있었다. 담수 제조기 하나를 잃어버리긴 했지만 장미 고래에서 떨어져 나간 껍질로 새것을 만들 수 있었다.

걱정되는 건 우리와 장미 고래를 연결하는 밧줄이었다. 3천 년 동안 우리가 개발한 자랑스러워해도 될 만한 기술 중 하나는 질기고 튼튼한 밧줄 제조법이었다. 하지만 아무리 튼튼한 밧줄이라도 버틸 수 있는 시간엔 한계가 있다. 장미 고래 사람들은 밧줄을 바꾸어줄 생각이 없는 것 같았다. 그냥 어쩌다 밧줄이 끊어져 별 죄책감 없이 우리가 버려지길 바라는 건지도 몰랐다.

장미 고래와 함께한 지 꼭 2년째 되던 날, 의사는 또 다른 고래를 발견했다. 장미나 해바라기보다는 작았다. 길이가 600미터 정도. 쌍안경으로 보니 어설픈 건물의 흔적은 있었지만 움직이는 사람은 보이지 않았다. 폐허였다. 알 수 없는 이유로 마을이 완성되기 전에 사람들이 고래를 떠난 것처럼 보였다.

방호복 차림의 장미 고래 사람들이 보트를 타고 정찰을 떠나는 게, 그들이 새 고래에 올라타 버려진 마을을 탐사하는 게 보였다. 우리도 머리를 맞대고 토론했다. 아직 저 고래는 누구의 것도 아니었다. 장미 고래가 우리를 받아들여주지 않는다면 우리가 저기 가도 되지 않을까.

단순한 해결책처럼 들릴 수도 있겠지만 아니었다. 장미 고래 사람들 또한 저 고래에 사람들을 보내고 싶을 수도 있다. 고래 마을은 언제나 조금씩 좁았고 늘 고향 고래를 떠나고 싶어 하는 젊은 사람들이 있었으니까. 저들이 고래병을 앓고 있을지도 모르는 우리와 같은 고래를 쓰고 싶어 할까?

"망설여서 뭐 해? 어차피 장미 사람들은 우리가 여기 있는 걸 좋아하지도 않아. 지금 가서 우리가 침을 발라놓자고. 그 순간 저 고래는 우리에게 오염되는 거야. 그래도 머물 생각이 있으면 머물라고 하고."

우리 뗏목에서 가장 연장자인 목수가 말했다. 나는 겁이 났지만 엄마를 포함한 다른 사람들은 모두 동의했다. 의사는 동의도 거부도 하지 않았다. 아직 우리 뗏목 소속이 아니라고 생각하는 것 같았다. 하지만 일단 노를 주자 의사도 자리를 찾아 젓기 시작했다. 아까까지 팽팽했던 밧줄은 느슨해지며 바닷물 속으로 잠겼다.

엄마의 시계로 한 시간 만에 우리는 새 고래에 도착했다. 가까이 가서 보니 옆구리에 부두가 남아 있었다. 여기 사람들은 마을을 대충 짓다 말고 떠난 게 아니었다. 오랫동안 사람들이 살았던 고래였다. 우리가 본 건 폭풍을 겪으며 무너진 마을의 폐허였다.

우리는 모두 고래 위에 올랐다. 남은 건 별로 없었지만 멀쩡한 집들만 써도 넉넉할 것 같았다. 다른 집을 지을 바다 나무들이야 천천히 모으면 된다. 하지만 이렇게 멀쩡한 마을을 남겨놓고 사람들이 떠났다는 게 이상했다.

마을을 둘러보고 있는 동안 장미 고래에서 온 방호복 차림의 사람들과 마주쳤다. 그들은 우리를 보고 그렇게 놀라지 않았다.

"집이 망가진 게 비교적 최근입니다. 이 고래는 최근에 심한 폭풍을 여러 차례 겪었어요."

우두머리 방호복이 말했다.

그 자체는 이상하지 않다. 고래들은 최대한 폭풍을 피하려 하고 거기에 능숙하다. 하지만 이곳은 폭풍의 행성이었다. 낮에서 만들어지는 뜨거운 공기와 밤이 만들어내는 차가운 공기가 미친 것처럼 뒤섞이는 곳이었다. 아무리 고래가 영리하고 능숙하다고 해도 폭풍을 완전히 피할 수는 없었다. 하지만 대부분 마을은 폭풍에 대비되어 있었다. 바람을 피할 수 있는 유선형으로 지어진 집들은 어떤 충격에도 떨어지지 않게 단단히 고정되어 있었다. 그런데 비교적 최근의 폭풍으로 마을 대부분이 날아가버렸다. 그렇다면 사람들도 같이 폭풍 속으로 사라진 것일까?

방호복들은 후퇴할 준비를 했다. 새 고래는 탐이 났지만 지금은 조심할 때였다. 정체를 알 수 없는 역병이 가라앉을 때까지 익숙한 마을에 머무는 게 나았다. 이해가 갔다. 안심도 됐다. 우리는 아직 이 고래에 희망을 걸고 있었기에.

슬프게도 그 희망은 몇 분 만에 끝났다.

장미 고래 사람들이 보트를 묶어놓은 부두로 걸어가기 시작했을 때 첫번째 진동이 느껴졌다. 처음엔 별것 아니라고 생각했다. 우리는 살아 있는 동물 위에 있었고 동물은 움직이기 마련이니까. 하지만 두번째 진동은 성격이 달랐다.

고래가 쪼개지고 있었다. 양쪽 부두를 제외한 고래 위 가장자리가 무서운 속도로 떨어져 나갔다. 그세야 우리는 고래의 가장자리를 이루는 개체들 절반 이상이 죽어 있다는 걸 알아차렸다. 보통 고래들은 개체가 죽으면 즉시 그 시체를 떨어내지만, 이 고래에서는 아직 살아 있지만 분리될 준비를 하고 있는 개체들이 그 시체들을 움켜쥐고 있었던 것이다.

순식간에 고래 부피의 절반이 떨어져 나갔고 우리는 필사적으로 몸통 중심을 향해 뛰었다. 방호복 두 명이 물속으로 떨어졌고 비명 소리와 함께 바닷물이 피로 물들었다. 살아남은 개체들이 물에 떨어진 사람들을 공격하고 있었다. 우리는 플랑크톤과 바다 벌레를 먹는 평화로운 고래의 존재에 익숙해져 고래를 이루기 전 개체들이 사냥꾼이었다는 사실을 잊고 있었다. 알 수 없는 이유로 이들은 고래가 되기 전의 본성을 유지하고 있었고 이빨도 남아 있었다.

그와 함께 고래는 방향을 바꾸기 시작했다. 우리는 선택을 해야 했다. 고래 위에 남을 것인가, 아니면 뗏목으로 돌아갈 것인가. 우리는 후자를 택했다. 무슨 일이 일어나고 있는지는 알 수 없었지만, 이 고래는 우리의 집이 될 생각이 없는 것 같았다.

아직 부두 쪽은 붕괴가 일어나지 않았다. 뗏목도 멀쩡했다. 이를 드러내는 개체들이 다가오고 있었지만 어쩔 도리가 없었다. 우리는 한 명씩 뗏목 위로 뛰어들어 노를 잡았다.

그때였다. 내 왼발이 무너지는 고래 몸의 틈 사이에 끼인 것은. 개체 사이에 끈적거리는 점액이 발목을 잡았고 나는 여기서 빠져나올 수 없었다.

맨 먼저 나에게 달려온 사람은 의사였다. 그다음은 마을 사람들을 이끌던 엄마였다. 다른 사람들은 오지 않았다. 아니, 올 수가 없었다. 뗏목 위의 사람들은 순식간에 고래로부터 멀어져갔다. 몇 명은 물속에 떨어졌고 몇 명은 노를 들고 개체들과 맞서 싸우고 있었다. 그리고 그건 내가 그들을 본 마지막이었다.

엄마와 의사가 내 발목을 점액으로부터 간신히 뽑아냈을 때 고래는 미친 것처럼 폭풍 속으로 뛰어들고 있었다.

5

우리는 살아남았다. 폭풍 속에서 점점 사라져간 고래는 우리를 죽이려 발악하는 것 같았다. 하지만 고래의 등 위에 남아 있는 마지막 나무 집은 튼튼했다. 튼튼하게 지어졌기 때문에 그 발악에도 버텼던 것이다. 이제 그 집은 작은 배가 되어 운 좋게 폭풍에서 쓸려 나온 우리를 지켜주고 있었다.

희망은 없었다. 우리에겐 노도, 돛도 없었다. 이렇게 해류에 맡기고 떠돌다간 낮과 밤 어딘가에 쓸려갈 것이고 기다리는 건 죽음뿐이었다.

이게 어떻게 된 일일까? 우리는 고민했다. 우리가 알기로 이와 비슷한 일을 겪거나 목격한 사람들은 없었다. 하지만 3천 년은 모든 걸 경험하기엔 짧다. 이런 일에 대해 우리가 알지 못하는 건, 경험자들이 살아남지 못했기 때문일 수도 있다.

"고래들에게 우린 전염병이었을지도 몰라요."

의사가 말했다.

"우린 고래와의 공생 관계를 최대한 긍정적으로 보고 싶어 했지요. 고래가 없으면 살아남을 수 없었으니까요. 하지만 고래는 우리가 필요 없었어요. 그냥 견딜 만한 작은 기생충에 불과했지요. 그런데 그 견딜 만한 기생충이 치명적인 질병을 옮기기 시작했다면 고래들도 여기에 대비해야 하지 않을까요? 그들은 영리해요. 해류를 읽고 폭풍을 예측하고 정보를 교환해요. 사라진 고래를 이루는 개체들이 다른 고래의 일부가 되었다고 생각해봐요. 그리고 인간을 퇴치할 수 있는 방법을 전수했다면?"

잠시 우리는 멸종에 대해, 3천 년 동안 이어져온 우리 역사의 끝에 대해 생각했다. 하지만 엄마는 좀더 긍정적이었다. 그들이 그렇게 영리하다면 인간이 단순한 기생충이 아니라는 걸, 대화가 통하는 지적인 존재라는 걸 알고 있을 것이다. 그렇게 쉽게 처치하고 잊어버리는 대신 대화를 시도할 것이다. 똑똑한 동료가 있는 건 좋은 일이기에.

이 모든 건 탁상공론 같아 보였다. 사람들이 사는 고래와 마주치는 게 우리의 유일한 희망이었는데, 그건 가능성이 낮았다. 그리고 만난다고 해도 그 사람들이 우리를 받아줄 것 같지도 않았다. 우리 피부엔 서서히 붉은 열꽃이 자라나고 있었다. 아무래도 저번 고래에게서 감염된 것 같았다. 병에 대한 두려움은 없었다. 추위와 더위에 대한 두려움이 더 컸다.

1주일 뒤, 우리는 희망 비슷한 것과 마주쳤다. 우리가 기대했던 것과는 조금 다른 것이었다. 그건 거대한 빙산이었다. 물 위에 드러난 부분만 해도 웬만한 고래의 열 배는 되는 것 같았다. 우리는 별 고민 없이 그 위에 올랐다. 고맙게도 얼음이 녹아 생긴 개울이 꼭대기까지 오를 수 있는 비교적 편한 길을 만들어놓고 있었다. 거대한 담수의 덩어리였다. 이틀째 담수 제조기는 자기 역할을 못 하고 있었기 때문에 고맙기 짝이 없었다.

이 정도 빙산은 드물지 않았다. 낮에서 흘러온 따뜻한 물이 밤의 대륙에서 생성된 얼음덩어리를 뜯어 온 것이다. 빙산은 낮을 향해 흘러가고 있었다. 당장은 아니더라도 곧 녹아 사라질 운명이었다. 하지만 여유 시간이 있는 건 좋은 일이었다. 주변에 달라붙은 바다 나무들을 이용하면 노와 밧줄을 만들 수 있을 것 같았다.

2주일이 지났다. 그러는 동안 수평선 위의 붉은 해는 사라졌다 나타났다를 반복했다. 우리의 운명을 조종하는 사악한 신이 우리에게 희망과 공포를 조금씩 번갈아 주는 것 같았다. 피부에 흔적을 남기고 사라진 열꽃도 마찬가지였다. 우리는 우리가 죽어가고 있는지 살아남았는지 알 수 없었다. 잠이 들기 전에 들려오는 이상한 목소리들은 우리의 뇌가 감염되었다는 뜻일까, 아니면 그냥 흔한 유령일까.

보름째 되던 날 나는 기계를 발견했다. 금속으로 만든 원통 안에 기능을 이해할 수 없는 복잡한 장치들이 가득 차 있었다. 나는 근처에서 수통에 물을 채우고 있던 의사에게 그 물건을 가져갔다. 의사도 그 기계의 정체에 대해 아는 게 없었다. 하지만 주변을 조금 더 뒤지자 다른 것들도 나왔다. 장갑, 곡괭이, 무언가 먹을 것처럼 보이는 갈색 덩어리가 든 봉지들 그리고 얼음 속에 갇힌 시체 하나. 시체는 남자였고 수염이 없었고 우리보다 훨씬 덩치가 컸다.

"조상이야."

의사가 말했다. 우리는 우리 행성 역사의 시작을 보고 있었다.

우리는 우리에게 주어진 가능성에 대해 생각했다. 이 빙산 안에는 무엇이 더 들어 있을까? 만약 조상들이 타고 온 우주선 전체가 이 빙산 안에 묻혀 있다면? 그 우주선 안의 생각하는 기계가 아직 죽지 않았다면? 그 기계가 우리를 지옥 같은 행성에서 구출해 다른 곳으로 보내줄 수 있다면?

나는 비명을 지르며 주저앉았다. 내 머리를 스친 그 희망의 크기는 너무나도 거대해 내 뇌와 몸이 감당할 수 없었다. 그 대부분이 허망하게 끝날 것이며 우리는 곧 붉은 점으로 가득한 시체가 되어 끓는 바닷물 속에서 삶아질 것임을 알고 있는데도 그랬다.

하지만 우리는 그 희망을 버릴 수 없었다. 내가 지금 빙산에서 발견한 종이와 연필로 이 글을 쓰고 있는 이유도 그 때문이다. 나는 점점 줄어들고 있는 빙산의 꼭대기에 앉아 얼음 속에서 꺼낸 갈색 덩어리를 먹으며 이야기가 아직 끝나지 않으리라는 희망의 가능성에 의지해 이 글을 쓴다. 나는 이미 지금까지 쓴 글의 일곱 배를 채울 수 있는 종이를 확보했다. 이렇게 많은 종이를 멋대로 쓸 수 있다니 이 사치에 익숙해지지 않는다.

내가 쓰고 있는 건 이야기의 끝이 아니다. 그러니, 이 글을 읽고 있는 게 분명한 미래의 독자여, 제발 다음 페이지를 넘기시라. 분명 지금까지 내가 써왔던 것과는 비교도 할 수 없는 멋진 모험담이 기다리고 있을 테니.

포스트잇

45억 년 지구 행성의 역사를 살펴보면 호모 사피엔스가 장악한 이후 지구 환경이 급격하게 달라졌다고 과학자들은 보고한다. 기후변화 과학자 사이먼 L. 루이스 등은 "'인류'와 '최근의 시간'을 가리키는 그리스어를 조합한" 인류세란, "호모 사피엔스가 지질학적 초강대자가 되어 지구를 오랜 발전 단계에서 새로운 길로 이끈 시기"이자 "인류의 역사, 생명의 역사 그리고 지구 자체의 역사에서 전환점"이라고 설명한다.* "많은 사람들이 인류세를 기후변화 또는 전 지구적 환경 변화와 동의어로 사용하지만, 사실은 이러한 중대한 위협보다 훨씬 큰 의미를 담고 있다. 인류는 오래전부터 행성을 바꾸기 시작했으며, 그 영향은 단순한 화석연

* 사이먼 L. 루이스·마크 A. 매슬린, 『사피엔스가 장악한 행성』, 김아림 옮김, 세종, 2020, 9쪽. 인류세Anthropocene는 이전 시대와 구분되는 새로운 지질시대를 가리키는 개념으로, 1995년 노벨화학상을 수상한 네덜란드 화학자 파울 크뤼천Paul Crutzen이 2000년에 제안했다. 인류가 문명을 일구고 자본주의를 팽창하는 과정에서 무분별하게 자연환경을 훼손한 결과, 지구의 환경 체계가 급격하게 균열을 일으켜 인류가 지구 환경과 투쟁하게 된 시대를 나타낸다. 가령 인류는 지구 생명에 근본적인 질소나 인, 황과 같은 생물지구화학적 요소들의 순환을 변화시켰고, 지표면의 물 순환의 흐름을 바꿈으로써 지표면에서 대기로 향하는 증기의 흐름도 변화시켰으며, 여행비둘기, 포클랜드여우 등 여러 동물의 멸종을 가져오기도 했다. "매우 거대하고 활동적이기에 바야흐로 지구 시스템의 기능에 영향력을 행사하는 몇몇 자연의 거대한 힘과 필적할 만하게 되었다"(Will Steffen, Jacques Grinevald, Paul Crutzen & John McNeill, "The Anthropocene: Conceptual and historical perspectives." *Philosophical Transactions of the Royal Society A*, 369(1938), 2011, p. 843) 할 정도로 인간 활동이 지구 환경에 영향을 미치며 빚어낸 거대한 전환 앞에서, 인류세라는 새로운 지질시대를 제안한 것이다.

료 사용으로 인한 것보다 더 심대하다. 그런 만큼 이 새로운 시대에 살기 위한 인류의 반응은 훨씬 더 광범위해질 것이다."*

인류세의 본격적인 전개로 인해 지구는 지난 2천 년 동안과 비교할 수 없을 정도로 온난화 일로에 놓여 있다. 유엔 정부간기후변화위원회IPCC의 보고서에 따르면 "20세기에 지구 온도가 0.75도 오르고 해수면이 22센티미터 상승했다는 명백한 증거"가 있을 뿐 아니라 "지구의 온도가 2100년까지 1.1도에서 6.4도까지 더 오를 수 있으며, 해수면은 28~79센티미터까지 상승할 수 있다고 예측"하면서, 그린란드와 남극의 빙하가 더 빨리 녹는다면 해수면 상승 폭이 더 커지는 것은 물론 "기후 패턴이 점점 더 예측하기 힘들고 폭풍, 홍수, 열파熱波, 가뭄 같은 이상기후가 더 자주 발생할 것으로" 예견했다.**

이런 기후변화 문제와 코로나19 팬데믹 상황을 복합적으로 숙고하면서 쓴 소설이 바로 듀나의 「죽은 고래에서 온 사람들」이다. 당겨 말하자면 이 텍스트는 지금껏 경험해 본 적 없는 코로나19 시절에 인류세의 종말, 그 이후를 불안하게 상상하면서 쓴 소설이다. '작가 노트'를 통해 듀나는 "멀리서 보면 인류는 바이러스와 크게 다르지 않다"고 적고 있거니와, 인간에게 침투하고 전파하는 바이러스와 싸우는 시기에 인간 또한 바이러스일 수 있다는 사실을 엄중하게

*　같은 책, 10쪽.

**　마크 A. 매슬린, 『기후변화의 정치경제학』, 조홍섭 옮김, 한겨레출판, 2010, 8~9쪽.

직시한다. 바이러스를 타자화하면서 바이러스와 치열하게 대결하는 시기에, 인간 또한 바이러스처럼 타자화될 수 있는 상황을 극적으로 형상화한다.

듀나가 그린 인류세의 종말은 참혹하다. 지구 행성은 더 이상 살 수 없는 곳으로 가정된다. 우주선을 타고 지구 밖의 다른 바다 행성에 머물게 된 최후의 인류는 그곳에서 '겨우' 존재하는 나날을 희망 없이 견딘다. 그 행성 역시 낮 대륙은 모래사막이고 밤 대륙은 얼음 사막으로 험악하게 양극화되어 있는데, 사람들은 그 사이의 바다를 떠다니는 군체-고래 위에서 보트피플처럼 생활한다. 그러다가 그 고래가 죽어서 살 수 없게 되면 다른 군체-고래로 옮겨가야 하는데, 먼저 살고 있는 이들이 죽은 고래에서 온 이들을 결코 환대하지 않는다. "고래병이 돌아 죽은 고래에서 온 사람들을 받아들인 다른 고래들마저 한 마리씩 죽어가기 전까지는" 그렇지 않았지만, 고래병 감염 이후 상황은 극도로 악화된다. 고래병이라 불리는 감염병을 전파하는 숙주이자 바이러스가 바로 인간이기 때문이다. 그런 상황에서 최후의 인류는 "멸종에 대해" "우리 역사의 끝에 대해" 생각하지 않을 수 없게 된다. "희망의 가능성"이 아득하기만 한 까닭이다.

생각의 타래

1. 이 소설에서 인간은 고래 입장에서 보면 "그냥 견딜 만한 작은 기생충"에 불과하다. 듀나가 형상화한 고래와 인간의 관계를 통해 지구와 인간의 관계를 어떻게 재정립하면 좋을지 성찰해보자.

2. 이 소설의 배경이 되는 행성의 생존 조건은 매우 열악한 것으로 보인다. 기후변화 문제로 지구의 생존 조건이 악화된 사례들을 조사해보고, 부정적인 기후변화를 막거나 줄일 방안은 무엇일지 궁리해보자.

3. 이 소설의 끝부분에서 서술자는 이게 끝이 아니라고, "멋진 모험담"이 기다리고 있을 거라고 말한다. 그 "멋진 모험담"을 나름대로 상상해보자.

편혜영

아오이가든

시커먼 개구리들이 비에 섞여 바닥으로 떨어졌다. 바닥은 깊이를 알 수 없을 정도로 쓰레기가 쌓여 있었다. 개구리들은 그 속으로 빨려 들어갔다. 바닥에 떨어져 머리가 깨지거나 지나가던 소독차에 깔려 아스팔트에 붉은 꽃을 피우기도 했다. 어두운 거리에 그들이 흘린 피와 찢어진 살갗이 불빛처럼 빛났다. 대낮인데도 도시는 불에 그슬린 듯 어두웠다. 시 당국이 가스 공급량을 줄이면서 석탄 때는 연기가 대기 중으로 쏟아졌다. 오래된 학교나 보건소 외에도 구식 난로가 남아 있다는 게 놀라울 지경이었다.

인적은 끊겼지만 거리는 한산하지 않았다. 주민들이 창밖으로 내던진 쓰레기가 거리를 채웠다. 도시 전체를 내다 버린 것처럼 많은 양이었다. 아오이가든 주변 거리는 거대한 쓰레기 하치장이나 마찬가지였다. 동물의 배설물과 사체도 쓰레기 더미에 섞여 거리에 남았다. 거리에는 집에서 쫓겨난 동물들이 많았다. 그들은 이른 아침부터 밤늦도록 어슬렁거리며 거리를 배회했다. 쓰레기를 뒤져 먹을 것을 찾거나 다른 놈의 모가지를 물어 죽이거나 교접하는 것이 그들의 일이었다. 피를 흘리면서도 살아남은 것들은 차에 치였다. 신호 체계가 쓸모없어졌기 때문에 차들은 아오이가든 주변 거리를 마구 질주했다. 붉은 십자가가 그려진 차들이 소독약을 뿌리고 가기도 했다. 구름처럼 피어오른 흰 연기가 시커먼 도시를 잠깐 감추었다. 연기는 독한 성분 때문에 몸에 두드러기를 피웠다. 아주 드물게 사람이 눈에 띄기도 했다. 그들은 웅크리거나 누워 있어서 주검이거나 주검에 가깝게 느껴졌다. 멀리서 보면 쓰레기를 담은 자루 같았다.

그 모든 것을 제치고 정작 거리를 차지한 것은 냄새였다. 도시 전체가 부식되면서 냄새를 풍겼다. 편두통을 일으키며 혀가 아둔해지고, 코를 맹맹하게 만들며 끊임없이 구역질을 퍼 올리는 냄새였다. 냄새는 도시를 구성하는 유기물 가운데 하나가 되었다. 냄새를 풍기는 것들의 한가운데에 아오이가든이 있었다. 최초에 냄새를 풍기기 시작한 것이 거리였는지 아오이가든이었는지는 알 수 없었다. 갈라진 벽면이나 습한 마룻바닥은 말할 것도 없고 수돗물이나 손을 씻는 비누에서도 냄새가 풍겼다. 비가 자주 왔지만 냄새는 씻겨가지 않았다. 오히려 하수도가 역류하면서 분뇨를 거리로 토해냈다. 하수구가 제 역할을 못하게 된 것도 병이 돌면서부터였다. 도시를 가로지르는 일곱 개의 하수도는 끊어졌고, 부식된 파이프는 교체되지 않았다.

바깥으로 고개를 내민 것은 나뿐이었다. 아오이가든의 모든 창은 먹구름으로 가린 것처럼 컴컴했다. 어두운 창문들 중의 몇 곳에서는 희미하게 석탄 연기가 뿜어져 나오고 있었다. 창문을 닫으려는데 무엇인가 뒤통수에 부딪혔다가 아래로 떨어졌다. 개구리였다. 이어 또 한 마리가 머리통을 내리치고 베란다로 떨어졌다. 개구리는 재빨리 소파 밑으로 몸을 숨겼다.

아스팔트에 떨어진 것은 몸이 찢어지면서 피를 토했다. 폭우가 쏟아지는 것치고 핏자국은 더디게 씻겨 내려갔다.

창문을 닫으려는데 초인종이 울렸다. 오랜만에 들리는 그 소리에 나는 제법 놀랐다. 놀란 나머지 몸이 비틀렸다. 그 바람에 의자가 약간 오른쪽으로 기울었다. 마침 빗물이 들이쳐 고여 있었기 때문에 의자는 기우뚱거리다 그만 넘어져버렸다. 나는 바닥으로 나자빠졌다. 어디선가 개구리가 울었다. 고양이가 다가와 얼굴을 핥았다. 얼음처럼 차가운 혓바닥이었다.

다시 초인종이 울렸다. 그녀가 방에서 나왔다. 초인종이 울려서는 아니었다. 의자와 함께 내가 넘어지는 소리가 들려서였다. 그녀는 의자에 깔린 내 다리를 끄집어냈다. 그다음 팔뚝에 힘을 주어 나를 안아 올렸다. 그녀의 까만 팔뚝에 푸른 힘줄이 불거졌다. 무거운지 끙 하는 신음 소리를 내뱉은 그녀는 쉽게 일어서지 못했다. 곡기를 아무리 줄여도 내 몸은 점점 부어올랐다. 둥글고 커다란 상체에 실처럼 가느다란 다리가 그녀의 팔뚝 아래서 흔들렸다.

이번에는 문을 두드리는 소리가 들렸다. 이어 초인종이 울렸다. 먼 곳에서 울리는 것처럼 아득한 소리였다. 환청일지도 몰랐다. 아오이가든에는 남의 집 초인종을 누를 만한 사람이 남지 않았다. 역병이 떠돈 이후로 많은 주민들이 아오이가든을 떠났다. 다른 도시에 사는, 의탁할 만한 친지를 찾지 못한 주민들은 별수 없이 남았다. 그들은 자기 집에만 머물렀다.

따로 사는 부모의 집이나 형제자매의 집도 방문하지 않았다. 필요한 것이 있더라도 가급적 상점에 가지 않았다. 아오이가 든 내의 상점은 모두 문을 닫았다. 최소한의 쌀을 가지고 오래 버티는 것만이 병을 이기는 유일한 길이었다.

그녀가 발소리를 죽여 현관으로 다가갔다. 바깥을 확인한 그녀는 몸을 조금 떨며 문을 열었다. 열린 문으로 나타난 것은 누이였다. 더러운 얼굴에서 빗물과 섞인 땟물이 흘렀다. 길게 내려 기른 검은 머리에서도 빗물이 듣고 있었다. 열꽃이 핀 얼굴이 붉었다. 집을 나간 지 8개월 만이었다. 우리는 누이가 다른 도시에 사는 사내를 만나러 갔다고 믿었다. 다른 도시로 가기 위해서가 아니라면 역병이 도는 거리로 나설 이유가 없었다. 누이는 인접한 도시에 사는 한 사내에게 연정 어린 편지를 몇 개월째 받고 있었다. 우리를 다른 도시로 데려갈 단 하나의 인물이 있다면 바로 그였다.

누이는 지쳤다는 듯 문에 기대섰다. 벌어진 누이의 가랑이 틈으로 고양이가 빠져나갔다. 고양이는 간밤 내내 등을 구부려 긴 혓바닥으로 생식기를 핥아댔다. 발정기만 되면 있는 일이었다. 기회가 닿으면 집을 빠져나갔다가 며칠 뒤에 생살이 곪는 것 같은 거리의 냄새를 묻히고 돌아올 것이다. 그러고 난 두어 달 후에 새끼를 낳았다. 그럴 때면 집 안에는 달짝지근하고도 비릿한, 생소한 날것의 냄새가 풍겼다. 그녀는 배 속에서 터져 나온 고양이 새끼들을 베란다 바깥으로 던졌다. 갓 태어난 새끼들은 시커먼 쓰레기 더미에 묻혀 자취를 감췄다.

복도에서 이웃집 사내가 팔짱을 낀 채 사나운 눈초리로 우리를 쳐다보고 있었다. 초인종 소리를 듣고 나와본 모양이었다. 그도 우리처럼 다른 도시의 친지가 없을 터였다. 아오이가든에 남은 사람들은 죄다 그런 축들이었다. 고양이는 이중으로 마스크를 두른 사내를 지나쳐 복도 끝으로 달아났다. 사내는 고양이가 달려오자 팔짱을 낀 채 재빨리 벽 쪽에 몸을 붙였다가 뗐다. 그녀는 더럽고 축축한 자루처럼 보이는 누이를 집 안으로 들였다. 사내는 여전히 우리를 노려보고 서 있었다. 위생청의 관리처럼 딱딱한 표정도 풀지 않았다. 그녀는 사내를 향해 가급적 웃음을 보내려고 했다. 아무 일도 아니에요, 걱정하지 마세요. 그렇게 말하고 싶었는지도 모른다. 마음과 달리 주름진 얼굴에 날카로운 눈매를 한 그녀의 미소는 조롱처럼 느껴졌다. 문을 닫았지만 사내의 매서운 눈초리만은 그대로 남았다. 사내는 현관과 복도, 누이의 손이 닿았을지도 모르는 계단의 난간을 향해 닥치는 대로 소독약을 뿌릴 것이다. 열꽃이 핀 고열 환자를 봤다고 신고할지도 모른다. 주민들에게 수상한 방문객에 대해 떠벌릴 수도 있다. 굳이 사내가 말하지 않더라도 주민들은 이미 누이의 방문을 알아차렸을 것이다. 누이가 풍기는 냄새는 아오이가든의 것보다 훨씬 지독했다. 거리와 유사한, 역겨우면서도 친숙한 냄새였다.

누이를 들여놓은 그녀는 제일 먼저 알코올로 손을 소독했다. 그다음에는 소독을 하느라 잠시 벗어뒀던 마스크를 찾아 썼다. 내게도 한 겹 더 씌웠다. 그러고는 그때까지 열려 있던 창들을 신경질적으로 닫았다. 문틈으로 들이친 비가 바닥에 흥건하게 고여 있었다. 나는 슬금슬금 기어 누이 곁으로 갔다. 냄새만으로도 누이가 오랫동안 거리에서 지냈음을 알 수 있었다. 그녀는 누이의 목에서 빨간 스카프를 벗겨냈다. 색을 잃을 정도로 때에 전 스카프에서는 비린내가 풍겼다. 물에 젖은 털 외투는 잘 벗겨지지 않았다. 가까스로 외투에서 누이의 몸을 빼낸 그녀가 주춤거리며 뒤로 물러섰다. 외투로 가려져 있던 누이의 둥근 배가 드러났기 때문이었다. 그것은 누이가 보낸 지난 8개월을 일목요연하게 정리한 문서 같았다. 그러면서도 그동안의 일에 대해서라면 아무것도 말하지 않겠다는 듯이 단호해 보였다. 단단하고 딱딱해 보이는 배는 누이가 숨을 쉴 때면 조금 더 부풀었다. 그때 개구리 울음소리가 다시 들려왔다. 그제야 집 안에 숨어 있는 개구리 생각이 났다. 소파 밑이나 테이블 아래, 화분 뒤를 목발로 뒤져보았다. 소리는 가깝게 들려왔다가 이내 아득하게 멀어졌다. 개구리가 그녀 얼굴로 뛰어오르기라도 하면 나는 바깥으로 내쫓길지도 모른다.

바깥은 무섭고 두려운 역병의 기운이 감도는 곳이었다. 내가 바깥을 두려워하는 만큼 그녀는 앞집 사내의 차가운 눈초리를 두려워하는 것 같았다. 그녀는 쉴 새 없이 마루를 서성거리며 무슨 말인가를 중얼거렸다. 목소리가 작은 데다가 마스크를 쓰고 있어서 분명히 알아들을 수 없었지만, 대개 누이에 관한 얘기였다. 누이가 숲속에서 사나운 다람쥐가 올라탄 나뭇가지에 걸려 옷이 찢어졌거나, 들쥐를 잡아먹은 고양이가 입을 할퀴었거나, 동면 중인 뱀을 잡아 가랑이에 집어넣었거나, 올챙이가 든 줄도 모르고 샘물을 마셔 구역질을 했거나, 죽은 쥐의 껍질을 벗겨 먹지는 않았을까 하는 걱정이었다.

혼잣말을 중얼거릴 때마다 그녀의 충혈된 붉은 눈이 도드라졌다. 붉은 눈은 누이의 몸을 닦느라 치켜든 그녀의 엉덩이에도 달라붙어 있었다. 그녀가 걸음을 옮길 때마다 하얀 치마에 묻은 붉은 얼룩도 덩달아 흔들렸다. 그녀가 앉았다 일어난 이불보나 방석 위에도 검붉은 눈알이 남았다. 얼룩은 그녀의 몸 전체에서 가장 생생한 빛을 냈다. 그 얼룩들이 아니면 그녀는 마르고 까만 살갗 때문에 미라처럼 보일 터였다. 누이가 가쁜 숨을 내쉬었다. 나는 개구리가 튀어나오도록 이곳저곳 목발을 두드렸다. 그 소리를 견디다 못한 그녀가 버럭 소리를 질렀다. 누이가 돌아옴으로써 도시를 떠나는 일은 요원해졌다. 우리는 여전히 아오이가든에 남게 될 것이다. 나도 버럭 소리를 질렀다. 개구리 소리는 더 이상 들려오지 않았다.

지독한 냄새는 여전히 남았지만 누이의 열은 차츰 내렸다. 따뜻한 이불을 덮고, 뜨거운 물에 몸을 씻고, 고기를 갈아 넣은 죽을 먹어서가 아니었다. 열을 내리게 해준 것은 시간이었다. 그녀도 나도 열이 끓는 누이의 곁에서 위생청 직원이 들이닥치지 않을까 두려워하는 것 말고는 아무 일도 하지 않았다. 가끔 돌이 날아와 유리창을 깼다. 누군가 둔탁한 쇠망치를 내리쳐 현관문을 우그러뜨리기도 했다. 그리고 전화가 걸려왔다. 전화를 받는 내내 그녀는 찡그린 얼굴로 우리 집에는 늙은 여자 하나와 덜 자란 사내아이가 살고 있다고 대답했다. 통화 시간이 꽤 길었지만 그녀가 말한 것은 그게 전부였다. 그녀는 그 말을 쉬지 않고 열네 번이나 반복했다.

집을 나갔던 고양이도 다시 돌아왔다. 그녀는 이번만큼은 고양이를 집 안에 들이지 않을 작정인지 고양이를 살살 달래 안은 뒤 베란다로 가서 바깥으로 던져버렸다. 나는 미처 눈치 채지 못했다. 눈치를 챘더라도 고양이를 그녀 품에서 빼앗지 못했을 것이다. 나는 그녀에게 의지하지 않고서는, 내키지는 않지만 그녀의 품에 안기지 않고서는 기어 다니는 것밖에 할 수 없었다. 태어날 때부터 그랬다는, 가느다랗게 남아 있는 두 다리 때문이었다.

누이는 내 허약한 다리가 출생 직후의 충격 때문이라고 했다. 누이는 그녀가 나를 낳는 모습을 기억하고 있었다. 인상적인 장면이어서 잊을 수 없다고 했다.

엄마는 널 서서 낳았어. 목을 빳빳이 들고 얼굴을 하늘로 치켜들고 비명을 질렀어. 척추는 곧게 세웠지. 가끔 허리를 구부리기도 했는데 그럴 때마다 배 속에 든 네가 몸을 트는 게

다 보였어. 엄마는 계속 똑바로 서 있을 수밖에 없었어. 가랑이를 벌리고 빳빳이 서 있는 건 좀 힘들어 보였어. 그렇게 조금만 더 버티면 죽겠다 싶을 때 네가 미끄러져 나왔어.

누이가 말한 것은 언젠가 나도 본 적이 있는 장면이었다. 빳빳이 서 있는 기린의 엉덩이에서 피 묻은 양수에 둘러싸인 새끼가 미끄러져 나오는 모습. 텔레비전에서 방영된 프로그램에서 봤다. 갓 태어난 기린의 새끼는 버티고 서려다 이내 넘어졌다. 부드러운 혓바닥으로 어미가 양수와 태반 찌꺼기를 핥아주자 천천히 다시 일어섰다. 막 태어난 새끼의 눈동자는 빨갛게 불타고 있었다.

그건 기린이 새끼를 낳는 모습 아니었어?

나는 다소 실망하여 누이에게 물었다.

분명해. 나는 네가 태어나는 걸 똑똑히 봤어.

단호한 목소리로 누이가 대답했다. 늙은 어미가 다리를 벌리고 서 있고, 그 어미의 가랑이에서 머리통이 서서히 빠져나오는 갓난아기인 나를 상상해보았다. 찢어지는 어미의 가랑이를 눈으로 보면서, 고통으로 일그러진 어미의 눈동자와 시선을 맞추며, 그 가랑이에서 흘러나오는 피에 갓 뜬 눈을 흠뻑 적시는 모습을.

넌 다리부터 나왔어. 보통은 머리통이 먼저 나온다는데 말이야. 넌 다리로 몸을 받치고 서려고 했어. 갓 태어난 네 다리는 손가락처럼 가늘었거든. 하긴 네 다리는 지금도 그렇지만. 그런 다리로 머리통의 무게와 널 낳고 있는 엄마까지 받치고 있었으니 오죽 힘들었겠니?

풀처럼 가느다란 내 다리가 무거운 몸통을 받치고 피로 물든 어미의 붉은 가랑이 사이에 서 있던 모습이 정말 기억나는 것도 같았다. 그것은 어제 일인 듯 생생하게 떠오르는가 하면 아득한 시절의 이야기답게 희미하게 떠오르기도 했다.

고양이는 죽지 않았다. 잠시 후 멀쩡히 다시 나타났다. 아파트 8층은 고양이의 부드러운 척추에 해를 끼칠 만한 높이가 아니거나 운 좋게 몸을 의지할 쓰레기 더미에 빠졌을 것이다. 그녀는 연신 발톱으로 긁어대는 고양이에게 문을 열어주지 않았다. 고양이는 복도에서 밤새 울었다. 가임기의 산모와 갓난아이가 없는 아오이가든에서는 참기 힘든 소리였다. 나는 고양이를 데려오라고 간청했다. 아직 열이 내리지 않은 누이는 혼곤한 기운 속에서 자주 잠이 깼다. 그녀는 아예 잠들지 못했다. 이웃들이 무슨 짓을 벌일지 두려웠기 때문이었다. 주민들은 열에 들뜬 사람의 숨소리도 알아차렸다. 그녀는 할 수 없이 고양이를 집 안으로 들이기로 했다. 집으로 돌아온 고양이가 그녀를 피해 달아나다가 식탁을 넘으면서 유리잔을 떨어뜨렸다. 유리 조각 중의 하나가 내 팔뚝에 박혔다. 피는 얼마 나지 않았는데도 팔뚝은 금세 부어올랐다.

얼마 후 다시 전화가 걸려왔다. 그녀는 전화를 받지 말라고 소리를 질렀다. 마흔세 번 벨이 울리고서야 전화가 끊겼다.

조금 뒤 전화가 또 울렸다. 그녀는 전화 코드를 아예 뽑아버렸지만 어디에선가 전화벨 소리가 들려왔다. 누이는 까무룩 잠이 들었다가 깨어나면 꿈 얘기를 해주었다. 수화기 속에서 붉은 뱀이 기어 나와 모가지를 휘감고 허벅지를 무는 꿈이었다. 주민들이 한꺼번에 몰려와 우리를 바닥에 내던지는 꿈도 꾸었다고 했다.

우리는 어디로도 갈 곳이 없었다. 아오이가든에 머무는 게 최선의 예방이었다. 30년도 넘는 시간을 견디느라 갈라진 벽이나 내려앉은 천장 따위는 불평할 거리가 아니었다. 돌멩이가 날아와 머리통에 박힌다거나 주민들이 우그러진 현관문 사이로 호스를 밀어 넣고 소독약을 뿌린다 해도 마찬가지였다. 아오이가든 바깥으로 나가는 것에 비하면 아무것도 아니었다.

모든 건 밤새 울어댄 고양이 탓이었다. 그녀는 커다란 찜통 가득 물을 펄펄 끓였다. 거기에 칼과 가위를 담가 소독했다. 고양이를 함부로 죽일 수는 없었다. 고양이는 귀신도 볼 수 있는 동물이었다. 어둠 속에서 눈이 푸르게 빛나고 뭔가를 잡으려는 듯 허공에 헛손질을 해대는 것은 그 때문이었다. 또 목숨이 일곱 개나 된다고도 했다. 죽여도 소용없을 만한 숫자였다. 그녀는 고양이 자궁을 들어내기로 했다. 함부로 바깥을 나다니는 고양이가 새끼라도 배지 못하게 하기 위해서였다. 그녀가 꽤 오래전 부인과에서 간호사 노릇을 한 적이 있어서 가능했다. 자궁이나 난소, 난관을 알아보는 일이 신장이나 창자, 간 따위를 분간하는 것보다 익숙하다고 했다.

준비를 마친 그녀가 누이를 불렀다. 수건 여러 장을 겹쳐 깔아놓은 간이 테이블 위에 날이 얇은 과도와 부엌용 가위를 각각 한 개씩 올려두고 문방구에서 사 온 20시시 용량의 주사기, 출처를 알 수 없는 마취제 한 병, 검은 실이 감긴 두꺼운 바늘, 개복開腹한 곳을 벌려줄 죔쇠, 꺼낸 내장을 올려놓을 작은 접시를 두었다.

수술은 고양이에게 마취제를 주사하면서 시작되었다. 사지가 눌린 고양이는 꼬리를 배 밑으로 접고 몸을 떨었다. 고양이는 추락 사건 이후로 계속 그녀를 피해왔기 때문에 마취 주사도 할 수 없이 누이가 놔야 했다. 누이는 한 번도 주사를 놔본 적이 없었다. 그녀는 바늘이 들어갈 만한 살을 골라 적당히 찔러 넣으라고 충고했다. 누이는 그녀 말대로 했다. 마취가 되기까지 제법 시간이 걸렸다. 고양이는 눈을 감았다가 뜨고 털을 곤두세우고 꼬리를 흔들며 그르릉 소리를 내다가 약 기운이 돌아 다시 드러눕기를 몇 차례 반복했다. 그동안 그녀는 담배를 다섯 개비 피웠고 누이는 뜨겁게 끓인 쌀죽을 알맞게 식혀 먹었다. 가끔씩 위로 치켜든 고양이의 앞다리가 바르르 떨렸다.

칼이 지나갈 때마다 고양이는 몸을 단단하게 오므렸다. 몇 번인가 칼날이 살을 베어 얕은 피가 비쳤다. 피 묻은 털이 바닥으로 후드득 떨어졌다. 잘린 털은 뭉치를 이루어 방 안을 굴러다녔다. 엎드려 있는 내 콧속으로 빨려 들어가기도 했다. 등허리에 떨어져 몸을 간질이는 것도 있었다. 나는 방 안을 기어 다니며 굴러다니는 털을 주워 모아 뭉치로 만든 후 얼굴에 대보았다. 고양이를 안은 것처럼 따뜻했다. 털을 다 깎아내자 갓 태어난 생쥐처럼 분홍색을 띤 가슴과 배가 나타났다. 까슬거리는 내 머리통과 달리 고양이 배는 솜처럼 부드러워 보였다. 이제 그녀는 배를 갈라 내장을 들어낼 터였다. 고양이의 자궁과 난소를 정확히 찾아낼지는 의문이었다. 무엇보다 개복에 실패할지도 몰랐다. 고양이는 칼이 심장에 깊이 박히거나 장을 잘려 배설물을 쏟아내거나 독소가 체내에 쌓여 죽을지 모른다. 어떤 내장이 상하든 고양이는 피를 쏟으며 죽게 될 것이다. 나는 뭉친 고양이 털을 조금씩 입에 넣어 침에 적셔 삼켰다.

생각과 달리 그녀는 마취된 고양이의 배를 잘도 갈랐다. 붉은 피로 둘러싸인 내장들이 여전히 벌떡벌떡 뛰었다. 고양이는 사람에게 역병을 옮겼다는 혐의를 받는 동물 중 하나였다. 무리도 아니었다. 당국은 최초에 아오이가든에서 병이 퍼지기 시작하던 때에 병원체에 대해서 파악조차 못 했다. 병원체에 대한 정보는 다른 도시로 감염 환자가 퍼져가고 나서야 외국의 학회에서 보고되었다. 이를 통해 최초의 숙주였던 미생물에서부터 인간에 이르기까지의 감염 경로가 밝혀졌다. 그 중에는 실로 고양이도 포함되어 있었다. 예방법이나 치료법에 대해서는 풍문만 떠돌았다. 백신이나 치료제를 개발하는 일은 꿈도 못 꿨다. 의사들은 환자와 접촉하려 들지 않았다. 환자를 치료하던 의사 중 일부가 감염되었기 때문이었다. 사람들은 두 겹으로 마스크를 썼다. 손에는 일회용 위생 장갑이나 수술용 고무장갑을 꼈다. 어쨌거나 병에 감염되지 않는 게 상책이었다. 몇 년이 지나야, 어쩌면 몇백 년 후에야 백신이나 치료제가 개발될 것이다. 당국은 병의 치사율이 그렇게 높지 않다고 발표했다. 그러나 감염률은 높고 치료제는 찾을 수 없어서 전염에 대한 공포는 사그라지지 않았다. 병에 걸리면 죽는 일을 기다리는 것과 다른 사람에게 병을 옮기는 것밖에는 할 게 없었다. 병에 걸리지 않았다고 나을 것도 없었다. 오히려 그들은 언제 닥칠지 모르는, 공기 중에 떠도는 역병의 기운과 병에 걸릴지도 모른다는 두려움과 맞서느라 죽은 것이나 다름없이 살고 있었다.

누이는 종종 거리에 관해 얘기했다. 텅 빈 거리에는 역병에 걸린 사람들과 거의 죽어가는 사람들이 간혹 떠돌았다.

그들은 다 역병에 걸린 거야?

알 수 없어. 얼어 죽거나 강도의 칼에 찔려 죽거나 이유도 모르고 죽는 사람이 많았어. 그래도 사람들은 거리에 있으면 다 역병에 걸렸거나 미쳤다고 생각해.

누이는 자기가 왜 아오이가든을 떠났는지 말하지 않았다. 처음에는 다른 도시로 갈 생각이었던 듯했다. 그리로 갈 수 없으니 죽는 게 낫다는 생각이 들었다고 말했다. 도시에 남은 사람들 모두가 그렇게 생각할지도 모른다.

아오이가든이 안전할 리도 없었다. 아오이가든은 도시에서 처음으로 역병 환자가 발생한 아파트 단지였다. 그래도 우리는 여기밖에 있을 곳이 없었다. 가족들 중 누구와도 손을 잡지 않고, 누구와도 마스크를 벗고 수다 떨지 않으며, 같은 컵으로 물을 나누어 마시지 않으면, 같은 베개를 베거나 꿈길에서라도 만나 짧은 시간 얘기를 건네지 않는다면 아오이가든에서도 버틸 수 있을 터였다. 집에서도 마스크를 쓰자니 처음에는 다소 불편했다. 조금 지나자 마스크를 쓰고도 밥을 먹을 수 있을 만큼 익숙해졌다. 한쪽을 들어 밥과 반찬을 얹은 수저를 입에 쑤셔 넣은 다음 다시 마스크를 쓰고 입을 오물거렸다. 귀찮으면 밥을 적게 먹는 수밖에 없었다. 물을 마실 때면 종종 마스크가 젖었다. 젖은 마스크에서는 입 냄새와 땀 냄새, 음식 냄새가 섞인 고약한 냄새가 났다.

아오이가든에서 지내는 것이 힘든 일만은 아니었다. 아오이가든에서 태어나 계속 살아온 나로서는 바깥에 나간다는 게 더 벅찬 일이었다. 그녀도 마찬가지였다. 그녀는 곰팡이처럼 아오이가든 벽의 일부가 되어 늙어가고 있었다. 가끔 현관문을 열고 주저앉아 복도를 내다보는 것이 우리의 유일한 외출이었다. 복도는 완벽하게 텅 비어 있었고 어두웠으며 지옥으로 연결된 통로처럼 좁았다. 외출은 짧았다. 열린 문을 통해 잠식해 들어오는 냄새가 구토를 일으켰기 때문이었다.

바깥에는 온갖 흉흉한 소문이 떠돌았다. 그중에는 역병을 옮기는 소녀가 있다는 것도 있었다. 사람들에 의하면 소녀는 목에 빨간 스카프를 둘렀다고 했다. 소녀가 누구인지는 아무도 몰랐다. 애초에 소녀를 본 사람이 누구인지도 알 수 없었다. 소녀의 차림새에 대해서라면 누구나 알았지만 정작 소녀를 직접 보았다고 하는 사람은 아무도 없었다. 사람들은 소녀가 구획이 나뉜 마을의 흙담을 따라, 창의 검은 커튼을 따라 빨간 스카프를 흔들며 다닌다고 했다. 그러기만 하면 그 집의 식구들이 모두 역병에 감염된다는 것이다. 소녀의 옷차림이 학생들 사이에서 유행이 되었다. 여학생들은 누구나 목에 빨간 스카프를 둘렀다. 빨간색이 도드라지도록 온통 흰 옷을 입기도 했다. 누이도 그렇게 옷을 입었다. 빨간 스카프는 누이 목에 접힌 주름만큼이나 자연스러워 보였다.

병이 돌던 초기에 사람들은 교회와 절에 모였다. 그런 곳에는 감염되지 않은 사람도 왔고, 자신이 감염된 것을 아는 사람도 왔고, 미처 감염된 줄 모르는 사람도 왔다. 어느 교회에서는 전염을 두려워한 나머지 목사가 출석하지 않아 신자들이 허탕을 치기도 했다. 정부는 곧 사람들이 모이는 종교 집회를 금지했다. 의사들도 속수무책이었다. 병을 치료하기 위해 그들은 몸 안의 피를 뽑아내는 사혈법을 썼다. 병이 돌기 전에는 한 번도 써보지 않은 방법이었다. 환자들은 피를 뽑으면 핏

속의 나쁜 것이 함께 빠져나가 치유될 수 있다고 믿었다. 차츰 의사들도 그렇게 믿기 시작했다. 백약이 소용없자 수은을 함유한 약이 암암리에 처방되었다. 이 약을 먹고 병이 나았다는 소문도 돌았다. 약값은 너무 비쌌다. 약을 사기 위한 범죄가 자주 발생했다. 전문가가 이런 약은 역병에 아무런 쓸모가 없다고 해도 허사였다. 사람들은 여전히 비싼 값을 치르고 약을 샀다. 시간이 지나도 역병은 사그라지지 않았다. 수은이 체내에 쌓여 얼굴이 까맣게 변하는 사람들이 생겨났다. 어쨌든 역병에는 백약이 무효라는 항간의 속설이 증명된 셈이었다.

마침내 복강에 도달한 모양이었다. 그녀가 거길 잘라, 하고 지시했고, 누이는 그러면 옷에 피가 튀잖아, 하고 대꾸했다. 나는 뭉친 고양이 털을 머리에 뒤집어쓰고 그 모습을 지켜보았다. 누이는 복강 안으로 손을 넣어 쓸개며 위장, 신장 따위를 만져댔다. 나는 부러운 나머지 피로 붉게 물든 누이의 장갑을 쳐다보았다. 복강에 손을 넣어, 그리하여 따뜻한 혈관에 둘러싸인 내장을 보게 되면 나라도 그것들을 만져보고 싶을 터였다. 그녀는 누이에게 집쇠나 똑바로 들고 있으라고 호통을 쳤다. 집쇠를 들어 올리기 위해 팔을 올리자 누이의 장갑에 맺혀 있던 핏방울이 팔을 따라 겨드랑이로 흘러내렸다. 눈부시도록 붉고 맑은 피였다.

고양이의 배를 봉합하는 것으로 수술은 끝났다. 떼어낸

자궁은 금세 악취를 풍기기 시작했다. 피로 뭉쳐진 덩어리만 보아서는 그것이 자궁인지 심장인지, 허파인지 십이지장인지 구별할 수 없었다. 그것은 고작해야 한 줌의 핏덩어리에 불과했다. 여느 내장과 별반 다르지 않은 것이었다. 그녀는 오랫동안 끓인 물을 식혔다가 자궁을 떼어낸 자리를 씻어주었다. 시간이 흐르면 내장들은 저절로 이동해 한때 생식기관이던 공간을 채워줄 것이다. 누이는 널브러진 고양이를 힐끗 쳐다보고서 피 묻은 장갑을 벗었다. 달라고 손을 내밀었는데도 그것을 베란다 바깥으로 던져버렸다. 그리고 소독약을 거즈에 적셔 천천히 손을 닦았다. 그녀는 무엇보다 봉합에 특기가 있었다. 그것은 정말 다행이었다. 봉합이 엉망이었다면 고양이를 들어 올리는 순간 꿰맨 자국 사이로 시뻘건 핏덩이에 둘둘 싸인 내장이 전부 쏟아졌을지도 모른다. 개복과 봉합에 있어서만큼은 어쨌든 성공적인 수술이었다.

수술이 끝나자 그녀는 곧 묘실墓室처럼 어둡고 좁은 방으로 들어가버렸다. 방은 통풍이 잘되지 않아 고기 썩는 냄새가 났다. 다시 월경을 시작한 후 부쩍 기운을 잃은 그녀는 틈만 나면 까맣게 된 몸을 누였다. 누이도 기력이 다했는지 마루에 드러누웠다. 고양이는 내장 전부를 들어낸 것처럼 많은 피를 흘렸기 때문에 기진한 것 같았다. 칼자국이 난 고양이의 배를 쓰다듬어주었다. 그때마다 고양이는 목울대를 쿨렁거렸고 몸을 조금 떨었다.

잠시 후 방에서 나온 그녀는 베란다 너머로 쓰레기를 던졌다. 덩어리로 뭉쳐 베란다로 날아가던 쓰레기 일부가 마루에 떨어졌다. 검은색과 핏빛이 뒤섞이고 불쾌한 냄새를 풍기는 세탁물이었다. 그녀는 이미 방으로 돌아간 후였다. 나는 고양이가 흘린 다량의 검붉은 피를 떠올렸다. 연하면서도 깊고, 화려하면서도 더러운 색이었다. 나는 떨어진 쓰레기의 냄새를 맡아보았다. 까맣게 죽은 그녀의 피 냄새였다. 거울을 흐리게 하고, 칼날을 무디게 하고, 유리 접시에 금을 내고, 점토 아래의 지렁이를 불러 모으고, 다락의 쥐들을 미쳐 날뛰게 한다는 냄새였다. 이미 폐경이 된 그녀가 다시 피를 흘리는 것은 이상한 일이었다. 나는 누이를 깨워 주운 것을 보여주었다. 누이는 늙어 죽기 전 다시 월경을 시작하는 경우도 있다더라고 했다.

늙어 죽기 전?

그녀의 나이를 짐작할 수 없어 되물었다. 늙어 죽기 전의 나이란 도대체 몇 살일까? 늙어 죽기에 적당한 때라도 있는 것일까? 알 수 없는 것은 그녀의 나이뿐이 아니었다. 누이의 나이는 물론이거니와 심지어 내 나이도 몰랐다. 나는 열일곱 소년이었다가 스물세 살의 어른이 되기도 했다가 때로는 열두 살 꼬마가 되었다. 나이가 몇 살이냐 하는 것은 전적으로 그녀의 기분에 달렸다. 그녀는 어느 날 나를 낳은 것이 벌써 20년도 더 지난 일이라고 했다가 어느 날은 고작 열두 살밖에 되지 않은 것이 어미를 때린다고 욕했다. 태어난 해를 내가 기억하고 있을 리도 없었다.

언젠가 그녀에게 내 다리가 이렇게 된 것은 역병에 걸려서냐고 물은 적이 있었다. 그녀는 내가 태어난 것은 역병이 돌기 이전이라고 했다. 나는 역병이 돌기 이전의 시간은 잘 기억하지 못했다. 역병이 처음 돈 때가 언제인지도 알 수 없었다. 그저 세상은 역병이 맹렬할 때와 잠잠할 때의 두 모습으로 나뉘어 있었다. 나는 그 세계의 어디쯤에서 태어났으며 이미 아오이가든에서 살고 있던 그녀를 만났다. 몽정이 시작된 것은 도시에 역병이 돈 이후였다. 오줌 대신 고름 같은 게 스며 나오는 걸 보고 역병에 걸렸다고 확신했기 때문에 정확히 기억하고 있었다. 그 후 벌써 여러 해가, 어쩌면 고작 몇 달이 흘렀는지도 모른다. 그걸 보면 나는 이미 사춘기를 통과한 나이라는 생각이 들었지만 자라지 못한 다리를 보면 열두 살도 안 된 소년 같기도 했다. 하지만 그녀가 누이와 내 나이는 고사하고 자신의 나이를 기억하고 있을지도 확신할 수 없었다.

죽기 전에는 누구나 다 피를 흘려. 어쩌면 자궁에 병이 든 건지도 몰라. 그러면 시도 때도 없이 피를 흘리다 죽게 된다더라.

누이가 돌아누우며 말했다.

엄마가 몇 살인데 벌써 죽을 때가 됐어?

죽을 때가 된 나이가 따로 있다고 생각하니?

누이는 쏘아붙이고 곧 입을 다물어버렸다. 자기도 잘 모르는 얘기가 나와서였다. 언젠가 누이는 나를 서른일곱 살이라고 했다. 그러면서 자기는 나보다 서너 달 먼저 태어났다고 했다. 그렇게 말하는 누이의 얼굴은 채 열다섯 살도 되어 보이지 않았다. 우리 중 누가 손위인지도 구별할 수 없었다. 우리는 서로 반말을 했고, 그녀도 우리더러 서로에게 말을 함부로 한다고 나무라지 않았다.

피와 냉과 오줌이 섞인 냄새가 손에 배었다. 누이의 몸에서도 그 냄새가 풍겼다. 역병이 도는, 버려진 거리에서 나는 냄새보다 지독했다. 그 냄새는 끊임없이 구역질을 일으켜 우리를 마르게 하고, 피부를 까맣게 만들며 끝내는 내장을 썩게 할 것이었다. 불을 피워 피 묻은 수건을 그슬렸다. 그래도 냄새는 쉽게 없어지지 않았다. 누이는 힘을 주어 내게서 그것을 빼앗아 검고 곱슬곱슬한 털로 뒤덮인 가랑이에 문지르기 시작했다. 가랑이가 찢어질 듯 아프다며 눈물을 흘렸다. 정말로 누이의 가랑이는 붉은 속이 들여다보일 정도로 찢어져 있었다.

그러지 마. 그렇게 하면 몸이 덜덜 떨리고 눈알이 튀어나올 거야. 내장이 터져서 죽을지도 몰라.

나는 누이에게 애원하다시피 했다. 그리고 누이가 쥐고 있는 것을 빼앗아 불을 질렀다. 잠시라도 그것을 놓았다가는 누이가 다시 채갈까 봐 재가 되어 없어질 때까지 손에 쥐고 있었다. 수건을 태우던 불꽃의 일부가 내 살갗을 같이 태웠다. 손가락 두 개가 흐물흐물 녹아들어 물갈퀴처럼 달라붙었다.

살이 타는 냄새를 맡은 고양이가 다가왔다. 나는 축 늘어진 고양이의 머리를, 가슴과 배와 꼬리를 차례대로 쓰다듬었다. 꿰맨 자국이 울퉁불퉁 두드러진 게 불쌍해서 터질 듯이 가슴에 안아주었다. 너무 세게 끌어안아서인지 고양이는 내 배 속으로 기어 들어가버렸다. 있는 힘을 다해 구역질을 하면서 고양이를 뱉으려고 했다. 침에서 털이 조금 섞여 나왔다. 기침을 하자 목에 걸린 고양이 눈알이 튀어나오기도 했다. 누이는 배가 아픈지 인상을 쓰며 조심스럽게 자신의 둥근 배를 쓰다듬었다. 나는 고양이 때문에 메스꺼워진 속을 누르고 그 속에 든 게 아기냐고 물어보았다. 누이는 자신도 알 수 없다고 했다. 목까지 단추를 채운 옷을 입고, 두꺼운 속옷을 잘 갈아입지 않았으며, 수풀에서는 줄곧 땅처럼 납작하게 엎드려 있었는데 갑자기 배가 부풀더라고 했다. 나는 냄새나는 손으로 누이의 튀어나온 배를 쓰다듬었다. 누이가 소리를 질러댔다. 누이의 비명에 섞여 어디선가 나지막이 고양이가 가르릉거리는 것 같기도 하고, 개구리 울음 같기도 한 소리가 들려왔다. 그녀는 방에서 꼼짝 않고 있었다.

죽은 고양일 어쨌니? 고양이는 어딜 간 거야?

누이가 헉헉거리면서 물었다. 입에서 고양이 냄새라도 나는 것일까? 그래도 상관없었다. 고양이는 내 속에서 얕은 숨을 내쉬고 있었다. 죽거나 사라진 것이 아니었다.

걱정 말아, 내가 안아주고 있어.

누이는 쯧, 하고 혀를 찼다.

그런 수술을 했으니 고양이는 벌써 죽었을 거야.

누이는 크게 한숨을 내쉰 뒤 다시 말했다.

이제 엄마는 너를 죽일 거야. 고양이와 나는 죽은 것이나 다름없으니까.

누이는 그 말이 어떻게 들리기를 바란 것이었을까. 내게는 그 말이 하나도 두렵지 않았다. 누이의 말은 전적으로 틀렸다. 나는 그녀 덕분에 살고 있었다. 간혹 그녀가 지어놓은 밥을 먹거나 끓여놓은 물을 마시며 목숨을 부지해서 하는 말은 아니었다. 그녀 소유인 아오이가든에 기거해서도 아니었다.

그녀가 있어야 나는 하루가 흐르고 중첩된 하루하루가 묶여 세계가 된다는 걸 안다. 시간이 흐르는 건 축복이었다. 나에게 시간이 흐르고 있음을 느끼게 하는 것은 오로지 그녀뿐이었다. 아침에 맞닥뜨린 그녀의 얼굴에서 나는 어제와 오늘 사이의 간극이 315만 년쯤이 될 수도 있다는 걸 느낀다. 매시 매분마다 나날이 늙어가고 있음을 보여주는 그녀의 살갗, 태초에 붉은색으로 태어났다가 시간과 함께 점차 열어졌다가 종내는 시커멓게 변해버린 살갗. 그것이야말로 시간이 괸 호수인 동시에 다량의 시간이 만든 그림자였다. 나는 시간과 더불어 흘러가고 그리하여 내 몸이 늙어간다고 생각하지 않으면 견딜 수가 없다. 하루가 지나고 한 달이 지나고, 그렇게 1년이 지나 내가 늙어가는 걸 보면서 얻는 위안. 나는 그 위안 덕분에 산다고 해도 과장이 아니다. 내게 그런 위안을 주는 것은 나날이 더 늙어가는 늙은 그녀이다. 그녀의 월경을 참을 수 없는 것도 그 때문이었다.

그녀가 다시 피를 흘리기 시작한 것은 두 달 전이었다. 그 무렵 그녀의 살갗은 매끈한 빛깔을 완전히 잃고 묘한 녹색을 띠다가 점차 자주색으로 변하더니 급기야 까맣게 되었다. 안면이 팽창하여 툭 튀어나왔고 건조한 배가 불룩해졌으며 귀는 바짝바짝 마르기 시작했다. 코와 입에서 피를 흘리는 날도 있었다. 안구가 녹아내린 것처럼 꺼지기도 했고, 살갗에 기포가 생겼다가 터지기도 했다. 그러던 어느 날 그녀가 자고 일어난 자리에 군데군데 얼룩이 배어 있었다. 다시 검은색 머리카락이 돋고 얼굴의 검버섯이 옅어지는 기미는 없었다. 그녀는 단지 젊은 누이처럼 소파나 식탁 의자에, 방석에 피를 묻혔다.

어쩌면 내가 엄마를 죽일지도 몰라.

누이가 피식 웃었다. 나도 따라 웃었다. 우리는 그것이 허튼짓임을 잘 알고 있었다. 배를 쥐고 깔깔대며 웃느라 고양이의 털이 한 움큼이나 섞인 기침이 나왔다.

누이는 다시 비명을 질렀다. 그때마다 벽이 쩍쩍 갈라지면서 긴 틈을 냈다. 갈라진 틈에서 냄새가 우르르 쏟아져 나왔다. 누이의 비명은 계속되었다. 가랑이가 찢어지고 그리하여 우무질에 둘러싸인 개구리들이 튀어나올 때까지.

내가 지금 너를 낳고 있는 거니?

가랑이 사이로 빠져나오는 것을 보기 위해 고개를 쳐들고 있던 누이가 물었다. 피로 물든 누이의 가랑이에서 나온 것은 다리가 가늘고 몸통이 큰 개구리였다. 그것은 실로 나를 닮아 있었다. 어느 틈엔가 방에서 나온 그녀는 그럴 줄 알았다는 듯 우무질에 덮인 개구리를 차디찬 물에 씻겼다. 개구리들은 그녀의 손이 닿을 때마다 눈알이 터지도록 울음을 터뜨렸다. 그리고 터진 눈알에서 흘린 피로 몸을 물들였다. 태어난 것이 개구리라고 해서 당황한 사람은 우리 중에 아무도 없었다.

그녀는 베란다 유리창을 열었다. 거리의 냄새가 밀려들어 왔다. 나는 구역질을 참지 못하고 배 속의 것을 게워냈다. 붉은 내장이 계속 쏟아졌다. 고양이의 것인지 내 것인지 헛갈릴 정도로 많은 양이었다. 꿰맨 자국이 있는 뱃가죽이 튀어나올 때까지 구역질이 멎지 않았다. 그녀는 수십 마리의 붉은 개구리들을 바깥에 쏟아버렸다. 바깥에는 비가 오고 있었다. 나는 개구리들을 따라 발돋움질을 했다. 그것들은 내 누이의 아이들이었다. 베란다를 넘는 일은 생각보다 쉬웠다. 가늘고 단단한 다리를 접었다가 훌쩍 튀어 오르니 바깥에 닿았다. 이윽고 거리의 냄새가 느껴졌다. 냄새만으로 아오이가든 너머로 나왔음을 알 수 있었다. 나는 마디가 달라붙은 두 팔을 펴고, 나뭇가지처럼 가벼운 다리를 벌린 채 비강을 활짝 열었다. 죽은 새끼들이 썩은 몸을 일으켜 긴 소리로 울며 낙하하는 나를 마중하였다.

포스트잇

편혜영이 그린 아오이가든의 풍경은 어떠한가? 이름의 일차적 음상과는 달리 거기서는 매우 끔찍한 사태가 벌어지고 있다. 역병의 시대에 쓰레기처럼 버려진 도시와 인간의 풍경이 매우 그로테스크하게 펼쳐진다. 역병이 퍼진 이후 도시는 온통 쓰레기들로 엉망진창이 된다. 무엇보다 냄새로 인해 사람들은 견디기 고통스럽다. 썩어가는 쓰레기 냄새에 숨조차 제대로 쉬기 어렵다. 그 도시의 한가운데 아오이가든이 있는데, 도시를 탈출하지 못해 남아 있는 이들은 사람다운 삶으로부터 거세된다. 역병으로부터 해방될 희망을 지닐 수 없는 까닭이다.

아오이가든에서 역병이 퍼지기 시작할 때 당국에서는 그 병원체를 파악하지 못했다. 백신이나 치료제를 개발하기는커녕 예방법이나 치료법조차 제대로 알지 못했다. 환자를 치료하던 의료진이 감염되자 의사들이 치료를 꺼렸기 때문이다. 감염률은 매우 높은데 "어쩌면 몇백 년 후에야 백신이나 치료제가 개발될" 상황이라면 절망의 늪은 깊을 수밖에 없을 터이다. 사람들은 감염에의 불안과 죽음에의 공포로 점철된 저주받은 나날을 보낸다.

이처럼 사정은 매우 엄혹하다. 절망의 늪이 너무 깊어 주인공은 역병 이전의 시간을 제대로 기억할 수 없다. "그저 세상은 역병이 맹렬할 때와 잠잠할 때의 두 모습으로 나뉘어 있었다"는 진술이 무엇보다 인상적이다. 작가 편혜영이 상상한 역병이 어쩌면 질병 X였을까. 백신도 치료제도 개발하기 어렵다는 그 질병 X. 역병이 도는 거리에서 나는 악취보다 더한 냄새가 누이에게서 나자, 주인공은 "그 냄새는 끊임없이 구역질을 일으켜 우리를 마르게 하고, 피부를 까맣게 만들며 끝내는 내장을 썩게 할 것"라 생각한다. 작가의 상상력은 더 비극적으로 탈주한다. 더 가혹하게 묵시록적으로 치닫는다. "피로 물든 누이의 가랑이에서 나온 것은 다리가 가늘고 몸통이 큰 개구리였다. (……) 개구리들은 그녀의 손이 닿을 때마다 눈알이 터지도록 울음을 터뜨렸다. 그리고 터진 눈알에서 흘린 피로 몸을 물들였다. 태어난 것이 개구리라고 해서 당황한 사람은 우리 중에 아무도 없었다. (……) 나는 구역질을 참지 못하고 배 속의 것을 게워냈다. 붉은 내장이 계속 쏟아졌다. 고양이의 것인지 내 것인지 헛갈릴 정도로 많은 양이었다."

이토록 끔찍한, 악몽보다 더 끔찍한 상황을 묘사하며 팬데믹을 미리 경계한 것이었을까. 「아오이가든」은 생태 환경이 탈 났을 때 그 끝은 어디로 향하고 있을지 예감해본 소설이다. 출구조차 보이지 않는 그 암담한 묵시록적 증후 앞에서 그 누구라도 아연실색하지 않을 수 없다.

생각의 타래

1. 「아오이가든」을 읽으면서 일종의 카타르시스를 느끼게 되는 이유는 무엇일까?

2. 이 소설에서 도시에 남아 있는 사람들이 희망을 지닐 수 없는 이유를 몇 가지로 정리해보고, 코로나19 상황과 대비해보자.

3. 세계사에서 역병으로 역경에 처했던 대표적인 장면을 셋 정도 떠올려보자.

정세랑
리셋

리셋 원년,
나는 남쪽으로 걷기로 했다

4월 9일

모닥불 근처에는 잘 가지 않는다. 사람들을 믿을 수 없다. 남자도, 여자도, 그 누구도. 한 무리의 노인들이나 아이들이 모여 있는 모닥불도 있었지만 피했다. 아주 절망해 있는 사람들 근처에만 가끔 가보았다. 몸을 일으킬 의욕도 남지 않아 약탈도 강간도 할 수 없을 것 같은 몇 사람 곁에만. 그들이 물었다. 그날 뭘 하고 있었냐고. 거대한 지렁이들이 내려오던 날에.

처음에 지진인 줄 알았다. 경주였으므로, 더더욱. 미리 챙겨놓은 재난 대비 배낭을 챙겨 들고 공터로 갔고, 어둠 속에서 계속되는 진동에 두려워했다. 이제 와선 외계에서 온 거대 지렁이들이 지면에 도착하는 모습을 보지 못한 게 아쉽다. 해가 뜨고야 도심을 헤집고 있는 지렁이들을 보았다. 길이는 75미터에서 200미터 사이, 직경은 8미터에서 20미터 사이로 보였다. 붉은 등과 그보다 약간 흰 배. 몸을 덮은 점액질은 물 위에 뜬 기름처럼 여러 색깔을 품고 빛났다. 왜 하필 경주를? 하고 생각했던 기억이 난다.

당연히 지렁이들이 경주를 특별히 노린 것은 아니었다. 지렁이들은 지구에 존재하는 모든 도시를, 인류 문명을 끝장내려고 내려온 것이었으니까.

4월 11일

생각해보면, 지렁이들이 내려오기 전에 끝나지 않은 게 신기하다. 우리는 행성의 모든 자원을 고갈시키고 무책임한 쓰레기만 끝없이 만들고 있었다. 100억에 가까워진 인구가 과잉생산 과잉 소비에 몸을 맡겼으니, 멸망은 어차피 멀지 않았었다. 모든 결정은 거대 자본에 방만히 맡긴 채 1년에 한 번씩 스마트폰을 바꾸고, 15분 동안 식사를 하기 위해 400년이 지나도 썩지 않을 플라스틱 용기들을 쓰고, 매년 5,000마리의 오랑우탄을 죽여가며 팜유로 가짜 초콜릿과 라면을 만들었다. 재활용은 자기기만이었다. 쓰레기를 나눠서 쌓았을 뿐, 실제 재활용률은 형편없었다. 그런 문명에 미래가 있었다면 그게 더 이상했을 것이다.

무엇보다 멸종이 끔찍했다. 멸종, 다음 멸종, 다다음 멸종. 사람들 눈에 귀여운 종이 완전히 사라지면 '아아아' 탄식한 후 스티커 같은 것이나 만들었다. 사람들 눈에 못생기거나 보이지 않는 종이 죽는 것에는 개뿔 관심도 없었다. 잘못 가고 있었다. 잘못 가고 있다는 그 느낌이 언제나 은은한 구역감으로 있었다. 스스로 속한 종에 구역감을 느끼기는 했어도, 끝끝내 궤도를 수정하지 못했다.

모닥불 가의 다른 사람들이 들으면 나를 죽이고 싶어 할지 모르지만, 지렁이들은 제때 왔다. 우리가 다른 모든 종들에게 용서받지 못할 짓을 하기 전에 와줬다는 게 감사할 정도다.

궤도는 가까스로 수정되었다. 나는 배낭에 들어 있던 은박 담요를 덮고 잠들며 가끔 웃는다. 내가 죽고 다른 모든 것들이 살아날 거란 기쁨에. 기이한 종류의 경배감에.

4월 12일

사람들이 죽었다. 지렁이들은 사람을 표적 삼아 공격하진 않았지만 건물들을 집어삼키면서 같이 삼켜버렸다. 그런데 너무 많은 사람이 한꺼번에 죽었으므로, 그리고 그 죽음은 대개 즉시 확인할 수 없는 것이었으므로 감정들은 유예되었다. 1차 세계대전, 2차 세계대전 때의 사람들이 어떻게 제정신을 유지했는지 알 것 같다.

4월 14일

북쪽으로 갔어야 했는지도 모른다. 서울로. 서울에서는 다른 상황이 펼쳐지고 있을지도 모른다. 항상 그런 식이니까. 그렇지만 가고 싶지 않았다. 서른다섯 인생의 절반쯤을 서울에서 보냈는데, 부적응과 포기로 요약할 수 있는 시간이었다. 어느 집단에도 적응할 수 없었고, 다행히 포기해야 하는 시점만은 귀신같이 골랐다. 경주로 온 것은 둥근 무덤 앞의 작은 벤치에서 밀짚모자를 쓰고 책을 읽기 위해서였다. 휴가를 왔다가 그렇게 책을 읽고 있는 여자를 멀리서 보곤, 나도 그렇게 살고 싶었다. 흉내 내고 싶었다. 서울에서 마지막 임금을 떼였던 게 결정적 계기이기도 했고.

마땅한 밀짚모자를 찾지 못해서, 써보는 밀짚모자마다 죽어라 어울리지 않아서 계획은 실천하지 못했다. 대충 아무 밀짚모자나 쓸걸…… 어쨌든 월급 떼먹은 그 새끼도 아마 죽었을 것이다. 그 새끼가 죽었을 거라는 생각에 나는 담요를 덮고 웃는다. 이런 은박을 담요로 부를 수 있다면. 하지만 체온을 지켜준다.

경주의 오래된 무덤 사이로 손가락처럼 지렁이들이 솟아올랐을지도 모르고, 지렁이들은 무덤 따위에 관심이 없었을지도 모르겠다.

4월 15일

마지막으로 인터넷에서 읽은 건 지렁이들이 휘발성 유기화합물을 추적하고 있을 거라는 내용이었는데, 그중에서도 어떤 것인지 좁혀지기 전에 다운됐다. 연결되어 있다는 느낌이 그리울 때가 있지만 인터넷은 거의 모든 날 끔찍했다. 점점 더 끔찍해졌을 것이다.

4월 27일

울산의 경계를 지날 때 지렁이들을 보았다. 지렁이들에게 일종의 수신기가 부착되어 있는 걸 봤다는 사람이 있다. 먼 거리에선 알 수 없었다. 도시가 부드럽게 젖은 검은 흙에 묻혀가고 있었다. 마치 지반째 가라앉아가는 것처럼 보였다. 지렁이들의 체강에서 액체가 움직이는 소리를 언젠가 들어보고 싶다. 가까이 갈 수 있다면.

흙을 밟자, 무릎까지 빠졌다. 드러난 발목이 따갑거나 하진 않았다. 젖은 흙에서 백합 향이 났다.

리셋 원년,
나는 북쪽으로 걷기로 했다

5월 2일

여섯 개의 열쇠 중 하나가 내게 있다. 나는 북쪽으로 가야만 한다. 스피츠베르겐섬에 어떻게 갈지는 아직 모르겠다. 그 생각을 하면 내 비즈니스 캐주얼 재킷과 5센티미터 펌프스를 내려다보며 울고 싶어진다. 누군가 히스테릭하게 웃는다고 생각했는데 그게 내 웃음이었을 땐 더 겁이 났다.

지렁이들이 내려왔을 때 한창 회의 중이었다. 제네바에서 열린 세계작물다양성재단의 정기 회의였고, 숙소에는 다시 돌아가지 못했으므로 망할 펌프스다. 실용주의자라 라텍스 중창이 든 펌프스인 게 그나마 위안이지만, 북쪽으로 가려면 옷도 신발도 다시 구해야 할 것이다.

5월 6일

배우자와 통화했을 때, 배우자는 잘 피해 있었다. 도시 외곽의 농장에 있다고 했다. 농장주가 기꺼이 피난처를 제공했다는데, 마지막 순간 발휘되는 사람들의 이타심에 대해 생각한다. 꼭 우드스톡 같아, 배우자가 실없이 말했다. 나는 지렁이들이 화학비료에 반응할지 모른다고 경고할까 했지만, 그냥 말을 삼켰다. 그 거대한 괴물들이 다가오면 누구든 볼 수 있을 것이다.

"아이들 소식은 있어?"

내가 물었다. 묻지 않을 수 없었다. 묻지 말아야 했는데. 배우자와 나는 잠깐 함께 울었다. 스물여섯, 스물셋. 내가 지나온 나이를 아이들이 지나지 못할 줄은 차마 몰랐다.

"그럼 이쪽으로 올 거야?"

배우자가 물었다. 그쪽도 묻지 말아야 했다. 우리 결혼은 거짓말의 농도가 낮아서 유지된 케이스였다. 이제 와 바꾸고 싶진 않았다.

"거기에 꼭 당신이 가야 하는 거야?"

다시 물어왔다. 열쇠가 나한테 있으니 내가 가야 한다고 대답했다. 내 일이라고.

"당신 귀 냄새를 맡고 싶어. 딱 한 번만 더."

"그게 무슨 변태 같은 소리야? 평범하게 끌어안고 싶다고 말하라고."

"하지만 당신은 체취가 좋다고."

우리는 잠시 또 함께 울었다. 어떤 운이 따른다 해도 제네바에서 스발바르를 거쳐, 퀸스타운 외곽 농장까지 갈 수는 없을 것 같다. 통화의 기회가 또 있을 것 같지도 않다.

5월 8일

나머지 다섯 개의 열쇠가 오지 않을 수도 있다. 씨앗 저장고 자체가 파괴되었을 가능성도 있다. 사실은 그럴 가능성이 더 높다. 그러나 눈길에 비즈니스 캐주얼을 입은 채 얼어 죽은 백발 해골이 되더라도 나는 가야 한다.

5월 9일

문득 궁금해진다. 지렁이들의 저 기이한 분변토에 다시 씨앗을 뿌리면 어떻게 될까? 어떤 분변토는 거의 탑처럼 보인다.

5월 20일

벨기에 국경에서 친구를 만났다. 젊었을 때 이란에서 함께 일했던 적이 있는 친구였다. 우리는 울면서 서로를 껴안았다.

"난민 캠프를 그대로 숲속으로 옮겼어."

친구는 난민을 받아들였던 경험이 겨우 유럽을 살렸다고

했다. 지렁이들은 숲에 관심이 없고, 유럽의 숲은 빽빽하기 그지없었지만 군데군데 공터가 숨어 있었다.

나는 울면서 친구에게 말했다. 세상이 끝났다고. 아기들은 예방주사를 맞지 못할 거고, 어른들은 마흔이 되기 전에 다 죽어버릴 거라고, 미술관과 박물관들도 다 파괴되었다고, 우리가 세웠던 대책들은 아무것도 소용이 없을 거라고……

"일단 그 구두부터 벗어."

언제나 절망 속에서 일해온 친구가 말했다.

5월 24일

친구가 옷과 신발을 마련해주었다. 플리스와 패딩코트, 내 발보다 약간 작은 등산화였다.

"석유 섬유 때문에 지렁이가 널 삼킨다 해도 어쩔 수 없지만."

게다가 재주도 좋게 돛단배를 구해 왔다.

"망할 것들이 바다와 사막에도 있대."

"그러면 지렁이가 아니잖아, 반칙이야."

"애초에 지렁이가 아니니까."

나는 불평했고 친구는 불평하지 않았다.

5월 25일

바다 위의 시추 기지를 씹어 삼키고 있다는 지렁이들을 피해, 관광객용 무동력선의 언제 기름을 먹였는지 모를 돛을 펴고 북해를 항해했다.

그 모든 일이 있기 전에 선원이었냐고 선장에게 물었다.

"아뇨, 보험회사에 다녔어요."

그이도 나도 웃어버렸다.

5월 31일

입구의 문은 내 열쇠만으로도 열렸다. 540만 종의 종자들을 보호하고 있는 저 문은, 다섯 개의 열쇠가 더 와야 한다. 전쟁과 개발, 태풍과 화산 폭발을 살아남은 씨앗들과 함께 다섯 사람을 기다린다. 통조림을 먹고 차를 마시며.

"누군가가 개입했어."

혼잣말이 새어 나왔다. 그건 깨달음에 가까웠다. 국제기구보다 더 큰 단위의 기구가, 지구에 개입하기로 한 것이다. 나는 울면서 웃었다.

〔중략〕

A.R. 74년,
나는 서쪽으로 걷기로 했다

8월 1일

지표면에 올라온 지 이제 두 달째다. 지표 사람들은 내가 언제고 돌아가버릴 거라 생각하는 것 같다. 일을 하다가 잠깐 쉬고 있으면, '저 녀석 다시 땅 밑으로 기어들 거야' 하듯이 서로 눈길을 주고받는다. 지하 도시에서 자랐다 해도 눈치가 없는 건 아닌데…… 그래도 나른하게 못 본 척한다.

나는 과일나무 아래에 클로버를 키운다. 클로버가 풍성하게 자랄수록 지렁이들도 많아지고 작물들도 곰팡이나 다른 병충해를 입지 않는다. 지렁이들에게 그렇게 당해놓고 지렁이 농법으로 결국 안착한 것은 다소 우스운 일이다. 목 뒤가 까맣게 타서 피부가 벗겨지곤 했으므로 늘 수건을 목에 걸고 있다. 지하 도시에서는 언제나 짧은 머리였는데, 땅에 올라온 이후로 머리를 자르지 못했다. 목이 간질간질하지만 표정을 가릴 수 있는 것은 좋다. 햇볕을 가리기 위해 기르는 것도 나쁘지 않을 것 같다. 내 피부는 너무 오래 지하의 인공조명에 익숙해 있었던 모양이다.

여기는 한때 싱가포르였다고 한다. 남아 있는 사진들을 이리저리 돌려보고 맞춰보아도 전혀 상상할 수 없는데, 원래도 녹지가 많은 곳이었기에 더 흔적도 남지 않았을 거라고 지표 사람들이 그랬다. 리셋 이후로 식물들이 지표를 다시 디자인했다. 리셋 이전에 태어난 사람들은 이제 거의 남지 않았지만, 전해 들은 과거에 대한 향수가 남아 있어서 머라이언을 찾으려고 무던히들 애썼다. 특히 발굴 팀이 그랬다. 머라이언은 여러 개였다는데 아주 큰 것들도 있고 작은 것들도 있었다고 한다. 다른 아름다운 건축물들과 함께 산산이 조각났지 싶고, 상상 속에서 흰 머라이언이 빌딩만 해진다. 관광 상품용으로 만들어졌을 냉장고 자석들은 몇 개 본 적 있다. 의회에서 허락이 떨어지면 머라이언을 재건할지도 모른다. 설마 그 정도 세운다고 지렁이들이 또 오진 않겠지.

내가 자란 지하 도시는 오차드 거리가 있었다던 곳 근처였다. 부자들이 모종의 목적으로 지어놓은 벙커였는데, 거대 지렁이들이 눈치 없이 그 근처에 굴을 파고 쉬는 바람에 부자가 아닌 사람들도 들어갈 수 있게 되었다. 지렁이 굴과 다른 지렁이 굴, 지렁이 굴과 기존의 지하 시설을 이어 도시를 건설하는 방법은 미국의 더블데이 팀에서 개발한 것이다. 리셋 시대의 영웅들인 셈인데, 그 팀에 아시아 여성인 라일라 라이가 있었다는 것이 어릴 때의 큰 자부심이었다. 최연소 멤버였던 앤 나바로의 나이쯤 되었을 때는 어떻게 비슷한 나이에 그렇게 똑똑하고 용감할 수 있었을까 감탄했다. 나는 거대 지렁이를 한 번도 보지 못한 세대에 속하니, 그 격변의 시대를 사람들이 제정신으로 견뎌냈다는 게 놀라울 뿐이다.

8월 5일

"지렁이를 직접 보고 싶은 마음은 없어?"

"매일 보는데?"

"아니, 내 말은 거대 지렁이들 말이야."

옆 침대의 이샤크가 물었다. 이샤크는 발굴 팀에서 일해서 그런 쪽에 관심이 많은 듯하다.

"앤 나바로가 다시는 나타나지 않을 거라고 했잖아. 그 지렁이들은 번식을 하지 않았고 알은 하나도 발견된 적이 없어."

"그래도 어딘가에 한 마리 남아 있다면?"

"……그렇다면 보고 싶네."

"박제라도 해두지. 실물이 궁금해."

"한두 마디 정도 남은 게 있다던데, 동굴 같다더라. 어쨌든 그 커다란 몸들이 순식간에 분해되어버렸다니, 참 깨끗한 동물이야."

지렁이는 전설로 남아 있고, 어릴 때 징징거리거나 물건을 망가뜨리거나 하여튼 어른들이 싫어하는 행동을 하면 '말을 듣지 않는 아이는 지렁이가 와서 삼켜버린다' 같은 말을 들었다. 학교에선 인류가 리셋에서 배운 것 없이 잘못된 방향을 택한다면 다시 지렁이들을 불러오고 말 거라고, 지렁이를 보지 못한 세대에게도 교육시켰다. 하늘 위의 관리자들이 있다는 것, 우리를 계도하려고 지켜보고 있다는 것은 약간 기분 나쁜 종교처럼 느껴졌다. 그래서 나는 그 점에 대해서는 별로 생각하지 않고 살기로 마음먹었던 것 같다. 사실 아이들보다는 어른들이 지렁이를 더 두려워했던 게 아닌가 생각이 드는 건 요즘이다.

두려움을 원료로 인류는 다음 단계로 나아갔다. 지렁이들이 다다르지 않았던 땅 깊은 곳에 도시를 지었고, 지열 발전으로 에너지를 만들어냈고, 어떤 쓰레기도 도시 밖으로 내보내지 않았다. 자원은 도시 안에서 끝없이 순환되었다. 주된 위기는 지진이었다. 초기에는 암반을 잘못 건드려서 지진이 일어났던 적도 있고, 애초에 지진 지역인 경우 지하 도시는 훨씬 위험했다. 시행착오를 거치고 천천히 요령을 깨치며 문명을 다시 이룩해내야 했다. 지렁이들이 오기 전보다는 분명 덜 폭력적인 문명이고, 어쨌든 병원도 학교도 있으니 리셋이 모든 걸 리셋한 건 아니어서 다행이다.

8월 6일

비옥해,라고 나는 자주 중얼거린다. 쟁기로 땅을 갈지 않고, 클로버와 낙엽 말고는 비료도 쓰지 않는데 너무나 비옥해서 내내 감탄하게 된다. 지표에서만 식량을 생산하는 것은 아니고 지하 도시에도 하이드로팜이 있지만, 요새 지상 농장의 생산량은 확실히 상승세에 있다. 지렁이들이 돌아오지 않을 거라는 게 거의 확실해졌으니 농장 영역을 더 넓히자는 사람들도 있는데 그것엔 반대하고 싶다. 인류가 지하로 들어가고 지상을 다른 종들에게 내어준 건 꽤 괜찮은 분배였던 것 같다.

농장 근처를 기웃거리는 동물들이 좋다. 더 자주 볼 수 있었으면 하고, 그런 우연한 조우들이 지상의 삶을 택한 중요한 이유이기도 했다. 크게 위험한 것들은 없다. 원래 가축이었다가 해방된 동물들도, 억눌려 있다가 다시 번성한 야생동물들도…… 숲속엔 공작이 공룡처럼 번식했다. 울음소리도 공룡 같고 싸우기라도 하면 더 공룡 같다. 물론 거대 지렁이를 본 적 없는 것처럼 공룡도 본 적 없지만 충분히 상상할 수 있다. 요새 유난히 즐거움을 주는 건 똑똑하고 즐거운 돼지들이다. 울타리를 어떻게든 헤치고 들어와 과수원에 때 이르게 떨어진 과일들을 주워 먹는다. 쫓아내는 게 일이지만 영리하고 애교스러운 동물인 것 같다. 지나치게 다가가거나 만지거나 먹이를 주면 곤란해져도 구경 정도는 괜찮다. 지하 도시에서 삶은 쾌적했지만 깊은 땅속 지압을 견딜 만한 다른 종은 없기에 오로지 인간뿐이고 그건 좀 심심했다. 리셋 시기를 살아남은 반려동물들이 적었던 데다, 종차별금지법 이후로는 새로 반려동물을 교배하거나 야생동물을 길들이지 못하게 되었으니 정말 인간뿐이었다. 대신하여 보송보송 옷을 입힌 인공지능들을 키우긴 했지만 동물과는 달랐다.

종차별금지법이 사람들을 좀 외롭게 만들었는지는 몰라도 크게 봐서 옳은 방향이었단 건 모두 인정하고 있다. 지하 도시 초기에 수인성 전염병에 몇 번 크게 피해를 입은 후, 울며 겨자 먹기로 사람들은 가축의 개념과 실재에 마침표를 찍었다. 오리를 죽여 개에게 먹이는 걸 그만두기로 한 것이다. 마지막 반려동물들이 평화롭게 수명을 다한 후 그것으로 끝이었다. 인류가 다른 종들을 노예로 삼고, 학대하고, 말살했기에 지렁이들이 온 거라고 말하는 이들도 있었다.

인류는 더 이상 인류를 위해 다른 종을 굴절시키지 않는다. 울타리 밖의 돼지들을 몰래 바라보면 마음이 평화로워진다.

8월 10일

발굴 팀에 차출당했다. 오래는 아니고 일주일 정도, 그쪽의 부족한 일손을 돕게 되었다. 이샤크가 있는 팀이라 덜 어색할 것 같다.

"아미와 이샤크는 정말 친한가 봐?"

팀장이 사교적으로 말을 걸었지만 나도 이샤크도 어색하게 웃었을 뿐이었다. 대충 또래고 여기 와서 우연히 룸메이트가 되었을 뿐, 그렇게까지 가깝진 않았다.

발굴 팀 사람들은 자주 흥분하고 자주 화를 낸다. 흥분할 때는 흥미로운 것을 찾았을 때고, 화를 낼 때는 과거의 파괴적인 흔적을 이해하기 어려울 때였다. 거대 지렁이들은 믿을 수 없이 꼼꼼했던 모양이지만 그들도 실수는 했다. 흙 속에 통째로 파묻히다시피 한 재고 창고를 발견했을 때 우리는 재고라는 개념에 충격을 받았다.

"데드 스톡은 데들리 했네."

팀장이 싸늘하게 중얼거렸다. 수요를 한참 웃돌게, 아무도 원하지 않는 물건들을 생산했다니 과거의 풍요로움이란 굉장히 기분 나쁜 풍요로움이었던 것 같다. 이어 작은 동물원의 흔적을 찾았을 때는 여러 사람이 토했다. 윤리는 본능적인 비위에 가까운 것 같으면서도 짧은 시간 동안 급격히 변화하기도 한다는 점이 흥미롭다.

오후 내내 발견한 것들을 분류해서 적재했다. 100년 전에 생산되어 아주 못쓰게 된 물건들도 있었지만, 여전히 쓸 만한 물건들도 많았다. 지하 도시의 순환 시스템으로 오래된 재고들이 흡수되었다.

8월 18일

작업을 마친 다음 서쪽으로, 서쪽으로 걸었다. 노을이 근사한 날이어서 멈추기 싫었다. 어둡기 전에 돌아갈 수 있을 만한 거리를 가늠해 한계까지 걸었다. 이샤크가 길고 긴 쾌감 패턴을 받았기 때문에 방을 양보하고 긴 저녁 산책을 하기로 한 것이다. 이번 세기의 가장 큰 업적은 광케이블을 기존의 40퍼센트까지 복구한 것이다. 리셋 이후 위태로워졌던 전 지구적 연결성을 다시 누릴 수 있게 되었다. 그리고 광케이블을 타고 쾌감 패턴들이 오간다.

인류 최초로 섹스를 하지 않는 세대라고, 윗세대들은 우리를 놀리듯이 부른다. 섹스를 스티커로 교체해버렸다고 말이다. 하지만 쾌감 패턴 쪽이 훨씬 즐겁다. 최초로 쾌감 패턴을 만든 것은 엘엘로 알려져 있는데, 확인되지 않은 사실이다. 여러 세대를 거쳐 최근에는 쾌감 패턴을 만드는 데 특출한 재능을 가진 패턴 마스터들이 등장했다. 마스터들이 만든 패턴은 아마추어의 생산물과는 수준이 달랐다. 어릴 때 '너를 생각하며 이 패턴을 만들었어' 유의 메시지와 함께 서툴게 만든 패턴을 먼 곳의 친구와 주고받았던 게 약간 쑥스러워질 정도다. 근사한 패턴을 즐기고 나면 해탈한 사람처럼 무욕해져서 주변의 누군가와 뭔가를 하고 싶은 기분은 들지 않는다. 또 서로가 만든 패턴이 무척 취향이라고 해서 굳이 누군가를 직접 만나러 가고 싶어지지도 않는다.

적정 인구수를 유지하는 게 지하 도시들의 과제였으므로 쾌감 패턴은 때에 따라 권장되거나 탄압받기도 했다. 웃기는 일이었다.

8월 19일

비행기가 뜬다고 해서 구경을 갔다. 한 번 날 때 20만 리터씩 항공유를 쓰는 비행기들이 하늘에 수천수만 대씩 항상 떠 있던 시대가 있었다는데 상상하기 어렵다. 이제 비행기가 뜨는 것은 무척 이례적인 일로, 긴급히 자원을 교환해야 하거나 1년 단위로 이주 신청자들을 전송할 때나 사용된다. 이주는 각 도시끼리 긴밀히 협의하고 숫자를 맞춘 후 이뤄지므로 어떤 경우에는 꽤 오래 대기해야 한다.

"지금은 아니지만 언젠가 이주할지도 몰라."

이샤크는 추운 곳에서 살아보고 싶다고 자주 말한다. 스키도 스케이트도 타보고 싶다고. 나는 그런 것에는 관심이 없지만 아프리카에 가보고 싶다. 거대 지렁이들이 사하라사막을 지구에서 가장 비옥한 토양으로 바꾸었다는데 직접 가서 확인해보고 싶다. 작년에 거기서 수확되었다는 포도 사진을 보았고 사진 속 포도 알이 주먹만 했는데 정말인지, 맛은 어떤지 궁금하다.

8월 22일

지하 도시에서 보급품이 왔다.

"새 옷이 필요해요?"

나눠주는 사람이 내 작업복의 무릎 부분을 유심히 보며 물었다.

"바지만요."

자갈에 닳아 아슬아슬한 상태여서 여분을 받아두기로 했다. 다행히 내 사이즈가 있었다. 농장에서 다양한 작물을 재배하지만, 섬유의 재료가 될 만한 것은 일부러 재배하지 않는다. 오래된 옷들을 고쳐 입거나, 분해해서 다시 직조하거나, 가끔은 지렁이들이 놓친 페트병들로 제작하기도 한다. 나처럼 작업복으로 1년 내내 지내는 축도 있지만 여전히 대부분의 사람들은 아름다움을 추구한다. 물려 입는 옷들은 보물이 되었고, 특별한 날에만 주로 입는다. 한계가 있는 환경에서 한층 재능을 빛내는 디자이너들이 꾸준한 성과를 이뤄왔고 말이다.

작업복들은 재직조된 것들이라 갈색과 푸른색이 미묘하게 섞여 있다. 균일하게 염색이라도 해서 줬으면 하고 투덜대는 사람들도 있는데, 들여다보면 다른 실들이 섞여 있는 게 재밌어서 나는 좋아하는 편이다.

"하지만 옛날 영화를 보면 노예나 수용소 사람들이 이런 포대 같은 걸 입던데."

투덜거리면서도 각자가 조금씩 변형해서 입는 걸 지켜보는 게 즐겁다. 소매를 바꾸고, 장식을 달고, 직접 염색도 하고, 주름도 잡는다. 이번에 받은 건 무릎을 덧대어볼까 한다.

8월 24일

엔터테인먼트 산업은 리셋에 가장 영향을 많이 받은 분야 중 하나였다. 한때 200여 개의 채널이 있었고, 매주 다른 영화가 영화관에 걸렸다는 걸 믿을 수 없다. 지렁이들은 스튜디오들을 삼켰고, 카메라들을 삼켰다. 한 번 쓰고 버려지는 소품을 만들 여유는 더 이상 없었다. 상황이 그렇다 보니 새 프로그램이 나오면 첫 에피소드는 열렬한 환호 속에 상영회를 한다.

과거에 만들어진 시리즈들도 종종 소비되긴 하지만 사실 좀 시들하다. 온전하게 보존된 경우보다 듬성듬성 에피소드가 빠진 쪽이 더 많고, 리셋 이전의 콘텐츠들은 폭력적인 장면이 많아서 보기 괴로울 때가 잦기 때문이다. 마음에 안 든다고 기껏 만든 커다란 케이크를 바로 쓰레기통에 넣거나 하는 모습을 우리는 웃으면서 볼 수 없다. 밀집 사육을 아무렇지 않게 생각하는 사람들이 인간만을 사랑하는 모습은 어딘지 속을 불편하게 한다. 그 모든 재앙을 불러온 과잉 사회의 면면이 괴로워서 주요 줄거리에 집중하기 어려운 것이다.

"오늘 상영회에서 하는 건 무슨 영화래?"

거대한 스크린이 걸리는 걸 구경하며 내가 물었다.

"시간 여행에 대한 거래."

"그래?"

"약간 음모론 같은 건가 봐. 지렁이들이 외계에서 온 게 아니라 미래에서 온 거였고, 지렁이를 보낸 사람들도 리셋 시기로 돌아가 섞여서 함께 살았다는 그런 가설 있잖아."

"말도 안 돼. 그러면 지금 우리가 타임머신을 만들어야 하는 거잖아."

"아니, 우리는 바뀐 미래에 살고 있는 거지."

"어느 쪽이든 됐다 그래. 그런 거 진지하게 믿는 사람들 있더라."

어이없는 내용일 거라 생각하니 김이 빠졌지만, 의외로 영화는 괜찮았다. 막 사랑에 빠진 두 빈모강학자들이 데이트를 하다가, 호텔에서 자살 시도를 한 빈 바라스 알 타니 왕자를 구할 때는 나도 모르게 눈물이 났다. 두 사람의 딸인 앤과 빈 바라스 알 타니 왕자가 십수 년이 흘러 다시 만나게 될 때도…… 앤을 맡은 배우가 내가 상상하던 앤을 닮아서 만족스

러웠다. 엘엘의 역할을 맡은 배우는 엘엘의 번뜩이는 지성을 잘 표현하지 못해 별로였다. 안경만 쓰면 뭐 하나, 안경 너머로 번뜩여야지 싶었던 것이다. 엘엘의 손자인 올리 타니-라이 청이 제공한 자료와 당시 서기였던 매디건의 꼼꼼한 기록을 기반으로 한 덕분에 전반적으로 아주 황당한 내용은 아니었다. 몇 년 전부터 올리 타니-라이 청이 실종되었다는 루머가 심심하면 기승을 부려 음모론을 더욱 부추긴 듯싶다.

8월 25일

명절이라서 지하 도시로 돌아왔다. 오랜만에 나선 에스컬레이터를 타니 약간 멀미가 나는 것 같았다. 한 칸이 차 두 대를 세울 수 있을 만큼 크고, 완만한 곡선을 그리며 천천히 내려가지만 미묘하게 울렁거렸다. 평소에 쓰는 엘리베이터 쪽이 나은데, 많은 사람이 한꺼번에 움직일 때는 효율이 떨어지니 어쩔 수 없는 일이다.

"애 까맣게 탄 거 좀 봐, 피부암에 걸리고 말 거야!"

"너 정말 계속 지표에서 지낼 거니?"

지하 도시 사람들이 잔소리를 해댔고, 나는 일일이 대답하기 귀찮아서 최대한 구석 자리를 차지하려고 애썼다.

지구상에서 마지막 거대 지렁이가 죽은 날을 기념하는 '해방의 날'을, 시차를 두고 지구 곳곳에서 기념하는 일은 꽤 근사하다. 당시 통신 상황이 그렇게 좋지 않아서 정확한 날짜를 두고 말이 많았지만, 상의 끝에 25일로 정했다고 한다. 사람들은 장난스럽게 길쭉한 지렁이 모양 빵을 만들어 마디마디를 썰어 먹는다.

"지렁이가 왜 웃고 있어요? 이상하잖아."

"음, 뭐, 괴로워하게 만들면 더 이상하겠지."

지나치게 웃고 있는 머리 부분은 한참 남아 있다가 식욕 좋은 사촌의 입으로 들어갔다.

"행진이랑 쇼 보러 가야지."

주로 학생들이, 리셋 시대의 영웅들 분장을 하고 개미굴 같은 거리를 행진했다. 더 이상 대량 생산되지 않는 악기들은 소중히 다루어져서 개중에는 200년쯤 된 것도 있다고 들었다. 악단의 연주는 매번 비슷한 레퍼토리지만 신났다.

밤의 정점은 불꽃놀이를 흉내 낸 홀로그램 쇼로, 초기에 진짜 불꽃놀이를 무리해서 하려다가 몇 번의 웃지 못할 사고가 난 이후 타협한 결과물이었다. 진짜 불꽃놀이를 기억하는 사람은 몇 되지 않았다.

"저런 건 가짜야. 진짜 불꽃이 아니면 감흥이 없다고."

"무슨 소리야? 진짜 쪽이 훨씬 시시했어."

의견이 갈리는 문제였다.

8월 26일

사이렌이 울렸다. 쇼를 보고 늦게 잠든 데다 오랜만에 마신 술의 영향도 있어 머리가 무거웠다. 덜 깬 채 간격을 가늠해보니 우리 도시의 위기 상황 때문에 울린 것은 아니었다. 곧 안내 방송이 나왔고, 결연 도시 근처에서 화산이 폭발했음을 알게 되었다.

"발리에서 폭발했대."

방 밖으로 나가자 모두 심각한 얼굴이었다.

"도시 입구가 막힌 모양이야."

"지진은?"

"건축물 몇 개가 메인 통로에서 분리될 수준이었지만 심각하진 않고, 방마다 비상식량과 산소 발생기가 있으니까 일단은 괜찮을 거야."

"욕야카르타 쪽엔 장비가 있나?"

"있는데 모자라. 우리도 준비되는 대로 바로 출발해야 할 거야."

구호 팀에서 자원자를 받았다. 나는 리스트에 이름을 등록해야 할까, 말아야 할까 고민했다. 배를 타본 적이 없어서 괜히 따라갔다가 더 짐이 될까 두려웠던 것이다. 급히 출발해야 하는 모양인데 명절 직후에 다들 뻗어 있는 상태라 담당자는 곤란한 듯 서성거렸고, 그 모습을 보니 멀미가 두려웠지만 나라도 신청해야 할 것 같았다.

구조 장비들은 지표의 교묘하게 은신해둔 기지에 이미 준비되어 있었다. 100명이 조금 안 되는 수의 자원자들은 대형

운송 트럭에 올라타 간이 안전벨트를 맸다. 하버 프론트까지 한 시간 정도 걸렸고, 거기서 배를 탔다. 풍력 에너지와 태양광을 동시에 이용하는 에너지 필름으로 움직이며 배터리도 보조하는 배라고 했다. 오랜만에 큰 탈것들을 연달아 타니 정신없었다.

"이미 씨는 배가 처음이라고요?"

"네, 멀미할까 봐 겁나요. 나선 에스컬레이터만 타도 힘들어서요."

다행히 심한 고생은 하지 않았다. 날씨가 좋았기 때문일 테고, 그 날씨를 즐기는 건 우리만이 아닌지 물밑으로 물고기들이 어마어마했다. 다 죽어버린 줄 알았던 산호들이 겨우 회복세에 접어든 건 몇 년 되지 않은 일이고, 우리 배는 산호 군락을 피하기 위해 조심히 움직였다. 나는 난간 위로 목을 빼고 물밑을 구경했다.

"물 반 물고기 반이 농담이 아니었군요. 이렇게 많아도 되는 걸까요?"

"뭐, 이젠 자기들끼리 알아서 하겠죠."

종차별금지법이 시행되며 마지막 양식장이 철거되었고, 이제 인류 문명은 물고기 한 마리도 가두고 있지 않았다. 바다를 식량 창고로 여기던 풍습은 사라졌다. 묶인 생명도 갇힌 생명도 없이 미지의 영역으로 나아가고 있다…… 종종 지진이나 화산이 좀 방해하지만.

"재앙을 만난 사람들을 도와주러 가고 있잖아요, 그거 문명이 잘 굴러가고 있다는 소리예요."

누군가 말했고 나는 리셋 이전의 괜찮은 부분은 보존되었다는 그 의견에 동의했다. 난간 너머로 고개를 너무 숙이고 있었더니 역시 멀미가 났다.

8월 27일

새벽에 도착해서 해 뜰 때까지 눈을 잠시 붙이고 작업이 시작되었다. 욕야카르타, 팔라완, 호찌민 사람들은 우리보다 먼저 도착해 있었다. 다행히 공기 상태는 좋았고 더 이상의 폭발은 없을 것 같았다. 우리는 남아 있는 포인트에 자리를 잡고 용암 길을 다른 방향으로 돌린 후, 이미 굳은 부분은 파 내려가기 시작했다. 기계가 80퍼센트 이상의 일을 하지만 섬세한 작업이 필요할 때는 자원자들이 투입되었다. 눈썹이 내 땀들을 다 막아주지 못했다. 손수건을 더 챙겨 왔어야 했는데.

예상보다 사태가 심각해서 메인 통로까지 일부 붕괴된 상태였지만, 분리된 건축물들이 흙 아래에서 금세 발견되었다. 탱크를 열기 전에 신호를 보냈다. 통, 통 치자 반대쪽에서도 통, 통 소리를 냈다. 힘찬 소리로 안에 있는 사람들은 무사하다는 걸 알 수 있었다. 그때 나머지 네 도시의 사람들이 서로를 보며 지었던 어떤 표정을 영영 잊을 수 없을 것만 같다. 첫 순서로 구출된 사람들이 바깥 공기를 들이마시며 지었던 표정도.

마지막 햇빛이 서쪽으로 사라지고 나자, 램프들이 일제히 빛을 밝혔다.

포스트잇

23세기 미래를 배경으로 거대한 지렁이가 인류 문명을 갈아엎는 이야기인 「리셋」을 쓰면서 정세랑은 "23세기 사람들이 21세기 사람들을 역겨워할까 봐 두렵다. 지금의 우리가 19세기와 20세기의 폭력을 역겨워하듯이 말이다. 문명이 잘못된 경로를 택하는 상황을 조바심 내며 경계하는 것은 SF 작가들의 직업병일지 모르지만, 이 비정상적이고 기분 나쁜 풍요는 최악으로 끝날 것만 같다"* 고 말한다. 인류가 '문명의 잘못된 경로'로 가고 있다는 것, 그래서 필연적으로 '리셋'될 수밖에 없는 상황이 도래할 것이라는 끔찍한 예측을 한다.

「리셋」에서 작가는 그 증거로 이런 것들을 제시한다. "우리는 행성의 모든 자원을 고갈시키고 무책임한 쓰레기만 끝없이 만들고 있었다. 100억에 가까워진 인구가 과잉생산 과잉 소비에 몸을 맡겼으니, 멸망은 어차피 멀지 않았었다. 모든 결정은 거대 자본에 방만히 맡긴 채 1년에 한 번씩 스마트폰을 바꾸고, 15분 동안 식사를 하기 위해 400년이 지나도 썩지 않을 플라스틱 용기들을 쓰고, 매년 5,000마리의 오랑우탄을 죽여가며 팜유로 가짜 초콜릿과 라면을 만들었다. 재활용은 자기기만이었다. 쓰레기를 나눠서 쌓았을 뿐, 실제 재활용률은 형편없었다. 그런 문명에 미래가 있었다면 그게 더 이상했을 것이다." 참으로 일목요연한 진술이 아닐 수 없다. 왜 지렁이가 보복하는 것으로 설정했을까. 두루 알려져 있다시피 지렁이는 가장 생태적인 존재다. 환경의 바로미터라고 해도 좋을 지렁이가 살기 어렵게 하는,

* 정세랑, 『목소리를 드릴게요』, 아작, 2020, 264~265쪽.

인류의 반생태적인 행태에 대한 근본적인 반성을 유도하기 위함일 터이다. "멸망이, 멸종이, 끝이 오고 있다는 걸 알고 있었던 듯도 한데" 인간들이, 인간의 문명이 "멋진 지렁이들을 다 죽여버렸"다는 본문의 진단에서도 확인할 수 있는 바이다.

23세기 미래 시간을 배경으로 하고 있지만 「리셋」의 메시지는 21세기를 사는 지금 여기의 사람들에게 심각한 경각심을 환기한다. 무엇보다 앞에서 인용한바, 지구가 리셋될 수밖에 없었던 끔찍한 증거들, 예컨대 무책임하게 쓰레기를 만들고 플라스틱을 과잉 소비하는 인류세의 풍경을 구체적으로 지적해 보이면서 반성적 성찰을 요구한다. 즉 「리셋」은 과잉생산과 과잉 소비에 바탕을 둔 자본주의 문명이 그 위험의 지구화 현상에도 불구하고 여전히 인류세의 가속기를 밟고 있는 현재 삶의 방식에 경종을 울리기 위한 미래 소설이다. 인류세의 구조와 행태에 대해 전면적인 반성과 실천 행동이 요구된다고, 그러지 않으면 필경 멸망, 멸종에 이르고 말 것이라는 전언이 매섭다. '인류세의 종언'을 격렬하게 요청하고 난타하는 지렁이의 조종弔鐘이다.

생각의 타래

1. '4월 11일' 자 삽화에서 서술자는 이렇게 말한다. "잘못 가고 있었다. 잘못 가고 있다는 그 느낌이 언제나 은은한 구역감으로 있었다. 스스로 속한 종에 구역감을 느끼기는 했어도, 끝끝내 궤도를 수정하지 못했다." 인류가 21세기 현재 그것을 멈출 수 없는 이유는 무엇일까?

2. '8월 5일' 자 이야기의 다음 부분을 통해 성찰할 수 있는 것은 무엇일까?

   두려움을 원료로 인류는 다음 단계로 나아갔다. 지렁이들이 다다르지 않았던 땅 깊은 곳에 도시를 지었고, 지열 발전으로 에너지를 만들어냈고, 어떤 쓰레기도 도시 밖으로 내보내지 않았다. 자원은 도시 안에서 끝없이 순환되었다.

3. 이 소설은 일종의 '시간 여행'을 독자들에게 제안한다. 이 시간 여행의 경로나 방향을 긍정적으로 바꾸기 위해서 우리는 지금, 여기서, 무엇을, 어떻게 할 수 있을까?

천선란
레시

빗방울이 가둬두는 거야, 자신의 몸 안에.

순간을 영원히 기억하기 위해서.

"죽여서는 안 돼."

두 시간 동안 진행된 회의에서 승혜가 처음으로 낸 의견이었다. 엇갈리는 의견에 언성이 점점 높아지던 대원들이 단번에 조용해졌다. 네 명의 시선이 승혜에게 몰렸다.

"기껏 생명을 살리자고 이곳까지 왔으면서 죽이면 무슨 소용이 있어. 생명의 정체를 알 수가 없을 때 가장 먼저 해야 하는 게 관찰 아닌가? 적어도 그 생명체에게 우리한테 자신의 정체를 직접 설명할 기회를 줘야지."

승혜의 말에 동감한 대원은 우주 비행사 호연과 생태학자 주연이었다. 다섯 명 중 세 명이 '그 생명체'를 살리는 것에 동의했다. 다수의 의견이 결정되었으므로 나머지 두 사람은 마지못해 고개를 끄덕였다. 그중 엔지니어인 테레즈가 승혜의 의견에 조건을 붙였다. 테레즈가 입을 열자 귀에 심은 번역기 칩이 곧바로 테레즈의 영어를 한국어로 번역했다.

"조금의 공격성이라도 보인다면 그때 가차 없이 그 생명체를 박제시켜 지구에 데려간다고 약속해. 그 정도의 후속 조치는 보장받아야지."

테레즈의 조건에 장의의도 고개를 끄덕이며 가만히 승혜의 대답을 기다렸다. 승혜는 망설임 없이 동의했다. 낯선 생명체에 대한 두 시간의 회의는 거기서 마무리되었다. 이곳의 바다에서 생명체를 발견한 지 여섯 시간 만에 난 결론이었다.

승혜는 방으로 돌아와 침대에 앉았다. 쟁반 같은 창 너머로 빛나는 것은 얼음 위성이다. 40킬로미터 두께의 얼음을 뚫고 내려가야 존재하는 바다가 지금으로서는 지구 해양 생물의 유일한 희망이었다. 얼음산의 협곡이 보일 정도로 가까운 상공에서 시추 작업을 통해 뚫어놓은 구멍이 위성 표면에 순차적으로 보였다. 토성의 위성 엔셀라두스의 중력에 묶인 우주선 나비호는 이름과 달리 소금쟁이 같은 형상이었다. 가운데 조종석이 있는 몸체로부터 기다란 다리 여섯 개가 뻗은 형태였다. 마치 부력으로 우주를 떠다니는 듯한 우아하고도 매끄러운 외관이었다.

얼음으로 이루어진 엔셀라두스의 표면은 달보다 밝게 빛났다. 커튼을 쳐놓지 않으면 도저히 잠을 잘 수 없을 정도였다. 승혜가 암막 커튼을 치고 침대에 누웠으나 시선은 커튼 사이로 희미하게 쏟아지는 빛으로 향했다. 수면제를 받을 때, 의사는 다량으로 처방을 내주면서도 불안감을 감추지 못했다. 승혜가 의사를 안심시킬 수 있는 최대한의 말은 "내가 우주까지 나가서 수면제 과다 복용으로 죽겠느냐"라는 것뿐이었다. 우주에서 죽을 거라면 적어도 그보다는 멋진 최후를 맞이할 거라는 뒷말은 생략함으로써 석 달 치의 수면제를 처방 받았다. 하지만 의사의 걱정과 달리 승혜는 나비호로 온 이후 지금까지 단 한 번도 수면제를 복용하지 않았다. 오늘 밤도 걱정 없이 잠들 수 있으리라.

나비호는 두 달 전에 엔셀라두스에 도착했다. 중국 창정에서 연락이 온 지 1년 만이었다. 서울의 만원 전철에서 또다시 구토감을 느끼고 있었을 때였다.

한강을 덮은 야경 불빛이 우주의 별보다 숫자가 많을 것 같았다. 흔들리지 않는 쾌속 전철이 아파트 사이를 빠르게 지나가는 것을 보며 승혜는 구토를 참아냈다. 재킷 주머니에서 손수건을 꺼내 식은땀이 흐른 이마를 닦아낸 후 입과 코를 막았다. 역과 역 사이는 고작 30초밖에 걸리지 않는다. 승혜가 전철 안내 화면을 노려봤다. 합정역에 가까워지는 것이 보였고, 얼마 안 돼 역에 도착했다. 사람들을 헤치고 전철 밖으로 뛰쳐나갔다. 눈에 보이는 쓰레기통을 붙잡고 속을 게워내려고 시도했지만, 숨 이외에 어떤 것도 쏟아지지 않았다. 그다음에 도착한 열차도 마지막 횡단 열차인 것처럼 어딘가로 피난 가는 듯한 사람들을 가득 채운 만원 전철이었다. 밀고 들어가면 들어갈 수 있을 것이다. 하지만 승혜는 의자에 앉으며 전철을 보냈다. 두 손을 맞붙잡고는 고개를 숙였다. 눈을 감고 숨을 몰아쉬었다. 땅이 여전히 흔들렸다. 스프링시트 위를 걷는 울렁거림이 지속됐다. 4년째 지속되는 울렁증에는 이름도, 발병체도, 치료 방법도 없었다.

재킷 주머니에서 울리는 휴대폰의 벨 소리도 무시하고 숨을 깊이 들이마셨다가 뱉었다. 늘 끝마무리를 제대로 하지 못하는 연구 보조의 전화거나 과학 출판사 편집자의 안부 전화일 것이다. 두 번 받지 않으면 둘 다 승혜에게서 연락이 오기를 기다리겠지. 하지만 두번째 전화가 끊기고 세번째 전화가 왔다. 승혜가 눈살을 찌푸리며 휴대폰을 꺼냈다. 저장되지 않은 번호였다. 발신지가 중국이었다.

바다를 살릴 수 있는 마지막 카운트다운은 실패로 끝났다. 머지않아 흑해를 시작으로 모든 미생물이 죽을 것이라 예견했다. 오대양 전부 사해死海가 될 것이다. 돌고래나 해파리의 집단 죽음을 시작으로 청어, 산호초…… 그렇게 바다에 있는 생명체가 완전히 사라질 때까지 10년이 걸리지 않으리라.

지구는 바다가 보낸 마지막 신호를 제대로 듣지 못한 죄로 바다를 잃었다. 원인은 파지 바이러스의 변종 때문이었다. 균을 공격하는 살균 바이러스였던 파지가 공격의 대상을 미생물로 바꾼 것이다. 바이러스가 갑자기 변화한 원인은 여전히 규명되지 않았다. 인간이 할 수 있는 일이라고는 그저 변종된 바이러스의 피해가 확산되지 않기를 바라는 것뿐이었다. 하지만 그마저도 너무 늦었다. 인간과 함께 진화하는 바이러스는 언제나 인간보다 강하고 뛰어났다.

승혜가 그 모든 일말의 멸망을 모두 목격하고, 중국 창정으로 2년 만에 돌아와 만난 것은 NASA 직원, 그리고 10년 전 잠시 호흡을 맞췄던 생태학자 주연이었다. 승혜는 주연의 말을 묵묵히 듣고 잠시 담배를 피워도 되느냐고 물었다. 빌어먹게 먼 흡연 구역까지 걸어와 담배를 입에 물었다.

그리고 부재중 전화를 세 통이나 남긴 예나에게 전화를 걸었다. 전부 망가졌다고 해도 과언이 아닌 대학 인연에서 유일하게 살아남은 친구였다. 예나는 전화를 받자마자 물었다.

"왜 불렀대?"

승혜가 담배를 한 번 더 빠는 여유를 부리고는 입을 열었다.

"나보고 우주로 나가래. 다른 별에 가서 바다를 살리고 오래. 미친 거 아니냐?"

만일 한국에 도착하자마자 전철에서 또다시 구토를 느끼지 않았다면 승혜는 우주선에 탑승하지 않았을 것이다. 하지만 이 땅에서 어지럼증을 없앨 방법이 없었다. 승혜의 균형은 바다와 함께 사멸했다. 땅에서는 언제나 괴로울 것이다. 의사의 진단이었다.

*

착륙선이 본체에 도착했다. 주연이 젖은 우주복을 벗으며 샘플 통을 승혜에게 넘겼다. 위성에 기지를 세우는 방안은 막강한 추위와 얼음 지반으로 무산되었고 나비호는 엔셀라두스의 중력 궤도 안에 간격을 유지하며 떠 있었다. 잠수함 모양을 한 착륙선은 하루에 한 번씩 위성으로 내려가 시추해놓은 빙판 속으로 들어가야 했다. 장의의가 두꺼운 담요를 주연에게 둘렀다. 주연이 파랗게 질린 입술을 열었다.

"어제랑 같은 상태야. 형태도 자세도."

"사진은?"

주연이 카메라를 넘겼다. 승혜가 샘플과 카메라를 들고 자리를 떴다.

현미경으로 움직이는 미생물들을 지켜보았다. 엔셀라두스 바다에 녹조류를 풀어 얼어 있던 미생물을 깨우는 계획은 성공이었다. 바다는 조금씩 생명이 살아갈 수 있는 환경을 조성해갔다. 요람을 준비하는 부모처럼 곧 이 위성에서 살게 될 해양 생물을 위해 아름다운 모빌을 엮고 있었다. 지구에서 살았던 바다 생명체의 종을 전부 이주하지는 못하더라도, 손톱만 한 작은 치어라도 품에 안고 지구로 돌아가야 한다. 이 바다에서 미생물이 죽지 않는다면 역으로 돌연변이 파지의 해결 방법을 찾을 수 있을지도 모른다. 승혜의 임무는 남극 장보고과학기지에서 하던 것과 다르지 않았다. 미생물을 관찰하고 바이러스를 연구한다는 것도, 그때 느꼈던 추위까지도 전부 똑같았다.

사진을 확대해 살펴보던 주연도 승혜의 의견에 동감했다. 아직 부화하지 않은 알에 웅크린 태아 같은 모습이었다. 하지만 어류나 조류라기에는 그 생명체의 형태가 머리와 몸으로 정확히 나뉘어 있었다. 그렇다고 포유류처럼 혈관이나 뼈가 나타난 것도 아니었다. 양서류 같은 점액질의 피부. 물러서서 그것을 바라보던 테레즈는 사족을 덧붙이지 않고 자리를 떴다.

테레즈는 1군이었다. 2군인 다른 대원들과 달리 테레즈는 1군의 대원들과 나비호를 몰고 엔셀라두스에 먼저 왔다. 1군 대원들은 2군 대원들이 이곳에 오며 지구로 돌아갔지만, 테레즈는 계속 머물렀다. 테레즈는 2년을 더 머물러 있는 셈이었다. 그러니 잠잠했던 바다에 불쑥 출현한 정체불명의 생명체에게 적대심을 가지는 건 어쩔 수 없으리라. 생명이 살아갈 수 있는 바다에서 생명이 탄생한다는 것은 지극히도 당연한 일임을, 그리고 그 생명체가 지구에서 보았던 것과는 다를 수밖에 없음을 납득하면서도 받아들이지 못하는 것이다.

전날 그 생명체를 발견한 사람은 호연이었다. 착륙선을 끌고 바다에 들어갔던 호연은 엔셀라두스의 남극점인 남위 90도 00분 P6 지점에서 이전에 없던 반투명 생명체의 존재를 처음으로 발견했다. 이 바다에 녹조류를 푼 지 1년하고도 3개월이 지난 시점이었다. 호연은 곧장 영상을 나비호에 송출했다.

처음 발견했을 때는 주먹만큼 작은 크기였다. 머리와 몸이 구분되지 않는 야구공만 한 크기였지만 발견 여섯 시간 만에 야구공은 축구공의 크기만큼 자랐다. 그 탓에 어제의 회의는 두려움을 밑바닥에 깐 흥분으로 어지러웠다. 어찌 됐든 결론은 관찰이었다. 이제는 농구공만큼 커져 머리와 몸통이 분리되고 눈의 위치까지도 짐작할 수 있는 이 생명체가 육식동물이나 괴수의 태아일 가능성은 다행히도 현재까지 없어 보였다. 그날 오후 주연이 관제 센터에 이 생명체에 대해 보고했고, 상부에서는 지속적인 관찰 보고를 요구했다. 지구인이 처음으로 만나는 외계 생명일지도 모르는 낯선 손님에게 등 뒤에 창을 감추고서, 그 낯선 상대방이 최대한의 친절을 베풀기를 바라면서.

테레즈는 먹던 빵을 내려놓고 비장하고 단호하게 입을 열었다.

"레시."

장의의가 그 이름을 따라 읊다가 무슨 뜻이냐고 물었다. 지금까지 나왔던 각종 연예인과 좋아하는 음식 이름보다는 입에 잘 붙으니 일단은 모두가 그 뜻을 들어보자는 눈치였다.

"설마 그 뜻이야?"

승혜가 물었고 테레즈가 고개를 끄덕이자, 승혜는 들고 있던 술잔을 내려놓으며 고개를 저었다. 뜻을 알지 못하는 다른 대원들의 원성이 자자해졌다. 대답하지 않으려고 술로 입을 다물던 승혜가 마지못해 손을 들었다.

"감기."

우습게도 감기였다.

"최초로 발견된 감기 바이러스에 붙은 이름이야. 근데 그

걸 어디서 알아냈어?"

"책 가져가서 읽어도 된다며. 그나마 그림 많은 거로 가져간 거야."

테레즈가 가져간 책이 어떤 책인지 짐작하고는 납득했다. 얇고 사진이 많은 책이었다. 그 책의 초반 부분에 최초로 발견된 바이러스에 대한 설명이 나왔다. 레시. 초록색 색연필로 동그랗게 그린 자국도 남아 있을 것이다. 그 책에 대한 흔적은 빠짐없이 기억하고 있었다. 원치 않아도 멋대로 선명하게 박히는 기억들이 있다.

"그런데 책 사이에 이상한 게 말라 있던데."

테레즈가 조심스럽게 말을 꺼냈다. 표정에는 약간의 께름칙함이 남아 있었다.

"바퀴벌레 말려놓은 거야, 그거."

대원들이 먹던 음식을 내려놓고 적잖은 야유를 쏟아냈다. 승혜가 숨겼던 고약한 취미에 대해 다들 한마디씩 얹었고, 승혜는 말들이 잠잠해진 후에야 변명 같은 이유를 덧붙였다.

"빙하에 얼어 있던 놈이야. 적어도 공룡이랑 살을 비비고 살았던 놈이라고."

그 책의 주인은 늙은 바퀴벌레가 세상의 궁금증을 해결해 줄 거라고 믿었다. 단풍잎 같은 작은 여섯 손가락으로 얼음 속에서 바퀴벌레를 캐내 납작하게 말렸다. 책이 주인을 잃은 지금은 바퀴벌레가 책의 터줏대감이었다. 대원들의 이야기는 금세 자신이 그동안 만났던, 믿기 힘들 정도로 커다란 벌레에 대한 주제로 넘어갔지만 승혜는 대화를 따라가지 못했다. 삶의 구석구석에 박힌 기억들이 발바닥에 찔리면 어쩔 수 없이 모든 걸 멈춰야 했다.

외계 생명과의 초유의 만남일지도 모른다는 적잖은 흥분감에 찼던 저녁 식사가 마무리되고 방으로 돌아온 승혜는 그 책을 찾아냈다. 침대에 반쯤 누워 베개를 끌어안고 책을 펼쳤다. 책 곳곳에는 실수로 찍힌 펜 자국이 가득했다. 하지만 해가 갈수록 이마저도 희미해지는 것만 같았다. 승혜는 그것이 자신만의 착각이길 간절히 빌었다. 책을 제대로 펼쳐본 지가 오래였다. 흔적은 흔적을 지운다. 영원히 간직하려면 가두어야 하는데 지구에는 영원히 가둘 수 있는 공간이 없었다. 우주의 엔트로피로부터 지켜줄 방공호가 필요했다.

책에는 미약하게 빙하의 시린 냄새가 남아 있는 듯했다. 책을 끌어안고 자서 책에 남은 차가운 냉기가 천천히 심장을 얼어붙게 했으면 좋겠다고, 승혜는 생각했다. 안타깝게도 후각은 촉감으로 전이되지 못했다. 대신 귓바퀴에 옮겨 붙을 정도로 선명한 남극의 바람 소리가 들렸다.

돌연 두꺼운 외벽을 내리치는 바람 소리가 환청으로 들리기 시작한 시점은 남극에서 돌아온 지 6년이 지난 때였다. 승혜는 창문을 열고 바람이 불지 않는 적막한 밤하늘을 열한 번 확인한 후에야 바람이 밖이 아닌 안에서 불어온다는 걸 알아차렸다. 의사는 외상 후 스트레스 증후군이니 충분한 휴식을 취하라고 권했지만, 승혜는 귀에서 쉼 없이 부는 바람을 들으면서는 도저히 휴식을 취할 수 없었으므로 환청을 달고 살았다. 그렇게 두 달을 버텼다. 그리고 환청이 귀에서 떨어질 무렵에 어지럼증이 찾아왔다. 지하철역에 들어서자마자 느껴지는 어지러운 감각에 에스컬레이터 옆에 주저앉았다. 바닥을 짚었고 누군가의 신고로 의료인이 찾아오기 전까지 승혜는 구석에 웅크려 이를 악물고 눈물을 참았다. 의사는 똑같은 말을 할 것이다.

"그 사고로 인한 외상 후 스트레스 증후군입니다, 충분한 안정을 취하세요. 슬픔으로부터 멀어지기 위해 노력하세요."

*

주연은 우주복 후면을 잠가주며 괜찮겠냐고 또 물었다. 이로써 승혜가 우주복을 입는 동안 여섯번째 질문이었다.

승혜는 주연이 자기에 대해 알면 얼마만큼 안다고 이런 오지랖을 부리는가 싶다가도, 한편으로는 누구라도 짐작 가능한 크기의 트라우마라는 점을 상기했다. 자신의 고통이 특수하지 않다는 것을 느낄 때 다가오는 위로감이 있다. 주연은 보편적인 형태의 슬픔 정도로 승혜를 걱정하는 것이다. 승혜의 경추 바로 아래에 새겨진 손가락 여섯 개의 손바닥 문신을 보며 차마 모르는 척할 수 없었을지도 몰랐다. 주연이 승혜의 우주복 후면을 끝까지 채웠다. 승혜가 주연을 돌아보며 입을 열었다.

"이 위대한 만남에서 나만 빠지면 섭섭하지."

카메라와 샘플 통을 챙기고는 헬멧을 마저 썼다. 착륙선에 탑승해 장비를 조종했다. 화면에 호연과 테레즈의 모습이 잡혔다. 하나에 레버를 당겨. 호연의 목소리가 착륙선에 퍼졌다. 사방이 투명한 착륙선에 앉아 발밑의 아찔한 얼음산을 바라보았다. 나비호에서 착륙선을 방출시키는 압력을 맞춰야 기류에 흔들리지 않고 파놓은 구멍으로 정확하게 들어갈 수 있다. 장갑 속으로 땀이 찼다. 레버를 잡았다. 셋, 둘…… 호연의 숫자에 맞춰 레버를 당겼다. 착륙선이 대기를 가로지르며 빠르게 하강했다. 컴컴한 어둠 속으로 들어가 그렇게 또 다른 무중력에 빠졌다.

양수 속에 웅크려 있던 아이는 손가락이 여섯 개였다. 엄지와 대칭인 자리였다. 선명한 화면으로 아이의 손가락을 계속 확대하던 의사는 상심 어린 표정을 지었지만 승혜에게는 물속에서 몸을 움직이는 아이의 모습만 보였다. 살아가는 데 문제가 있을까요? 승혜가 덤덤하게 물었다. 아뇨, 없을 겁니다. 그리고 절단 수술도 할 수 있고요. 승혜는 의사의 조언을 귀담아듣지 않았다. 살아가는 데 별문제가 없다면 별로 상관없는 오점이었다. 휴대폰을 편하게 쥐기 위해 진화한 거 아닐까요? 모니터를 보며 그런 농담을 던질 정도로.

외면하던 아이의 모습을 제대로 본 것은 그날이 처음이었다. 아이의 소식을 알았을 때는 기나긴 싸움 끝에 남편과 오래되지 않은 결혼 생활을 마무리하자고 합의한 시기였다. 오래 품고 있지 않으려고 했는데 아이를 보낼 때를 놓쳤다. 코와 입이 엄마를 많이 닮았네요. 배 속에 있는 아이를 보고서 그렇게 말하는 의사가 우스울 법하면서도 승혜는 그 말에 공감했다. 엄마의 스트레스를 알았던 것처럼 아이는 몸에서 아빠의 흔적을 모두 지우고 태어났다.

아이에게 '기주'라는 이름이 생긴 이후에도 승혜는 오래도록 태명조차 없던 아이와의 첫 만남을 떠올렸다. 압도적인 존재란 보이지 않는 곳에서도 은밀하게, 살아가기 위해 투쟁하는 것들이었다. 또는 그런 몸짓. 승혜는 제 몸이 흔들릴 정도로 세차게 뛰는 심장과 그 고통을 견뎌내기 위해 쥔 주먹, 여섯 개의 손가락, 자신이 말을 할 때마다 움직이던 그 모든 태동을 잊을 수 없었기에 지금 자신이 보고 있는 낯선 생명체에게서 눈을 뗄 수 없었다. 어제 주연이 가지고 온 사진보다 더 진화한 생명체의, 낙엽 같은 여섯 개의 손가락.

나비호로 돌아온 후 승혜는 자신을 지탱하는 손이 누구의 손길인지 알아채지도 못한 채 정신을 잃고 쓰러졌다.

*

10년 전 기주와 함께 남극 장보고과학기지에 간다는 승혜를 이해하는 사람은 예나뿐이었다. 사실 그마저도 온전한 이해는 아니었고 어쩔 수 없이 네 뜻을 존중해주겠다는 연민에 가까웠다. 아이를 위험한 곳에 데려가는 것이 학대라고 손가락질하는 자도 있었지만 승혜는 도끼눈을 뜨고 바득바득 울부짖었다. 승혜가 남극에 가 있는 동안 아이를 봐주겠다던 전남편은 집에 아이를 방치했고, 아이는 사흘을 굶다가 승혜의 회사로 찾아가 엄마와 통화를 하게 해달라고 부탁했다. 승혜는 곧바로 남극에서 한국으로 날아왔다. 어떤 비난이 날아오든 신경 쓰지 않았고, 자신을 끌어안은 아이가 떨어지지 않도록 부여잡고 비행기에 탑승했다. 다행히도 남극의 대원들은 친절하게 기주를 맞이했다. 기주가 먹을 만한 간식을 창고에 가득 쌓은 채 아이를 기다리고 있었던 것이다.

기주는 밤마다 들리는 빙하의 괴성도 무서워하지 않았다. 남극의 급격한 산등성이에서 공기가 얼어 해안가로 급하게 하강하는 카타바틱 윈드도 두려워하지 않았다. 기주는 이곳이 고향인 수호신처럼 남극의 기후와 날씨를, 그리고 쉽게 허락되지 않던 오로라까지도 불러들이는 아이였다.

기주는 말하곤 했다. 무섭지 않아. 왜냐면 얼음은 사실 따뜻한 거니까. 열 살이란 무릇 세상 이치에 어긋나는 말을 많이 하는 법이라고, 아이를 대학까지 보내놓은 대장이 웃으며 말했지만, 승혜는 언제나 세상이 그릇되었고 기주의 말이 전부 옳다고 생각했다. 승혜가 탐사를 나갔다가 장갑이 찢기며 손에 치명적인 동상을 입었을 때 기주는 여섯 손가락으로 승혜의 손을 감싸 잡으며 말했다. "엄청 뜨거운 거에 조금 뜨거운 게 닿으니까 식는 거야." 거짓말처럼 고통이 멎어 들었다. 그건 마음이 불러일으킨 착각이나 마법 따위가 아니었다. 기주가 엄마 치료해주는 거야? 승혜가 물었다.

응, 그러니까 손바닥을 줘봐.

기주는 승혜가 내민 손바닥 위로 손가락을 가지런히 올리고는 천천히 원을 그렸다.

아프지 마라, 아프지 마라……

우리 엄마 아프게 하는 거 다 사라져라.

*

승혜가 눈을 떴다. 장의의는 수중 압력 차이를 갑자기 느껴 쇼크가 온 것이라고 설명했다. 그러고는 승혜에게 가루와 건더기를 풀어 만든 따뜻한 미역국을 건넸다. 승혜는 갈라진 입술 사이로 미역국을 몇 숟가락 떠 넣었다.

"네가 이번에 찍은 사진 말이야."

장의의는 먹으면서 자신의 이야기를 듣고만 있어도 좋다

고 말했다.

“그 생명체, 그러니까 레시의 눈동자가 너를 향하고 있었어. 인지능력이 존재할 가능성이 있다는 얘기야. 자라는 속도도 빠르고 마냥 관찰만 해서는 안 될 것 같다는 게 우리 의견이야.”

승혜는 미역국의 마지막 국물까지 말끔히 삼켰다. 휴지로 입 주변을 닦았다. 그러고는 외투를 챙겨 자리에서 일어나려고 하자 장의의가 급하게 승혜를 막았다.

“아직 체온이 낮아.”

“그러니까 움직여야 체온이 좀 올라가지. 나도 사진을 확인하고 싶어.”

승혜는 대원들이 모여 있는 관측실로 들어섰다. 장의의의 말대로 동공과 홍채가 인간과 거의 흡사한 눈동자는 승혜를 향해 있었다.

관제 센터에서 레시를 생포해 지구에 데려올 수 있도록 추가 인력을 보낸다는 답변을 받았다. 토성의 또 다른 위성인 타이탄을 돌고 있는 우주선 솔새호가 오기로 했다. 나비호에 도착하기까지 일주일이 걸릴 것이다. 그사이 레시의 성장 속도가 빨라 혹여 인간을 해칠 거라는 확신이 생긴다면 샘플 확보 후 사살해도 좋다는 명령이 떨어졌다. 아주 확증적인 경우에만 말이다. 관제 센터의 대응에 반기를 드는 대원은 없었다. 지구의 안전이 가장 중요했다. 레시가 지구에 멸망을 가져올 생명체라면 주저 없이 나비호와 함께 이 위성에 영원히 잠들어야 하는 것은 자명했다.

하지만 대원들은 불행한 결말을 염두에 두지 않으려고 노력했다. 자칫 모든 일이 그 결말의 확증 과정처럼 될 수 있기 때문이었다. 어찌 됐든 레시의 발견이 놀라운 일임은 확실했으므로 과학 교과서에 한 줄씩 적힐 서로의 이름을 유쾌하게 호명하며 가득 차린 저녁상 앞에 앉아 이야기꽃을 피웠다.

"한국 며느리는 식탁을 엎어야 한다는 말이 있어. 대체로 뭘 못 하게 하거든. 그러니까 그냥 식탁을 엎어버리고 나와야 한다는 말이야."

호연이 둥근 탁자를 허공에 그리며 설명했다. 테레즈와 장의의는 이해하지 못하는 표정이었다. 고작 식탁을 엎는 게? 라는 반응이었다.

"한국인은 밥심이거든. 밥이 중요해서 무슨 문제가 있든 밥만 잘 챙겨 먹고 다니면 돼. 오죽하면 며느리가 아파도 아들 밥은 챙겨주라고 말하겠어. 염병, 밥 못 먹으면 알아서 굶어 죽든가."

"너도 식탁을 엎고 왔어?"

테레즈가 호연에게 물었다. 호연이 고개를 저었다.

"우리 시어머니는 나한테 능력 있을 때 뭐든 하라고 했거든. 문제는 남편이 나한테 자기 밥은 누가 차려주느냐고 했단 말이야. 그러니까 시어머니가 식탁을 엎었어. 아들 새끼를 잘

못 키웠다면서.”

대원들이 까르륵 웃음을 터뜨렸다. 승혜도 섞여 웃으며 두 다리를 의자 위로 웅크렸다. 식탁에 있던 가공 육포를 가져가 뜯다가 그제야 자신에게 쏠린 시선을 느꼈다. 이야기의 순서가 돌아왔다는 걸 알아차렸지만 승혜가 웃으며 고개를 저었다.

“나는 할 말 없어. 이혼도 일찍 했고 남편한테 부모가 없었거든.”

그렇게 피해가려 했던 승혜의 계획은 떨어지지 않는 시선들에 물거품이 됐다. 나비호에 2군이 도착한 두 달 동안 서로에 대한 이야기를 나눌 심리적 여유가 없었던 탓인지 대원들은 승혜를 이 대화에서 놔줄 생각이 없어 보였다. 승혜가 결국 육포를 찢으며 가볍게 입을 열었다.

“남자 보는 눈이 없었어. 그런 걸 말해줄 사람도 없었고. 유일하게 하나 있던 친구가 결혼을 다시 생각해보라고 조언해주기는 했었는데 나는 그때 그 사람이 절박했거든. 그 사람도 나도 혼자였으니까 서로에게 든든한 동지가 될 줄 알았어. 같이 있으면 현실에서 잠시 멀어지게 해주는 그 비현실적인 감각이 그 사람의 능력이라고 생각했는데 결혼하고 나서 까놓고 보니 정말 현실은 하나도 모르는 인간이었던 거야.”

승혜는 잠시 말을 멈췄다. 기껏 다 찢어놓은 육포는 그대로 그릇에 올려두었다.

“엄마도 나와 비슷한 절차로, 내가 얼굴도 모르는 아버지와 이혼했다는데 피는 못 속이는 거지. 남자 보는 눈이 엄마를 빼닮았나 봐. 그 여자도 하고 싶은 걸 하고 살았어. 집에 혼자 있던 기억이 가득한 걸 봐서는. 그러다 사고로 일찍 돌아가셨지만 나름 즐겼던 인생이었을 거라 확신해. 영정 사진에서 그렇게 활짝 웃고 있는 모습을 보니까 알겠더라고.”

길었던 저녁 식사는 그쯤에서 끝났다. 씻고 나온 승혜는 방으로 가지 않고 관측실로 향했다. 캄캄한 관측실에 홀로 켜져 있는 스크린에는 레시의 사진이 떠 있었다. 승혜가 손가락으로 화면을 쓸었다. 힘차게 뛰고 있는 심장의 박동을 상상했다. 기억이 되살아나는 개연성이 이토록 가볍고 습관적이었다. 승혜가 어그러진 여섯 손가락을 자신의 손바닥으로 덮었다.

*

남극에 폭우가 내렸다. 최난월에야 300밀리미터 안팎으로 내리던 비가 몇 해 전부터 중심부를 기점으로 최난월에 최대 600밀리미터까지 내리기 시작하더니 이제는 최한월에도 비가 내리기 시작했다. 이 시기에 비가 내리는 건 이례적인 일이었다. 빗소리는 지구의 절망처럼 창문을 두드렸다. 따뜻한 물로 목욕을 마친 기주는 노곤하게 품에 안겨 제 엄마의 손을 만지고 있었다.

엄마, 남극에 비가 오면 새끼 펭귄들이 죽어. 털에 묻은 비가 체온을 뺏어가서 얼어 죽는다고 그랬어.

그건 또 어디서 알아냈어?

대장님이 말해줬어. 아까 죽은 펭귄을 묻어줬거든. 근데 왜 비가 펭귄의 체온을 뺏어가는 거야?

승혜가 기주의 귓가에 쉬잇, 하고 입을 다물었다. 기주가 승혜를 따라 합! 하고 입술을 맞물렸다. 창틀에 떨어지는 빗소리를 넘어 눈밭에 떨어지는 물방울, 저 멀리 얼음산에 부딪히는 비와 바다에 몸을 내던지는 빗방울까지 소리가 점점 증폭되어 들려왔다. 기주가 조금씩 웃었다. 엄마, 엄마, 아주 멀리 있는 빗소리도 들려.

빗방울이 가둬두는 거야, 자신의 몸 안에. 순간을 영원히 기억하기 위해서.

모든 걸 다?

모든 걸 다. 소리도, 체온도. 전부 가져가는 거야.

왜? 비는 물이잖아. 물에는 아무것도 없는데……

아니야, 기주의 팔에 찍힌 점을 봐봐. 이 점보다 100억 분의 1로 작은 바이러스가 물속에 살고 있는데 걔네가 다 가져가는 거야.

엄마한테서도 뭘 가져갔어? 그래서 바이러스를 지켜보는 거야?

*

빗소리에 깼지만 우주선임을 자각하자마자 승혜가 허겁지겁 밖으로 달려 나갔다. 소리의 발생지는 수도관이었다. 샤워실용 담수화기가 터진 것이다. 테레즈가 물을 맞으며 합판으로 파손된 부분을 막고 있었다. 멀뚱히 서 있는 승혜에게 소리쳐 합판을 대신 잡고 있어달라고 부탁했다. 승혜가 테레즈 대신 합판을 붙잡았다. 속옷까지 전부 축축하게 젖은 후에야 임시 공사가 끝났다.

샤워실의 물기를 전부 닦을 때쯤 착륙선을 타고 내려갔던 장의의가 돌아왔다. 장의의는 헬멧을 손에 쥐고 젖은 수건에서 물기를 짜내던 대원들을 바라보며 황망한 표정으로 말했다.

"레시, 레시가 없어."

어제까지 한 자리에 머물러 있던 레시가 돌연 바다에서 자취를 감췄다.

*

"지원군을 기다리는 게 낫지 않을까 싶은데."

호연이 말했다.

"앞으로 나흘은 더 있어야 도착하는걸. 살펴만 보고 오는 거야. 위치만 확인할게."

승혜가 우주복을 갖춰 입으며 대답했다. 승혜와 함께 주연과 테레즈가 엔셀라두스의 바다로 들어가기로 했고, 서로 흩어져 한 시간 동안 레시를 찾을 계획이었다. 대원들은 혹시 있을지 모르는 상황을 대비해 발열기를 챙겼다. 물속에서도 고온의 빛을 내 닿는 것의 표면을 녹여버리는 무기였다. 하지만 승혜는 최대한 레시에게 아무런 피해도 주지 않아야 한다고 몇 번씩 당부했다.

지구의 바다가 죽기 시작한 것은 몇천 년을 얼어 있던 빙하가 녹기 시작하며 벌어진 일이었다. 그 시작점이 남극이었으므로 바다를 살리기 위해서는 무엇보다 발병지에서 원인을 알아내는 게 중요했다. 연구자들은 바다의 죽음이 변종 파지에 의한 미생물 파괴라는 것과 그 파지가 수억 년 동안 빙하 속에 잠들어 있었다는 것을 알아냈다. 파지를 막으려면 그에 맞서는 새로운 바이러스가 필요했지만 바다가 죽어가는 속도를 인간은 따라잡을 수 없었다. 엔셀라두스의 바다는 지구의 바다와 성분이 비슷했으며 위성을 감싼 얼음 속에 미생물과 바이러스가 잠들어 있었다. 인간이 위성의 주인들을 깨웠으므로 생명체가 생겨나는 것은 너무나도 당연한 결과였다. 레시가 이 바다의 주인이었다. 레시가 인간을 공격한다면 응당 인간이 떠나가는 것이 맞았다.

승혜가 캄캄한 바다에 빛을 켰다. 자신의 숨소리가 크게 들렸다.

빛이 비치는 방향으로 깊이 내려갈수록 속이 울렁거렸고 귀에서 이명이 들려왔다. 장의의는 압력 차 때문이라고 말했지만 승혜는 그 이유가 아님을 알고 있었다. 정신을 놓지 않으려고 눈을 부릅떴다. 버텨야 한다. 한때는 스쿠버다이버의 옷차림으로 깊숙이, 아주 유유히 수영해 내려갔던 적도 있었다. 바다를 특별히 사랑했던 것은 아니었다. 그저 바이러스가 있는 곳이라면 몸을 아끼지 않고 들어갔다. 특히 바다에는 아직도 알지 못하는 바이러스가 수두룩했다. 바다가 결국 바이러스 덩어리라고 생각하면 무섭지 않았다. 그렇게 지구의 모든 것이 바이러스의 숙주로 살아가고 있다는 것을, 우주가 그렇게 유지되고 있다는 것을 생각하면 바다를 헤엄치면서도 우주에 있는 기분을 느낄 수 있었다. 하지만 지구의 생명체가 바이러스 숙주의 삶이 아닌 개인의 역사와 가치를 지닌 존재라는 걸 온전히 깨달았을 때, 그리고 그걸 느끼게 해준 존재가 깊은 바닷속으로 빠져 다시는 돌아오지 않는다는 걸 느꼈을 때 승혜는 다시 바다에 들어가지 못했다. 땅을 밟고 있는 것에도 멀미를 느꼈다. 적어도 지구는 승혜가 살아갈 수 있는 행성이 아니었다. 바이러스처럼 기생하던 숙주가 사라졌으므로.

빛이 닿지 않는 곳은 한 치도 보이지 않았다. 헬멧 화면에도 생명체 감지 신호는 없었다. 승혜가 숨을 크게 들이마시고 천천히 내뱉었지만 정신은 점점 희미해졌다. 화면에 호연의 사진이 뜨며 목소리가 들렸다. 우주선에서 승혜의 상태에 경고음을 울렸을 것이다.

"승혜, 빨리 올라와. 당장!"

승혜가 고개를 흔들며 정신을 붙잡았다. 나비호로 돌아가기 위해 몸을 돌렸다. 승혜가 숨을 헐떡였다.

"왜 그래? 무슨 일이야!"

호연의 다급한 목소리를 듣고도 승혜는 아무 말도 하지 못했다. 자신을 바라보고 있는 레시 때문이었다.

해파리처럼 수분으로 이루어진 부드러운 몸체였지만 외관은 사람과 다를 게 없었다. 얇은 표피 속으로 혈관과 비슷하게 생긴 붉은 실 하나가 온몸에 이어져 있었다. 하지만 심장이라거나 다른 장기들은 보이지 않았고 아가미나 입, 생식기관도 육안으로 구분되지 않았다. 승혜를 마주하고 있는 레시는 까만 눈으로 승혜의 얼굴을 뚫어져라 바라보았다. 호연의 비명도 잦아들었다. 헬멧의 카메라를 통해 승혜와 똑같이 숨죽인 채 이 신비로운 바다의 주인을 지켜보고 있을 것이다. 신장은 160~170센티미터 언저리였다. 레시의 목 안에서 노란빛이 잠시 발광하다 사라졌다. 그 행동이 몇 번 반복된 후에야 승혜는 레시가 자신의 언어로 말을 걸고 있다는 걸 알아차렸다.

무슨 말을 하고 싶은 걸까. 승혜가 레시를 향해 손을 내밀려고 하자, 호연이 조용한 목소리로 최대한 레시를 자극하지 말라고 충고했다. 승혜가 천천히 손을 뻗었다. 레시는 승혜의 손을 골똘히 바라보았다. 승혜는 레시를 보며 자신을 공격하지 않으리라는 확신을 얻었다. 사람의 직감은 인류 데이터의 총집합이므로 지금은 그 어떤 것보다 자신의 직감이 맞을 것이다. 레시의 뺨에 손을 올렸다. 두꺼운 장갑을 비집고 손바닥에 느껴지는 감각이란 단지 해파리의 표면처럼 실리콘을 만지는 듯한 말캉거림뿐이었다. 승혜의 숨이 차분해지고 심장박동이 정상 수치로 돌아왔다. 호연이 정상 궤도로 돌아온 승혜의 수치를 우주선에서 지켜보았다.

레시가 승혜의 손을 감쌌다. 자신의 뺨을 더 만져달라고 애원하듯이 눈을 감았고, 승혜는 그 모습을 똑똑히 기억했다. 캄캄한 바다와 자신의 손을 감싼 레시의 손, 여섯 개의 손가락.

나비호로 돌아온 승혜가 헬멧을 벗자 네 명의 대원들이 승혜의 주위를 빙 둘러쌌다. 외계 생명과의 최초의 접촉이었지만, 승혜의 소감은 평이했다.

"살아 있었어."

"그게 무슨……"

"그냥 이 위성에 살고 있는 녀석이야. 우리가 지구에 그냥 살고 있듯이."

승혜가 잠시 머뭇거리다가 입을 열었다. 단호한 말투였다.

"지구로 데려가서는 안 돼. 여기서 살아가게 내버려 둬야 해."

그날 승혜와 대원들은 낯선 생명체를 지구로 후송할 것이 아니라 이곳에서 관찰할 수 있도록 하게 해달라고 관제 센터에 요청했으나 답변은 '불허'였다. 엔셀라두스의 테라포밍 계획은 인류의 희망이자 천문학적 비용이 든 일이었다. 안일한 태도로 임무에 실패해서는, 더 나아가 지구에 위협이 되어서는 안 된다는 이유였다.

승혜는 관제 센터의 명령을 곧이곧대로 따를 생각이 없었다. 지원군 솔새호가 오기 전까지 할 수 있는 최소한의 발버둥은 쳐야 한다고 주장했다. 대원들은 묵묵히 승혜의 말을 듣기만 했다. 긍정도, 부정도 아니었다. 처음으로 의문을 제기한 건 테레즈였다.

"우리가 뭘 하면 되는데?"

"이곳에 온 이유를 해야지. 분석하고 관찰하고 생명이 살아갈 수 있게 만드는 것."

레시를 나비호로 데려오지 못하더라도 레시 자체를 알기 위해서는 그 몸속의 한 방울이면 된다. 레시의 유전 성분을 분석하고 그리하여 이 생명체에 포악한 유전체가 없음을 증명해야 한다.

그날 밤 주연은 따뜻한 밀크티 두 잔을 들고 승혜를 찾아왔다. 둘은 벽에 등을 기대고 침대에 나란히 앉았다. 텔레비전을 보듯 유리창 너머의 우주를 바라보고 있는 적막한 시간이 한동안 계속됐다.

주연과는 10년 전 남극 장보고과학기지에서 처음 만났다.

승혜가 남극의 바이러스를 조사하기 위해 왔다면 주연은 무너진 남극 생태의 실체를 밝히기 위해 잠시 들른 것이었다. 주연은 그곳에서 기주도 만났다. 승혜가 주연에게 직접 말한 적은 없었지만 아마 소문을 들어 주연도 알음알음 알고 있을 터였다. 어째서 그토록 아끼던 기주를 두고 이 먼 위성까지 오게 되었는지. 왜 이곳 대원들에게 딸에 대한 이야기를 한마디도 하지 않는지 따위에 대해서.

"아까 레시가 뭐라고 말했을 거 같아?"

주연이 물었다. 침묵을 깨기 좋은 적당한 물음이었다.

"모르겠어. 알아들을 수 있을 리가 없지."

"이럴 줄 알았으면 언어학자도 같이 와야 했어. 우주에서 언어학자가 필요할 줄은 아무도 몰랐겠지만."

"바이러스 따위를 훔쳐보는 사람이 필요할 거라는 것도 몰랐을걸. 진작 알았다면 더 많은 사람이 연구했을 테고 그럼 나보다는 유능한 학자가 왔을 텐데. 여러모로 지구의 오판이야. 어쨌든 그 애는 우리와 비슷한 말을 하지 않을까."

승혜가 컵을 감싸 쥐었다. 따뜻했던 밀크티는 이제 적당한 온도로 변해 있었다.

"만나서 반가워요. 당신을 기다렸어요."

"정말로 레시가 그렇게 말했을 거 같아?"

주연이 물었지만 승혜는 별다른 긍정도, 부정도 하지 않았다. 하지만 레시는 그렇게 말하지 않았을 것이다. 이건 레시가 했던 말이 아니다. 일을 마치고 집에 돌아올 때마다 기주가 문을 열어주며 건넨 인사였다. 언제나 자신이 오래 기다렸음을 돌려 말하는 아이였다. 낯선 방문자를 환영하듯이. '만나서 반가워요, 엄마를 기다렸거든요.'

"바이러스가 숙주의 유전자를 복제해서 다른 생명체에게 퍼뜨렸을 수도 있다는 학설이 있어."

승혜가 다른 이야기를 꺼냈다.

"그래서 바이러스를 통해 그 유전체를 따라가면 궁극적인 정체성을 알 수 있다는 거야. 실제로 아직 그런 사례는 없었지만, 그건 아직 모른다는 거지 불가능하다는 것이 아니거든. 바이러스가 얼마나 교묘하고 재빠르게 몸을 바꾸고 인간을 속이는지, 해마다 얼마나 많은 바이러스가 새로 생겨나고 생명과 함께 살아가는지 사람들은 잘 몰라. 생명의 유전자가 바이러스를 통해 유전체에 들어온 거라면, 그래서 결국 지구의 모든 생명체가 뒤섞여 있는 거라면 사실 아주 멀리서 바라볼 때 지구 역시 하나의 바이러스에 불과할지도 몰라. 더 웃긴 건 도대체 이 바이러스가 언제부터, 어디에서 왜 생겨났는지 모른다는 거야. 그래서 어떤 이는 바이러스가 사는 차원이 우리와 다를 거라는 이야기를 해. 우리보다 더 높은 거지. 그러면 바이러스는 우주를 알고 있는 진정한 우주의 주인일지도 몰라."

승혜의 이야기를 들으며 인상을 잔뜩 찌푸리던 주연이 다시 물었다.

“그런데 바이러스가 유전체를 복사해가는 게 이론상으로 가능해?”

“피닉스라는 바이러스가 있어. 현생 인류에 있는 돌연변이 판본들로부터 원래의 DNA 서열을 파악하고, 그 서열에 맞게 DNA를 합성해 배양접시에서 키워 사람 세포에 주입한 실험을 했지. 그러자 일부 세포에서 새로운 바이러스가 만들어졌고 그 바이러스는 DNA 서열을 그대로 가져가 다른 세포를 감염시켰어.”

“……”

“피닉스라는 이름은 ‘불사조’란 뜻이고.”

“그렇다면 바이러스는 왜 지금까지 지구에 있는 수천 년 동안 유전자를 복제해 파생시키지 않았을까? 그 학설이 진짜라면.”

“그럴 필요가 없으니까. 바이러스는 바이러스 자체로 완벽하고 강해. 굳이 자신들이 먹고사는 숙주를 복제해 살아갈 필요가 없지. 단지 그들의 유전 서열을 파악해서 한 생명을 멸종시킬 수는 있었겠지.”

“그러면 레시에 대한 필사적인 관찰은 유전체를 완전히 복제했을지도 모르는 바이러스를 먼저 발견하고 싶은 학자의 마음 정도로 생각해도 되지?”

딱히 그런 이유는 아니었지만 그렇다고 별다른 이유가 생각난 건 아니었으므로 승혜가 고개를 끄덕였다. 주연은 승혜가 밀크티를 단 한 입도 마시지 않았다는 것을 알았다. 머뭇거리는 승혜의 손을 바라보며 물었다.

"우주에는 어쩐 일로 왔어?"

일을 묻는 거라면 승혜가 어떤 역할로 왔는지 주연도 잘 알고 있을 것이다. 그러므로 주연의 질문은 '왜 지구를 도망쳐 나왔느냐'라고 해석하는 게 옳았다.

"지구가 너무 어지러워서."

기주를 잃은 후에는 줄곧 막이 덮인 바다 위를 걷는 것처럼 흔들렸다. 길을 걷다가도 한순간 발이 밑으로 빨려 들어가면 그대로 주저앉았다. 그 땅을 평소처럼 걸어 다니는 사람들이 괴물처럼 보였다. 자신만 도태되었을지도 모른다는 생각을 했다가 가끔은 자신만 진화했을지도 모른다는 생각을 했다.

방을 나가던 주연이 승혜를 돌아봤다.

"근데 네 말 들으면서 갑자기 생각난 건데 이제 지구가 살아가기 좋은 행성이 아닌 걸 깨달은 바이러스가 모든 걸 죽이고 이주할 준비를 하는 걸까?"

개미들이 집을 옮기고 있어. 엄마, 이 땅이 오염돼서 개미들이 단체로 집을 옮기고 있는 거야. 근데 사실 이것도 바이러스가 개미를 이용해서 땅을 옮기고 있는 거 아닐까?

승혜가 천천히 고개를 끄덕였다. 그래, 그럴 수도 있겠다.

과학경시대회에서 최고득점을 맞은 한국 아이들과, 비슷한 관례로 뽑힌 중국 아이들을 합해 남극으로 2주간 떠난 탐험이었다. 지구 기후변화 실태 보고를 내세운 캠프였고 중국과 한국이 공동으로 진행해 막대한 지원금을 주는 장학 프로그램이었다. 기주는 한국에서 우승한 아이였으므로 인천공항 출국장에서 아이들 중 대표로 기자들에게 건강히 다녀오겠다는 인사를 건넸다. 그때가 4년 전이었으므로 기주가 열여섯이 된 해였다. 기주는 공항에서 급하게 약을 챙겨주는 승혜에게 엄마 건강이나 잘 챙기시라는 잔소리를 얹었다. 승혜는 남극의 빙하가 예고 없이 무너지니 절대로 해수면 가까이에는 가면 안 된다고 당부했다. 하지만 당부를 하는 것이 아니라 가지 못하게 했어야 했다. 예전에 엄마와 함께 갔던 곳이라고 웃으며 떠나는 기주를 붙잡았어야 했다.

사고는 예기치 못하게 일어나지 않는다. 모든 사고는 예상 가능했다. 단지 막을 방도가 없었을 뿐이다.

*

레시의 몸에서 직접 채취를 하는 것이 가장 좋은 방법이겠으나 너무 많은 위험이 따랐다. 자신의 몸에 해를 가하려는 인간의 행동에 레시가 난폭해질 거라는 것은 너무 당연한 사실처럼 느껴졌다. 자신의 몸을 보호하는 것은 모든 생명체의 공통적인 본능이었다. 대원들이 선택한 방법은 레시의 주변을 살피며 부유물을 수집하는 것이었다. 그게 레시의 대소변이어도 말이다.

승혜는 괜찮다고 했지만, 대원들은 승혜의 말을 믿지 않았다. 하지만 승혜도 고집을 부려 대원들을 피곤하게 할 마음이 없었으므로 나비호에 홀로 남았다. 이틀 후면 솔새호가 이곳에 도착한다. 그 전에 이 공허한 위성에서 레시의 흔적을 찾아야 한다. 승혜를 제외하고 대원 네 명이 모두 엔셀라두스의 찬 바다로 뛰어들었다. 승혜가 모니터를 통해 바다를 지켜보았다.

네 개로 분할된 화면 중 테레즈의 화면으로 레시가 보였다. 승혜가 화면을 확대했다. 레시는 두 다리를 움직이며 바닷속을 헤엄치고 있었다. 인어라기에는 몸짓이 투박하고 속도가 느렸다. 레시는 두 발을 각각 위아래로 세 번씩 발길질하다 한 번씩 발바닥을 맞붙이며 크게 앞으로 나아갔다. 그것이 마치 한 세트처럼 움직이는 그 특이한 수영법을 승혜는 이미 알고 있었다. 그 모습을 넋 놓고 보던 승혜의 정신을 깨운 것은 주연의 목소리였다. 테레즈의 위치를 알려달라는 말에 승혜는 급하게 테레즈의 위치를 확인해 대원들의 해저 지형도로 위치를 전송했다.

"해령 부근이야. 물살이 셀 테니까 다들 조심해."

레시가 하강하여 지반으로 다가갔다. 그리고 몸을 웅크려 낮잠을 자듯이 다리를 몸통으로 끌어 올리고 팔을 베개 삼아 누웠다.

"다가가지 말고 기다려."

테레즈의 렌즈를 통해 레시의 모습을 확대했다. 호흡의 증후는 보이지 않았다. 해파리처럼 피부로 호흡하고 있을 가능성이 유력했다. 승혜가 모니터 가까이 다가갔다. 때때로 말도 안 되는 직감을 하는 이유는 무엇일까. 이를테면 네가 죽지 않고 끊임없이 해수면 밑으로 떨어지고 있을 거라는 예감. 그러다 돌연 언젠가 다시 만날 거라는 불가능의 확신. 우리의 이별이 지구에서만 일어난 일일 거라는, 스스로를 향한 같잖은 위안까지도.

테레즈는 레시의 피부에서 떨어진 진액을 채취해 왔다.

*

할머니와는 어떻게 인사하고 헤어졌어?

남극의 빗소리를 듣던 밤, 기주가 물었다. 인사를 못 했어, 갑자기 헤어져서. 기주는 아쉽겠다, 하고 말했다. 그날도 이렇게 비가 왔어, 기주야. 할머니가 밤늦게 나가는 걸 사실은 말리고 싶었는데 이상하게 말이 나오지 않았어. 꼭 물을 입에 가득 머금고 있는 것처럼. 엄마는 소파에 웅크리고 앉아서 빗소리를 들으면서 할머니를 기다렸어. 근데 그날따라 유독 빗소리가 크게 들리는 거야. 아파트 옥상에 떨어져 부서지는 빗방울의 소리 말이야. 그렇게 비가 모든 걸 가져갔어. 괜찮아, 그래도 엄마한테는 기주가 왔잖아. 그때 내린 빗물을 전부 합쳐도 그보다 더 큰 기주가 있잖아.

엄마, 엄마. 슬플 때는 기주처럼 해봐. 침대에 누워서 애벌레처럼 몸을 이렇게 말고 팔을 베는 거야. 그러면 몸이 동그랗게 말려서 편안해.

정부는 남극의 바다로 들어가 아이들을 수색하려는 일말의 노력도 하지 않았다. 누구보다 잘 아시잖아요. 안타깝지만 수색대도 누군가의 자식입니다, 어머니. 승혜가 모니터에서 시선을 떨어뜨렸다. 손바닥으로 얼굴을 감쌌다. 생각하지 말아야 하는데 몸은 이미 남극 바다의 살갗을 찢는 듯한 차가움에 뒤덮였다. 주체 없이 떨리는 몸을 스스로 끌어안았다.

그럼 나를 말리지 마세요.

어머니, 어머니, 이러지 마세요.

당신네야말로 나한테 이러지 마!

고막을 찌르는 자신의 목소리가 속 안에서부터 울려 퍼졌다. 의사가 했던 말을 떠올리며 숨을 천천히 들이마시고 조금씩 길게 내뱉었다. 남극의 깊은 바다로 내려갈수록 생살이 찢겨 나가는 감각을 느꼈으나 유별나지 않았다. 소식을 듣고 이곳에 오기까지 계속 느꼈던 고통이었으므로. 남극의 해저에 몸을 웅크리고 잠들어 있을 기주를 상상했다. 아이의 시체를 품에 안아보지 못했으므로 그렇게 기주는 살지도, 죽지도 않은 존재가 되었다.

*

승혜는 pAFM(초고해상도 가시 영역 광활성 원자간력 현미경)의 렌즈 안으로 푸른색 박테리오파지의 형체를 보고 있었다. 머리와 목, 꼬리집, 미섬유와 핀으로 구성된 모습은 승혜가 알고 있는 박테리오파지 바이러스의 모습과 정확히 일치했다. 바이러스를 복제해 양을 늘린다. 그다음으로 DNA를 추출해 이 바이러스가 가져간 숙주세포의 정체를 밝혀내야 한다. 그래서 레시가 인간에게 위험이 되는 존재가 아님을, 이곳에서 살아가야 할 주인임을 알려야 한다. 승혜가 적막한 연구실에서 숨도 멈춘 채 현미경을 바라봤다.

솔새호의 도착까지 여섯 시간밖에 남지 않았다.

주연이 연구실에 켜져 있는 불빛을 보고 다가왔을 때 연구실에는 방금 사람이 빠져나간 듯한 흔적만 남아 있었다.

승혜는 주연이 오기 몇 분 전 연구실을 홀로 빠져나갔다. 그렇게 우주복을 입고 착륙선에 탑승했다. 나비호의 조종실에는 아무도 앉아 있지 않았다. 하지만 승혜는 개의치 않고 착륙선의 레버를 당겼다. 착륙선이 엔셀라두스로 낙하했다. 착륙선이 대기권을 지나며 심하게 요동치기 시작했다. 방향을 잃지 않기 위해 레버를 있는 힘껏 당겼지만, 엔셀라두스에서 뿜어져 나온 열수가 착륙선을 강타하며 충격과 함께 정신을 잃었다.

*

남극 빙하 시추 터널 밑에는 정체를 알 수 없는 생명체가 죽어 있었다. 문어와 흡사한 모습이었지만 모두 그것의 정체를 알지 못했다. 연구실에 보고하기 위해 죽은 생명체를 실내에 옮겨두었고 고작 전화 한 통을 마치고 돌아왔을 때 그 생명체는 가루로 부서져 사라진 후였다. 그 잔해만이라도 분석을 위해 넘겼으나 돌아온 대답은 그저 흙이라는 말뿐이었다. 생명체의 흔적이 아예 남아 있지 않은.

엄마, 그럼 그때 그건 뭐였어?

글쎄. 우리가 잘못 본 게 아니었을까.

그 애 외계인 아니었을까? 우주에서 어쩌다 지구에 온 거야. 그런데 지구가 너무 살기 힘들어서 돌아간 거야. 자기 별로.

*

승혜가 눈을 떴을 땐 엔셀라두스의 차가운 얼음 표면이었다. 다행히 기절해 있던 시간이 길지 않았다. 승혜가 금 간 착륙선의 문을 열고 밖으로 나왔다. 헬멧에서 주연의 목소리가 들렸다. 구조하러 갈 테니 그곳에서 기다리라는 말이었지만 승혜는 스피커를 껐다. 기어가듯 땅을 짚으며 일어섰다. 멀지 않은 곳에 바다로 통하는 P6의 지점이 보였다. 승혜는 그곳을 향해 달렸다. 어머니, 어머니! 어디선가 튀어나온 소리가 승혜를 붙잡았지만 잡힌 살점을 도려내고 망설임 없이 바다로 뛰어들었다.

기주를 처음 만났을 때도 승혜는 저 아이가 자신의 삶에 커다랗게 자리 잡을 거라는 걸 짐작했다. 단순히 육체적 교집합에 의해서가 아니었다. 우리가 지리멸렬한 세상에서도 서로 손을 꼭 붙잡고 나아갈 조력자가 되리라는 것을. 너로 하여금 무기력하고 불분명했던 모든 것들에 의욕이 생기고 선명해지리라는 것을, 누가 알려주지 않아도 알게 되는 그런 일들처럼 알았을 뿐이었다.

승혜가 밑으로, 밑으로 끊임없이 흘러내려갔다. 어느새 생겨나기 시작한 아주 작고 투명한 치어들이 승혜가 손을 뻗을 때마다 흩어졌다. 해파리처럼 둥글고 작은 몸체에 촉수같이 가느다란 섬유가 붙은 것들이었다. 그것들은 도망가는 것 같으면서도 묘하게 승혜에게 길을 안내해주듯 일정한 방향으로 움직였다. 승혜는 그것들이 안내하는 방향으로 움직였다. 그리고 그 끝에는 땅에 애벌레처럼 몸을 말고 누워 있는 레시가 있었다.

하지만 승혜는 이곳까지 찾아오고 나서야 자신이 알고 싶었던 진실을 알아낼 방법이 없다는 걸 깨달았다. 레시와 소통할 방법이 없었다. 시간이 더 있다면 차분히 생각이라도 할 수 있었을 것을. 레시가 다가와 승혜를 마주 봤다. 또다시 목이 노랗게 빛났다. 레시가 말을 걸고 있다. 신호가 있었으면 좋으련만. 서로를 알아볼 수 있는 신호…… 그때 마침 불현듯 승혜의 머릿속으로 장면이 떠올라, 승혜는 그럴 리 없다는 걸 알면서도 그러니까 자신의 행동이 얼마나 비참하고 서글픈 몸짓인지 알고 있으면서도 레시에게 장갑 낀 손의 손바닥을 내밀었다. 비웃음을 살 것이다. 스스로에게. 나비호로 돌아가면 방금 자신이 했던 행동을 떠올리며 웃다가 끝내 울음을 터뜨리고 말 것이다. 조금이라도 벗어난 줄 알았으나 한 발자국도 벗어나지 못했음을 잔인하게 확인하고 무너질 것이다. 하지만 만에 하나라도 승혜의 상상이 비약이 아니라는 증거가 나온다면 이곳에서 돌아가지 않아도 좋다고 생각했다. 모든 것을 벗어던지고 레시를 끌어안을 것이다.

레시가 승혜의 손바닥 위에 손가락을 올리고 둥글게 원을 그리는 것을 확인하자마자 승혜는 주저 없이 헬멧의 안전장치를 풀었다. 장갑과 옷을 모두 벗고는 속옷 하나 걸치지 않은 몸으로 레시를 끌어안았다.

따뜻할 수가 없는 생명을 끌어안고도 따뜻하다고 느끼면서 승혜는 자신을 포근하게 끌어안은 품에 파묻혔다. 몸이 천천히 땅에 닿았다. 남극의 바다를 헤엄치던 기주의 특이한 수영 방식이 떠올랐다. 어지럼증이 찾아옴과 동시에 소멸했던 기주의 기억들이 기포처럼 솟았다. 기주와 공항에서 헤어졌던 마지막을 시작으로, 모든 추억들이 아주 느린 기차를 타고 바라보는 풍경 같은 속도로 거슬러 올라갔다. 뚜렷하게 사진으로 남은 기억들을 제외하고 떠오르는 것은 기주와 승혜가 아니라면 누구도 알 수 없는 사사롭고 은밀한 추억들이었다. 승혜가 노력하지 않아도 모든 기억이 선명한 선의 세계로 들어왔다.

레시가 승혜의 겨드랑이 밑으로 두 팔을 넣어 등을 감쌌다. 승혜의 몸을 꽉 끌어안고 어깨에 볼을 묻었다. 그리고 빗소리가 들렸다.

어쩌면 거슬러 올라가던 기억이 남극에서 비를 바라보던 때에 도달했기 때문인지도 모른다. 그렇게 빗소리가 들리고, 기주의 키가 작아지고 작아져 네 발로 걸었다가 작은 요람으로, 둥근 물 속으로 들어가 승혜와 처음 만났던 상태로 돌아갔다. 기주가 떠 있는 곳이 양수인지 바다인지 우주인지 구별되지 않을 만큼 컴컴했다. 인간의 형태를 조금씩 벗어나며 태아 이전의 모습으로 작아진 기주가 점처럼 많아지더니 비가 내리는 컴컴한 배경으로 변했다. 반듯한 실선이 그어졌다. 그러다 수직으로 한 번 꺾이고, 또 한 번 꺾이고 마지막으로 한 번 더 꺾여 비는 그 안에 갇혔다. 비가 내리는 밤과 그 창을 졸린 눈으로 바라보던 것은 승혜 자신이었다.

엄마 다녀올게, 비 오니까 창문 잠그고.

구두를 신는 소리가 유달리 크게 들려왔다. 승혜가 현관 쪽으로 고개를 돌렸다. 신발장에 선 엄마가 거울을 보며 머리를 정돈하고, 신발장에서 장우산 하나를 꺼냈다.

승혜야, 무슨 생각을 그렇게 해? 아직 잠 덜 깼구나.

가면 안 돼. 당신 오늘 가면 다시는 돌아오지 않아요. 빗길에 미끄러진 차량이 들이박아서 지금 들고 있는 우산은 날아가고 나와 인사도 할 시간 없이 헤어져요. 그렇게 말하고 싶지만 입을 열면 기포가 올라왔다. 얼마나 오랫동안, 하루가 지나도 오지 않는 당신을 소파에 앉아 기다렸는지 아느냐고 소리치지 못했다. 하지 못했던 것들은 끝내 어떤 방식으로도 전할 수 없다. 그렇게나 간절하게 그날로 단 한 번만 돌아갈 수 있게 해달라고 빌었으면서, 그럼 마치 당신이 놓친 인생을 전부 돌려줄 것처럼 다짐했으면서 이토록 나약하게 지켜만 보고 있다.

더 깊어질 곳이 없음에도 몸이 더 가라앉는 기분이었다. 이 위성의 핵까지 닿아 따뜻한 기운이 온몸에 퍼지는 느낌이었다. 승혜는 자신의 속에 꽉 찼던 어지럼증이 전부 기포로 빠져나감을 느꼈다. 이런 편안함은 그날 이후로 처음이었다.

마치 기주를 안고 거실에서 낮잠을 자는 듯한……

*

눈을 떴을 때는 나비호였다. 대원들은 레시가 착륙선을 타고 내려온 주연에게 승혜를 데리고 왔다고 했으며, 승혜는 대원들에게 레시의 유전자 서열이 지구 생명체 배열과 크게 다르지 않다고 말했다. 레시는 지구에서 왔다.

승혜는 레시의 포획을 철회해달라고 부탁했지만 역시나 돌아온 대답은 '불허'였다. 하지만 승혜는 그전처럼 돌아서지 않고 마이크를 쥐었다. 마이크의 빨간불이 선명하게 켜졌다. 걸치고 있던 담요에서 나무의 진액처럼 물이 뚝뚝 떨어졌으나 승혜는 떨지 않았다. 추위를 느껴야 할 이유가 없었다.

목에 핏대가 섰다. 승혜는 악에 받친 목소리로 외쳤지만, 그 어느 때보다 정중했다.

"솔새호의 지원 요청 명령을 철회해주십시오. 레시는 공격적이지 않습니다. 레시는 생명이 위급한 저를 체온으로 감싸고 다른 대원에게 넘겨주었습니다. 다시 한번 요청합니다. 레시를 지구로 이송하기 위한 솔새호의 지원 요청을 철회해주십시오. 레시는 이 바다의 생명입니다. 이곳에 살고, 이곳에서 살아가야 할 이 생태계의 주인입니다. 우리는 그 누구도 레시를 지구로 옮길 권리를 가지고 있지 않습니다. 제발 더는 인간이 행성의 주인을 내쫓는 잘못을 저지르지 말아주십시오. 레시는 지구로 간다면 살지 못할 것입니다."

호연이 승혜의 어깨를 꽉 붙잡았다. 우주선의 창 너머로 이곳을 향해 다가오는 솔새호가 보였다.

잠시 후 솔새호가 멈춰 섰다. 솔새호의 불빛이 나비호를 노리듯 바라보고 있었지만, 곧 방향을 틀었다.

그리고 나비호에서 멀어졌다.

"명령을 철회한다. 다시 한번 반복한다. 명령을 철회한다.

나비호의 대원들은 레시를 그곳에서 관찰하는 데 필요한 추가 인력을 요청하기 바란다. 우리에게는 그곳을 지킬 아주 유능한 인재가 많이 남아 있다. 다시 한번 반복한다. 레시와 그곳의 환경을 지키는 데 필요한 인력을 요청하기 바란다."

*

지구의 변종 파지 바이러스를 물리치는 백신 바이러스 개발에 성공했다는 연락을 받았다. 인간은 차츰차츰 잃었던 바다를 되찾기 위해 전력을 다할 것이라 밝혔다. 승혜가 관제 센터에서 온 연락을 전부 듣고 자리를 떴다. 여전히 발아래에는 눈부시게 빛나는 엔셀라두스의 얼음 표면이 있었다. 레시는 점점 자라 입과 아가미, 그리고 손가락과 발가락 사이에 지느러미가 생겼다. 바다에 서식하는 작은 치어들을 먹고 살았으며 레시가 흘리는 부유물에서는 산호초가 자라났다. 승혜는 아직도 날마다 얼음 틈의 바다로 뛰어들었다. 레시는 부르지 않고도 승혜를 향해 헤엄쳐 왔다. 아주 멀리에서부터.

*

언어학자가 대원들을 불러 모았다. 6개월간 레시의 언어를 분석하여 오늘에야 드디어 레시의 언어를 해석했다는 소식이었다. 승혜가 언어학자를 바라봤다. 언어학자가 승혜와 대원들을 보고는 레시의 첫 마디를 꺼냈다.

만나서 반가워요. 당신을 기다렸어요.

포스트잇

천선란의 「레시」는 지구인과 외계 생명의 우주적 접촉을 감동적으로 그리면서, 생명의 심층적 의미와 생명을 살리기 위한 생태 문제를 절실한 감각으로 다룬 소설이다. 승혜를 비롯한 지구인들이 서사적 현재에 머무는 공간은 토성의 위성 엔셀라두스다. 그들은 왜 그리로 갔는가? 지구의 바다와 생명체를 살릴 수 있는 생태적 묘책을 찾기 위해서다. 인간 중심주의에 사로잡혀 무분별하게 생태 환경을 훼손했던 인류는 마침내 기후 재앙에 속수무책인 상태가 된다.

"최난월에야 300밀리미터 안팎으로 내리던 비가 몇 해 전부터 중심부를 기점으로 최난월에 최대 600밀리미터까지 내리기 시작하더니 이제는 최한월에도 비가 내리기 시작"하는 등 남극에 심한 폭우가 내린다. "지구의 절망처럼" 세차게 창문을 두드리는 빗소리를 감당하며, 죽어가는 지구의 바다를 살리기 위한 프로젝트를 남극에서 수행하지만 사정은 소망처럼 좋아지지 않는다. 상황은 거의 최악으로 치닫는다. "바다를 살릴 수 있는 마지막 카운트다운은 실패로 끝났다. 머지않아 흑해를 시작으로 모든 미생물이 죽을 것이라 예견했다. 오대양 전부 사해死海가 될 것이다. 돌고래나 해파리의 집단 죽음을 시작으로 청어, 산호초…… 그렇게 바다에 있는 생명체가 완전히 사라질 때까지 10년이 걸리지 않으리라."

서술자는 그렇게 된 핵심 원인으로 "바다가 보낸 마지막 신호를 제대로 듣지 못한 죄"를 꼽는다. 인류가 바다의 신음을 헤아리지 못하는 사이에 "균을 공격하는 살균 바이러스였던 파지가 공격의 대상을 미생물로 바꾼" 변종 바이러스가 된 것이다. 코로나19 변이 바이러스에서도 느낄 수 있듯이 "인간과 함께 진화하는 바이러스는 언제나 인간보다 강하고 뛰어"나기에 그 변화와 변종의 원인도 추정하기 어려운 형편이다. 지구에서 바다와 바다 생명체들을 살리는 것이 더 이상 불가능하다고 판단한 지구인들은 외계에서 우주적인 실험에 돌입할 수밖에 없게 된다. 그들이 엔셀라두스로 가야만 했던 사연은 대략 이러하다.

거기서 바다 생태와 생명체를 관찰하던 중 그들은 레시를 발견하게 된다. "아직 부화하지 않은 알에 웅크린 태아 같은 모습"에서 서서히 생명체의 꼴을 갖추어가는 레시를 보면서 이들은 우선 정체불명의 외계 생명에 대한 불안을 느낀다. 혹 그 생명체로부터 안전을 위협받지 않을까 하는 원초적 불안, 즉 전적으로 '지구-인간' 중심적인 생각에서 비롯된 그 불안으로 인해 적대적인 대결감이 형성된다. 이를테면 "지구인이 처음으로 만나는 외계 생명일지도 모르는 낯선 손님에게 등 뒤에 창을 감추고서, 그 낯선 상대방이 최대한의 친절을 베풀기를 바라"는 이율배반적 마음을 품고, 만약 위험하다면 가차 없이 죽여야 한다는 의견까지 드러낸다.

그러나 지구 바다를 살리기 위한 장학 프로그램에서 어린 자식까지 잃은 승혜는 달리 생각한다. "생명을 살리자고 이곳까지 왔으면서 죽이면 무슨 소용이 있어." 이런 그녀의 일갈이 지구인 중심의 반생명적 태도에 경종을 울린다. "생명이 살아갈 수 있는 바다에서 생명이 탄생한다는 것은 지극히도 당연한 일임을, 그리고 그 생명체가 지구에서 보았던 것과는 다를 수밖에 없음을 납득하면서도 받아들이지 못하는 것"을 회의한다. 그러면서 정성껏 관찰하고 그 생명이 스스로 입장을 밝힐 수 있는 기회를 주어야 한다고 피력한다. "생명의 정체를 알 수가 없을 때 가장 먼저 해야 하는 게 관찰 아닌가? 적어도 그 생명체에게 우리한테 자신의 정체를 직접 설명할 기회를 줘야지."

레시의 정체를 알기 위해, 또 소통하기 위해 승혜가 레시의 뺨을 어루만지자 레시는 승혜의 손을 감싼다. 나중에는 무장을 해제한 맨몸으로 레시를 끌어안는다. 그렇게 레시와 교감하면서 그 생명을 존중하게 된 승혜는 레시를 포획해 지구로 데려가는 계획을 철회해달라고 요청하지만 허가되지 않는다. 그러자 승혜는 거듭 요청한다. "레시는 공격적이지 않습니다. 레시는 생명이 위급한 저를 체온으로 감싸고 다른 대원에게 넘겨주었습니다. (……) 레시는 이 바다의 생명입니다. 이곳에 살고, 이곳에서 살아가야 할 이 생태계의 주인입니다. 우리는 그 누구도 레시를 지구로 옮길 권리를 가지고 있지 않습니다. 제발 더는 인간이 행성의 주인을 내쫓는 잘못을 저지르지 말아주십시오. 레시는 지구로 간다면 살지 못할 것입니다." 작가의 생각을 대리하는 이런 승혜의 생명 존중의 우주적 메시지는 소설 안에서는 결국 받아들여진다. 레시는 그의 바다에서 계속 살 수 있게 된다. 과연 지금, 여기에서도 그런 교감과 설득, 대화와 수용의 지평이 온전히 형성될 수 있을까? 지구 생명, 우주 생명을 살리기 위한!

생각의 타래

1. 이 소설에서 외계 생명인 레시와 최초로 접촉한 승혜는 이 위성에서 살고 있는 레시를 "지구로 데려가서는 안 돼. 여기서 살아가게 내버려 둬야 해" 라고 말한다. 이 말에 함축된 의미를 심층적으로 추론해보자.

2. 레시라는 외계 생명을 관찰하고 관제 센터에 보고하는 과정에서 다음과 같은 서술이 나온다. "지구의 안전이 가장 중요했다. 레시가 지구에 멸망을 가져올 생명체라면 주저 없이 나비호와 함께 이 위성에 영원히 잠들어야 하는 것은 자명했다." 이 소설 전체의 맥락에서 이 서술의 의미와 그 수사학적 효과에 대해 생각해보자.

3. 천선란은 '작가의 말'에서 이렇게 말한다.

   세상을 알아갈수록, 지구는 엉망진창이다. 바꿔야 할 것이 너무 많은데 인구수만큼 존재하는 사공이 산도 아닌 우주로 날려버리는 것 같다. 나 하나가 방향을 잡고 노를 젓는다고 해서 바뀔까? 내가 가는 방향이 옳은 방향일까? 이런 생각들을 언제나 하고 있지만, 결론은 하나다. 저어야 한다. 내가 옳다고 믿는 방향으로.

   —『어떤 물질의 사랑』, 332쪽.

   작가의 이런 생각이 담긴 「레시」에서 환기하는 기후 재앙 문제를 주목해 보고, 이를 해결하기 위해 어떤 노력이 필요할 것인지 성찰해보자.

지은이 약력(가나다순)

김원일

1966년 매일문학상에 「1961· 알제리」가 당선되고, 이듬해 『현대문학』에 『어둠의 축제』를 발표하며 작품 활동을 시작했다. 지은 책으로 소설집 『어둠의 혼』 『도요새에 관한 명상』 『환멸을 찾아서』 『물방울 하나 떨어지면』 『오마니별』 『비단길』 등과 장편소설 『노을』 『바람과 강』 『겨울골짜기』 『마당 깊은 집』 『늘푸른 소나무』 『아우라지 가는 길』 『불의 제전』 『전갈』 『아들의 아버지』 등이 있다.

듀나

1992년부터 영화 관련 글과 SF를 쓰고 있다. 지은 책으로 소설집 『나비전쟁』 『면세구역』 『태평양 횡단 특급』 『대리전』 『용의 이』 『브로콜리 평원의 혈투』 『아직은 신이 아니야』 『두 번째 유모』 『구부전』 등과 장편소설 『민트의 세계』 『아르카디아에도 나는 있었다』 『평형추』 등이 있다.

정세랑

2010년 『판타스틱』에 「드림, 드림, 드림」을 발표하며 작품 활동을 시작했다. 지은 책으로 소설집 『옥상에서 만나요』 『목소리를 드릴게요』와 장편소설 『덧니가 보고 싶어』 『지구에서 한아뿐』 『이만큼 가까이』 『재인, 재욱, 재훈』 『보건교사 안은영』 『피프티 피플』 『시선으로부터,』 등이 있다.

천선란

2019년 '브릿G'에 『무너진 다리』를 발표하며 작품 활동을 시작했다. 지은 책으로 소설집 『어떤 물질의 사랑』 등과 장편소설 『무너진 다리』 『천 개의 파랑』 『밤에 찾아오는 구원자』 『나인』 등이 있다.

최성각

1976년 『강원일보』 신춘문예에 단편소설 「해발표고 850미터」가, 1986년 『동아일보』 신춘문예에 중편소설 「잠자는 불」이 당선되어 작품 활동을 시작했다. 지은 책으로 소설집 『잠자는 불』 『부용산』 『사막의 우물 파는 인부』 『거위, 맞다와 무답이』 『쫓기는 새』 등이 있다.

편혜영

2000년 『서울신문』 신춘문예에 「이슬 털기」가 당선되어 작품 활동을 시작했다. 지은 책으로 소설집 『아오이가든』 『사육장 쪽으로』 『저녁의 구애』 『밤이 지나간다』 『소년이로』 『어쩌면 스무 번』 등과 장편소설 『재와 빨강』 『서쪽 숲에 갔다』 『선의 법칙』 『홀』 『죽은 자로 하여금』 등이 있다.

작품 출처

김원일 「도요새에 관한 명상」, 『도요새에 관한 명상』, 문학과지성사, 2021〔홍성사, 1979〕.

최성각 「약사여래는 오지 않는다」, 『쫓기는 새』, 실천문학사, 2013.

듀 나 「죽은 고래에서 온 사람들」, 『팬데믹』, 문학과지성사, 2020.

편혜영 「아오이가든」, 『아오이가든』, 문학과지성사, 2005.

정세랑 「리셋」, 『목소리를 드릴게요』, 아작, 2020.

천선란 「레시」, 『어떤 물질의 사랑』, 아작, 2020.